KB080366

지구 위의 작업실

지구 위의 작업실

김갑수 지음

푸른숲

첫 번째 계단을 내려와 철창문의 자물쇠를 열고, 다시 또 계단을 내려와 두 번째 문을 열고 마침내 세 번째 문을 열면 캄캄한 어둠의 난바다가 펼쳐진다. 불을 켜려는 손이 멈칫해지고는 한다. 여기는 대체 어떤 인생의 거주지인가. 아주 잠깐, 계속되던 생의 시간이 끊어진 순간과 마주치곤 한다. 다른 시간, 다른 공간. 지하 작업실 안에서 대기하고 있던 '나'가 뚜벅뚜벅 걸어나와 악수를 청한다. 나는 '나'의 어깨를 툭 치며 "헤이" 인사를 건넨다. 존재와 존재 간의 임무 교대 시간이다.

도대체 왜 사는지, 무얼 하며 살아야 하는지, 이런 사춘기적 질문들과 마주하느라 작업실이 있는 것 같다. 하지만 실제로 이루어지는 행동은 커피 볶아 마시고, 오디오 건사하고, LP 닦아 트는 일인데 그걸로도 한 생애가 흘러간다. 이 책에 담긴 작업실의 일과는 일테면 '어쩔 수 없이 현실 세계에 속해 있으나 현실을 멀리멀리 떠나가고 싶은 사람의 생활 보고서'라고나 할까.

지금 나는 제법 널찍한 건물 지하실 전체를 세내어 작업실로 쓴다. 지상의 소음이 전혀 들어오지 않을뿐더러 전등만 끄면 완벽한 캄캄 세상이다. 빛과 소리가 사라진 세상이 참세상이야, 라고 말하려다 참는다. 어떤 과잉이 느껴지는 탓이다. 하지만 땀구멍 하나하나까지 명명백백한 이 세상에 이것이거나 저것이 아닌 다른 어떤 삶이 가능하다는 꿈을 말하고 싶다.

문화 취향이 한량의 여유로 취급되던 시절은 지났다. 옹색하고 큼큼한 고린내 나던 지난 세월이 살가운 그리움을 안겨주기도 하지만 이제 나는 너른 작업실 별유천지에서의 빛깔과 향기와 음향을 만끽하고자 한다. 그것은 한 존재의 다른 생애, 다른 국면에 해당한다. 숨 막히는 일상에 쩔쩔매는 세상의 동류들이여, 페이지를 넘겨 이곳 줄라이홀에 잠시 들르시게나.

2009. 6. 여름 입구

김갑수

차례

줄라이홀

작업실에 가득한 소리, 아날로그의 공감

오디오, 간절하게 두려움 없이

지구 위의 작업실, 줄라이홀

'THE'와 '나'의 작업실 이야기

THE

뉴욕의 그 친구, 지칠 대로 지쳐 있었다. 단조로운 일상과 목을 타고 누르는 듯한 조직 생활의 압박감. 꿈은 도시 탈출이었고 정착점은 작가 생활이었다. 아내를 설득했고 주택부금에 넌더리가 난 그녀도 마침내 동의했다. 멀찍이, 나무들이 무성하고 새가 울고 시냇물이 가까운 시골 마을에 거처를 정했다. 약간 촐랑거리는 성품의 그 친구, 온 세상을 다 얻은 듯 개다리춤으로 환호작약했고(이야호!) 불후의 명작이 눈앞에서 어른거렸고 지혜로운 아내는 세심한 배려를 아끼지 않았다. 자, 이제부터 다시 시작하는 거다. 전부 다 다시!

결단

늦장가 들어 해마다 거르지 않아온 행사가 해외여행이다. 드물게 세미나 빙자 여행도 있었지만 대부분이 깃발 아래 10분간 사진 찍고 출발하는 그룹투어팀에 끼어서였다. 주로 중국, 일본, 동남아쯤을 빙빙 돌다(싸니까!) 마침내 일가족이 서유럽에 입성한 게 한 5년 전이다. 1990년대 초반 프랑크푸르트 도서전을 빌미로 장장 한 달간을 홀홀히 주유했던 그 광장, 성당, 동상의 중세 마을에 남편과 아비의 신분으로, 일가(一家)를 이루어 다시 찾아갔다. 보름간의 여행 내내 기절 직전이었다. 아내의 기절은 오래된 건물과 도로의 우아에서 왔고 아이의 기절은 본토 피자 맛과 맥주 항에서 찾아왔다(맥주에 열광하는 초딩!). 로마에서 파리에서 베를린에서 인터라켄에서 내내 생각했다. 이 순간의 점점에 머무르듯 살아가는 거다. 이 순간 이전과 이 순간 이후의 지루한 인과의 법칙과 응보의 공포로부터 해방되는 거다. 이 순간 점점의 끄트머리에서 칼처럼 재겨 살아가는 거다. 저지르자! 암, 저지르고말고.

다시 THE

시골 마을의 그 뉴욕 친구, 지인들의 부러움에 둘러싸였다. 동창생도 찾아왔고 괴롭히던 직장 동료도 찾아왔고 아련한 눈웃음을 주고받던 그녀도 전혀 다른 표정으로 다녀갔다. 한마디로 잘했어, 뿐이었다. 비록 풀잎 알레르기로 종아리가 쓸리고 밤 숲의 고요가 무섭고 못질 하나 제대로 할 수 있는 게 없었지만 당찬 용기가 치솟아 올랐다. 가장 먼저 수염을 기르기 시작했고 올이 굵은 니트 카디건을 걸쳤고 아티스트 모자를 둘러썼다. 그리고 음색을 낮췄다. 찾아온 지인들과 숲길을 걸으며 월든 호숫가의 소로우가 냈음 직한 음성을 자아냈다. 뉴욕, 회의석상의 발언에서 언제나 어긋나던 그였다. 그가 의견이라고 목청을 높이기 시작하면 곳곳에서 억제된 '킥킥'이 들려왔다. 과묵은 그의 성정과 전혀 어울리지 않았건만 그는 말하기가 겁났었다. 하지만 시골 마을 숲길에서는 달랐다. 지인들은 그의 말에 귀를 기울였다. 말똥의 향내를 말하고 입으로 받아먹는 빗물의 느낌을 표현하는 한마디 한마디에 사람들은 경탄을 표했다. 어쨌든 그러니까 그는 도시 친구들에게 부러움의 표상이 되었다. 그 용기와 그 결단력과 그 남다름에 존경을.

비원(B1), **비원**(*悲願*), **비원**(*秘苑*)

장성하고 내내 작업실에서 살아온 셈이다. 출발은 친구 화실에서였다. 끔찍하게 불화가 잦았던 집을 뛰쳐나와, 미대에 진학한 내 평생 친구, 암으로 죽어버린 한정수의 방배동 화실에 얹혀살기 시작한 때가 재수생 시절이었다. 70년대 후반의 방배동은 여전히 논두렁 밭두렁이었다. 복덕방 2층 화실의 겨울은 추웠다. 그래도 좋았다. 여행을 좋아했던 녀석은 방학 동안에 제주도 어느 다방에 DJ로 취업해 한동안 화실을 비웠고 내게는 빠근한 가난이 찾아왔다. 창틀에 방치된 양파로 하루를 견딘 일도 있었다. 삐죽이 싹이 돋은 양파였다. 그래도 좋았다. 명륜동과 신촌역 부근을 전전하던 이인현의 화실도 드나들었고 나중에 광화문 한옥집을 통째로 빌린 문범 일당의 '서울 80' 동인 화실에도 눈총을 받으며 기식하곤 했다. 미대 근처도 가보지 못했지만 나는 거의 미대생 또는 화가였다.

마침내 큼큼한 자취방이 아니라 작업실이라고 부를 만한 공간이 생겼다. 80년대 중반쯤이었다. 대학 동기들과 '문학교육연구회'라는 스터디팀을 했는데 까치출판 박종만 사장이 호의를 베풀어 글 모음집을 냈다. 그 책 계약금으로 받은 돈이 광화문의 독신자 아파트 '광화문 스튜디오' 반지하방의 전세금이 됐다. 연구회 사무실이라지만 스튜디오는 오갈 데 없는 내 차지였다. 방 이름을 두 가지로 병행해 불렀다. 여자들에게는 '우사연'이라고 알려줬고 그냥 일반적으로는 '비원'이라고 불렀다. '비원'은 방 호수가 'B1'이어서였지만, 약혼식 올리고 유학 가버린 그녀에 대한 간절함 때문에 '비원(悲願)'이었고 혼자 노는 비밀 공간이라는 뜻에서 '비원(秘苑)'이었다. 비원이 많은 시절이었다. '우사연'은 '우주사상연구소'의 준말이다. 여자들이 찾아오면 여기는 인생과 우주 전반에 관해 사색하는 곳이라고 주장하며 꼭 우사연이라고 부르기를 고집했다. 모든 그녀들이 깔깔깔 웃어줬다.

마침내 'THE'

시골 마을에서 존경을 받게 된 그 뉴욕 친구, 마침내 할 일을 해야 했다. 작가가 되기 위해 낙향한 터였다. 한적함을 누리는 것도 하루 이틀이지 아내의 무심한 듯한 배려도 부담스러웠다. 그래서 바빠졌다. 바쁜 중에서도 가장 바쁜 일은 역시 그답게 집필실, 즉 작업실을 폼 나게 꾸미는 일이었다. 공간은 2층 창가, 각도는 한낮의 빛이 비스듬히 비쳐드는 좌빗겨측면(레프트 안테리어 오블리끄!), 그 무엇보다 중요한 것은 터치감이 삼삼한 타이프라이터와 감촉이 민감한 종이! 요컨대 그에게 필요하고 중요한 것은 장소와 도구였다. 작가스러운 집필실의 환경 미화와 비품 구입의 블루스는 생략하기로 하자. 그 세세한 묘사는 너무 길어진다. 어쨌든 그리하여 마침내 어느 날 그 뉴욕에서 온 친구의 시골 마을 집필실 공간은 완성되었다.

햇살이 좌현으로 비쳐들고 새소리가 청명한 오전이었다. 아내는 서방님의 원대한 착수를 위해 일을 만들어 멀리 나가주었다. 사방은 고요했다. 너무나 고요하고 고요해서 소름이 돋을 지경이었다. 타이프라이터 쪽으로 손이 가기가 계속 망설여졌다. 커피 만들며 한 시간, 서랍 속에 물품들 가지런히 다시 배열하며 또 한 시간, 기지개 켜며 하늘 보며 또 한나절, 그러나 어쨌든 써야 했다. 그리고 마침내 그는 썼다. 이렇게 썼다. "THE." 그런데 그게…… 그는 타이프 용지를 구겨버리고 다시 썼다. "THE." 하늘을 한참 올려다보다가 마당으로 내려가 빙빙 돌다가 다시 돌아와 책상 앞에 자신이 쓴 글을 노려보았다. "THE." 그의 눈앞에 우뚝하게 서 있는 문장은 "THE."였다. 아내가 돌아오자 그는 큰소리로 명령을 내렸다. "2층 내 집필실에 절대로 올라오지 마!"

다음 날 아침 일찍 뉴욕에서 시골 마을로 낙향한 그 작가 친구는 책상에 앉아 자기가 쓴 문장을 지켜봤다. "THE." 원고지에 "THE"라고 적혀 있는데 그는 온 머리칼이 곤두섰다. 그래, 'THE'라구, 'THE, THE, THE'라구우!!! 직장에 호기롭게 사표를 내던 날이, 환송연을 베풀던 자리가, 아내와 전원주택 보러 다니던 나날이, 온갖 생활용품을 사들이던 하루하루가, 처음 톱으로 나무를 베어보던 순간이 주마등처럼 스쳐 지나갔다. 그런데 'THE'였다. 'THE' 다음에는 눈앞이 캄캄한 게 아무런 생각도 나지 않았다. 날마다 2층 창가의 햇살은 좌현으로 아름답게 비쳐들건만 그는 어제도 'THE', 그제도 'THE', 그끄제도 'THE'였다. 그는, 뉴욕에서 낙향하여 집필실을 마련한 수염투성이 사내는 'THE' 첫 단어에서 한 글자도 더 나아가지 못했다는 말이다, 클!

테레빈유의 전설

비원 혹은 우사연이 작업실인 이유가 있어야 했다. 자취방이나 일반 가정과는 구별되는 멋스럽고 심오한 명분이 필요했다. 홀로 사는 내게 별도의 잠자리가 있는 것도 아닌데 주방 딸린 이 휑한 독신자 아파트가 어째서 자취방 아닌 작업실일 수 있겠는가. 지난날 '나의 살던 고향은' 같던 화실들은 자동으로 작업실이었다. 캔버스와 이젤의 상투적 정경. 하지만 문을 열고 들어설 때 무엇보다 압도적인 것은 냄새였다. 강렬한 테레빈유 향이 골을 찌르며 감각을 자극해왔다. 냄새가 작업실이었다. 유화 물감 개는 데 쓰는 테레빈유는 중추신경계통을 자극하고, 불규칙한 심장박동을 유발하며, 술 취한 느낌, 경련, 혼수상태가 나타날 수 있고, 뇌에 이상을 가져올 수도 있다고 경고문에 씌어 있다. 그 당시 화실에서 먹고 자는 인간들은 대체로 뇌에 이상이 있거나 중추신경계통이 불안해 보였는데, 그러니까 다 이유가 있는 거였다.

가령 신촌역 부근 이인현 화실에서의 어느 날 새벽, 허기가 도도한 차에 라면 한 봉지를 찾아내는 데 성공했다. 그런데 아뿔싸 석유 버너에 석유가 없었다. 편의점이 없고 '부루스타'를 모르던 80년대를 기억하라. 온 방을 샅샅이 뒤져 상당수의 토막 난 양초를 찾아냈다. 절묘한 각도로 코펠을 올리고 허연 양초를 연료 삼아 우리는 그것, 일종의 라면을 끓여서 정말로 먹었다. 정말로 악착같이 다 먹은 게 사실인데 이제와 생각하니 테레빈유 때문이지 싶다. 이인현도 문범도, 죽기 전의 한정수도 나중에 죄다 미술대학 교수가 됐다. 그들은 왜 경련과 혼수상태의 무궁무진한 테레빈유 전설을 글로 남기지 않는 걸까.

'THE'의 아내

뉴욕에서 작가 생활을 꿈꾸며 시골 마을로 낙향하여 집필실을 꾸민 그 친구 'THE' 앞에서 계속 몸부림치는 중이었다. 사실 'THE'의 아내는 벌어질 사태를 내다보고 있었다. 첫 데이트에서 결혼 7년차까지 개다리 춤사위에 어울리는 남편의 사고 범위와 답답한 일상을 속속들이 꿰고 있는데 대체 어떤 문학이 순순히 쏟아져 나와주겠는가. 그녀는 그저 떠나는 게 좋아서 따라왔고 장차 어떻게 되겠지 하는 젊음으로 버텼다. 그리고 일기를 썼다. 옛 친구들에게 일과처럼 편지를 썼고 줄이 쳐지지 않은 노트에 볼펜으로 틈틈이 낙서글을 써 내려갔다. 널찍한 시골집 마당에서 말라가는 빨래의 물무늬에 대해서 썼고, 19세기 시인 테니슨의 전원 예찬이 한가로운 잠꼬대만은 아니라는 의견을 적었다. 시골 생활의 대원칙도 세워보았다. 첫째, 시골 사람이 되지 말자. 책읽기와 글쓰기를 게을리하지 말자는 의미였다. 둘째, 시골 사람이 되자. 몸을 써서 땀을 흘리며 일하는 것을 두려워하지 말자는 의미였다. 셋째, 시골을 알자. 브루클린 태생인 그녀로서는 땅강아지가 발발발 기어 다니고 바로 눈앞에서 그걸 쪼아 먹는 멧새의 잽싼 낙하와 비상 광경이 처음 경험하는 신기한 생명 현상이었다. 넷째, 다섯째, 여섯째가 계속 이어져나갔다. 남편처럼 정규 대학을 나온 것도 아니었고 누군가 읽어줄 일이 있을 거라고는 전혀 생각조차 하지 않았다. 파란색 볼펜의 낙서글이 두께를 더해가는 틈틈이 그녀는 문득 사람이 그립곤 했다. 주방 창 너머 너른 마당에 이어지는 한길을 멍하게 쳐다보다 팬 위의 베이컨이 딱딱하게 굳어버리거나 에그 스크램블이 홀랑 타버리는 일이 종종 벌어졌다. 2층 집필실의 남자와는 다른 관계의 통로가 절실해진 그녀였다.

회사원

아, 나의 비원이 작업실인 이유! 비원에 입주할 때 회사원이었다. 세상의 회사원들에게 대단히 미안한 말이지만, 아니 나만 그랬는지 모르지만, 쪼글쪼글하고 누글누글하고 나른한 게 회사원 생활이었다. 일과는 꽤나 바빴는데도 존재는 나른했다. 익명인 탓이기도 했다. 조그만 회사라 김갑수 씨는 금방 지나가고 과장이어서 김 과장으로 불렸고 차장이어서 김 차장으로 불렸다. 부장쯤이 되고 나니까 이름은 완전히 실종됐다. 이제는 꽤나 거대 회사가 돼버린 웅진출판주식회사. 지금 그곳의 현역들은 학생 운동권 출신만으로 구성되었다던 80년대 편집부를 무슨 출판운동팀쯤으로 환상의 나래를 편다고 들었는데 아서라 회사는 회사, 업무는 업무였다. 그래서 나른했고 존재는 막막 절벽이었다.

몇 가지 홀로 고집은 있었다. 한 번도 저축을 하지 않았다. 돈 모을 여유도 없었지만 어쨌든 매달 완전히 다 썼다. 회사 생활 초창기, 의무적으로 재형저축을 들어야 했던 날 길을 걸으며 눈물을 쏟았다. 그 당시 혐오의 의미로 자주 쓰던 표현인 '이스태블리시먼트(기성인)'가 결국 되나 보다 하고(그러고 보니 나름 순수의 시대였다). 중도에 깰 수 있다는 걸 알고 그 적금을 곧장 깨서 턴테이블을 바꿨다. 또 하나 중요한 홀로 고집이 있었다. 몇몇 친한 동료가 있기는 했지만 퇴근 후 회사 근처 호프집이나 대폿집에 여럿이 모여 왁자지껄 술 마시고 떠드는 자리를 극력 피했다. 나중에 사진작가 윤광준이 입사하여 둘이 단짝으로 세운대학(세운상가 오디오숍들을 이렇게 불렀다)깨나 어울려 다녔지만 어쨌든 저녁이면 종로통 회사 근처에서 멀리멀리 달아나고 봤다. 그리고 다른 곳으로 다시 출근을 했다. 아침에 회사로 한 번 출근하고 저녁에 또 한 번 출근하는 이중생활이었다.

다시, THE의 아내

당신은 학생 시절 교지나 학교 신문에 투고를 해본 경험이 있는가. 해본 사람은 그 이중심리를 안다. 마치 심심해서 아무렇게나 써본 글을 심심해서 부쳐본다는 투로 말하지만 사실은 정반대다. 날밤을 새워 고

치고 또 고쳐서 남몰래 스리슬쩍 투고하고 발간일까지 안달을 한다. 게재 여부가 너무나 궁금해 미칠 지경이 된다. 그러다 요행 글이 실리면 또 다른 안달이 도진다. 남들이 읽고 뭐라고 반응하는지. '봐, 늬들이 알고 있는 내가 아냐', 이런 비명이 목젖을 간질이며 한 일주일간 불안초조 속을 허우적대다가 서서히 그 귀여운 열광은 스러져간다.

뉴욕에서 글을 쓰겠다고 낙향하여 시골집 2층에 집필실을 차린 친구 'THE'의 아내가 어떤 심경이었는지는 알 수 없다. 아무리 전지적 기법으로 'THE' 내외를 묘사한다 해도 그 깊은 속마음까지 다 캐내는 것은 약간 결례가 아니겠는가. 어쨌든 하여간에 우리들의 'THE'의 아내, 주방 귀퉁이에서 틈틈이 파란 볼펜으로 낙서글을 적어나가던 그녀, 물끄러미 창밖 한길을 오래 바라보다가 외로움에 진저리를 치던 그 여인은 독자 투고를 시작했다. 일테면 〈행복이 가득한 집〉 같은 잡지를 향해서였다. 글을 쓰기 시작한 것도 그녀로서는 엉뚱한 일인 셈인데 게재를 꿈꾸며 투고를 시작한 건 돌연하고도 돌올한 용기였다. 문제는 투고의 방법이었다. 2층 집필실의 남편은 머리칼을 쥐어뜯으며 간간이 우리에 갇힌 동물 울음소리 같은 걸 낸다. 마누라까지 글을 끼적거려 남편의 절망감에 불을 붙일 수는 없다. 모든 걸 몰래 했다. 쓰는 것도 몰래 부치는 것도 몰래. 학생 시절 교지에 몰래 투고하는 것과는 좀 다른, 인류애적이고 부부애적인 '몰래'였다. 여기서 아내가 부친 글의 내용이 무엇인지 알려고 하지 말자. 다만 이야호, 개다리춤을 추며 희대의 걸작을 호언했던 우리들의 'THE'처럼 그녀가 문호병(文豪病)에 걸렸던 것이 아닌 점만은 분명하다. 그녀의 문장은 대체로 짧고 간결했고 소소한 경험들이 바탕을 이루었다.

출근에서 출근으로

회사원은 아침에 출근을 해야 한다. 어디로? 회사로! 이런 삭막한 환원어법은 말도 뭣도 아니겠지. 회사원이 아침마다 출근하는 행동을 조금 그럴싸하게, 가급적 장렬하게 묘사할 길은 없을까. 다소 처세경영적 표현이지만 이렇게 말해보자. 회사원은 아침마다 생존의 장으로 자기 존재를 던지러 나아간다. 틀린 말은 아닐 텐데 생존의 장이라는 표현은 적자생존 자연도태 우승열패 따위의 무시무시한 진화론을 연상시킨다. 그렇지만 적자생존, 그것은 회사원에게 실제 상황이었다. 생존의 장에서 적자생존하려면 '열심히'에 목숨 거는 수밖에 없다.

한동안 특이하게 열심인 부서장을 모신 일이 있다. 그의 꿈은 대학 교수가 되는 거였다. 엄청나게 열심히 회사 일을 하면서도 또한 엄청나게 열심히 대학원 공부를 했다. 에너지 넘치는 그가 말하곤 했다. 퇴근 후 빨리 밥 먹고 매일 세 시간씩 꼭 공부를 한다. 그 정력가의 의지를 본받아 나도 그때 비슷한 결심을 했었다. 퇴근 후 매일 세 시간은 꼭 방황을 한다. 정말이었다. 그러니까 퇴근 후 방황하는 곳, 그곳이 내 저녁의 출근지였다. 그곳이 바로 나의 비원이었다. 아침에 자명종이 울리면 기계처럼 벌떡 일어나 출근을 한다. 생존의 장으로 진입. 하루 일과가 끝나고 퇴근의 땅거미가 깔리면 다시 새로운 환경으로 출근. 방황을 시작한다. 이 같은 방황에 어떤 설명이 필요했다. 나는 나의 방황하는 행위를 두고 실존을 만나는 일이라고 번역했다. 거듭 정리하자면, 아침이면 생존의 장으로 출근하고 저녁이면 실존의 장으로 다시 출근하는 것이다. 따라서 비원은 자취방이 아니라 실존과 맞대면하여 고군분투하는 작업실이라 할 수 있었다. 비원이라 부르던 광화문 스튜디오에서의 작업실 생활, 그 기간이 근 7년 가까이였다. 휴.

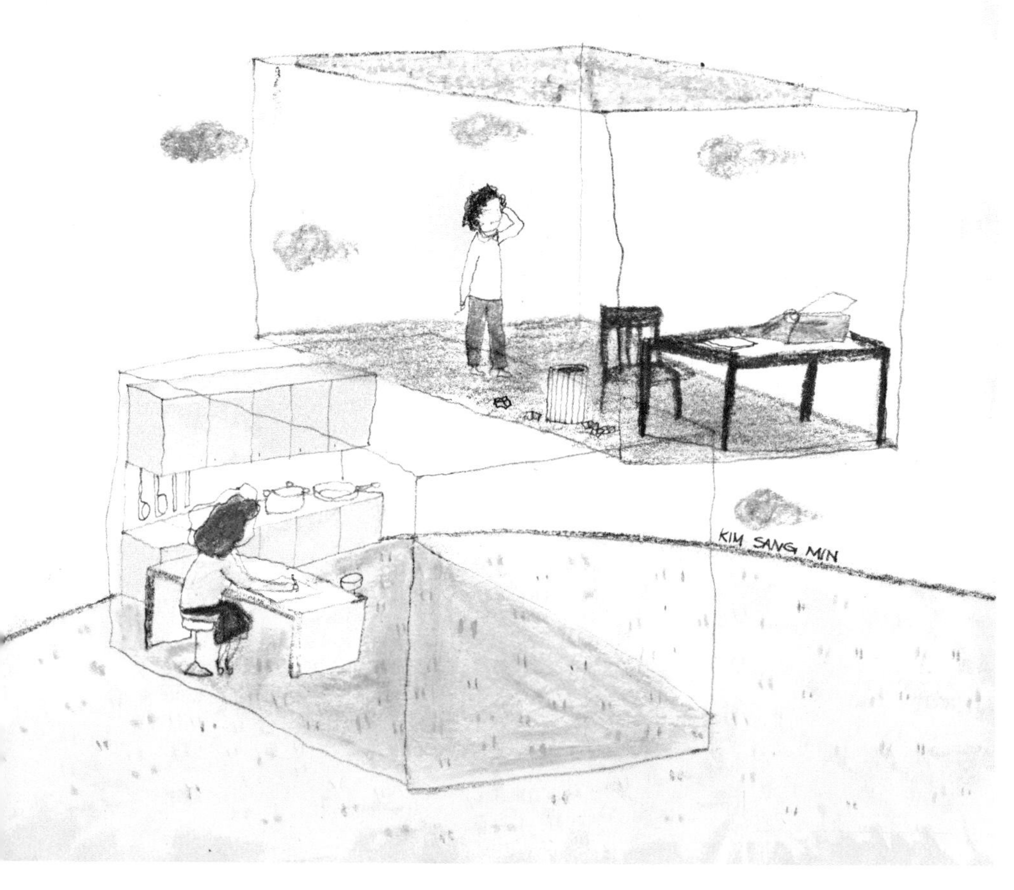

'THE'의 하루

아내는 1층 주방에서 파란색 볼펜으로 낙서글을 끼적이고 있다. 우리들의 'THE'는 2층 집필실에서 무얼 하며 하루를 보내고 있었을까. 그는 개미를 연구 관찰하고 있었다. 장 콕토가 그렇게 표현했다던가. 333, 333……. 엎드려 있는 3처럼 생긴 개미들 숫자를 정확히 세는 일이 흡사 중차대한 과제 같았다. 창밖을 오래 물끄러미 내다보기도 했다. 그러고 있노라니 무슨 생각을 하고 있는 것도 같았는데 그런 일이 그에겐 무척 낯설었다. 문제는 그 자신도 무얼 생각하고 있는지 당최 모르겠는 점이다. 옆구리를 긁다가 앞구리를 긁다가 등판을 긁겠다고 요가 자세로 용을 쓰는 것은 너무 자주 하는 행동이었다.

뉴욕 사무실에 호기롭게 사표를 던지고 낙향하여 시골집 2층에 집필실을 꾸린 우리들의 'THE', 첫 글자 'THE'를 쓰고 눈앞이 캄캄해져버린 우리들의 친구 'THE'는 가령, 아침이면 《쥬라기 공원》의 작가 마이클 크라이튼을 꿈꾸었다. 점심녘에는 《미저리》의 스티븐 킹을 꿈꾸며 기인 행각을 도모했고, 저녁이 다가오면 아련하게 《메디슨 카운티의 다리》를 서성이는 식이었다. 그 작가들의 시끌벅적한 저자 사인회 플래시를 떠올렸고 엄청난 인세를 상상했고 〈오프라 윈프리 쇼〉에 출연하여 능청스러운 입심으로 토크쇼의 총아가 되는 꿈을 꾸었다. 첫째 솔직할 것, 둘째 목소리가 정갈할 것, 셋째 무엇보다 재치가 있을 것. 이렇게 언론 인터뷰나 토크쇼 준비는 다 해놓았는데 문제는 'THE', 그 다음에 이어나갈 문장이 전혀 생각나지 않는다니까!

고독

거듭 주장하는 바이지만 비원이라 이름 붙인 광화문 독신자 아파트 반지하 공간은 작업실이었다. 실존과의 맞대면 어쩌구 하는 너스레 말고 실제로 무슨 작업이 벌어졌을까. 시를 써보았다. 갑자기 시작한 건 아니고 중학교 때부터의 열망이었는데 어쨌든 《세월의 거지》라는 불후의, 저주받은 걸작 시집을 출간하기도 했다. "우리들 꿈의 거지, 환멸의 거지, 굽실거리며 찾아가는 세월 속에 발길에 툭 채이는 욕망의 거지……." 몸부림이 가득한 내용이었다. 지금 다시 읽어보면 '나 여기 있어요!' 한마디로 요약할 수 있는 참을 수 없는 한국의 명시집이었다.

하지만 역시 중딩에 접어들면서부터 지병처럼 안고 살아온 음악 열광이 생활의 중심이었다. 남의 화실과 자취방들을 전전할 때도 음반과 오디오는 어떻게든 끌고 다녔다. 두 사람 누우면 꽉 끼는 명륜동 시장 뒤켠의 자취방 시절이었다. 삼면의 벽을 이중으로 까치발을 달아 음반들을 공중에 띄워놓아야 했다. 멀리 떨어져야 할 스피커 두 개는 찰싹 붙여놓는 수밖에. 그 무렵 어떤 디자이너 여인과 우정 어린 운우지정을 도모하다가 날궁둥이 위로 LP가 우당탕탕 쏟아졌던 사태가 있었다. LP 무더기에 등짝이며 엉덩이를 맞아본 사람 있으면 손들어보시라. 두 평 자취방에서 음악은 때로 흉기였다. 나는 무척 아팠고 그녀는 꺽꺽 허파가 터져라 미친 듯이 웃어댔다. 그 순간 이 내 마음, 암연히 수수로웠다.

시를 썼고 별의별 오디오를 섭렵했고 음반을 뭉텅뭉텅 사들였지만 광화문 독신자 아파트 비원 생활에서는 결정적인 한 가지가 없었다. 고독, 고독이 없었다. 정확하게 말하자면 고독을 못 이겨냈다. 삼십을 전후한 나이에 고독은 그리 어울리는 친구가 아니었나 보다. 그러니까 비원 작업실의 결정적 작업은 전화질이었다. 저녁 지어 먹고 잘 견디고 잘 버티다가도 밤 열한 시, 열두 시가 넘어가면 '목숨이 가다가다 농을 치기 시작하는' 시련의 시간이 도래한다. TV도 인터넷도 하다못해 신문 쪼가리도 없던 시절이다. 설사 그런 게 있었어도 마찬가지였을 것이다. 아, 황인숙과 원재길. 이 두 시인, 소설가가 내 전화질의 밥이었고 몇몇이 더 있었다. 하지만 하소연의 집중 공략도 하루 이틀이지 더는 염치없고 미안해서 번호를 누를 수 없는 때가 온다. 지갑을 뒤적거려 명함을 찾아낸다. 낮에 업무상 만나 악수하고 헤어진 사람에게 밤 열한 시 넘어 전화를 건다. 그토록 할 말이 많았던 업무 상대였건만 상대방의 한밤중 반응은 예외 없다.

"저어, 대체 왜 그러시는 거죠?"

머쓱하게 끊고 나면 그만이련만 상대가 여자인 경우는 며칠 지나지 않아 무지하게 나쁜 소문이 되어 뒤통수를 때리기 일쑤였다. '생명의 전화', '사랑의 전화'에도 전화질을 했다. 잠깐 위로가 되기도 했지만 결정적인 문제가 있었다. 그 상담원들은 너무나 쉽게 이해해주고 너무나 많이 친절하다는 사실이다. 그런 걸 어려운 한자말로 격화소양, 구두 걷 등 긁기라고 한다. 세월 지나 나중에 소설가 윤대녕과 종종 어울리는데 이 친구도 밤 열두 시 넘어 전화질을 못 참는 증세가 있었다. 한밤 전화질의 공통점은 이쪽의 기분을 전혀 이해 못하는 저쪽의 냉담으로 몹시 망신스러워진다는 것. 어느 날 밤 열두 시 넘어 그 유명 소설가의 표정에 서린 무참한 낭패를 훔쳐보며 죽을 때까지 나는 그의 편에 서기로 결심했다.

마침내 'THE'의 아내

눈 밝은 사람, 아니 이쯤이면 난시나 사시여도 짐작할 수 있을 것이다. 아우우, 2층에서 들리는 동물의 울음소리를 비지엠(BGM)으로 깔며 1층 주방 창가에 오두마니 앉아 파란색 볼펜으로 낙서글을 끼적이는 'THE'의 아내, 여성 잡지에 투고질을 시작한 그녀의 글들이 예상외의 반응을 얻기 시작했다는 걸. 그래야 위층 아래층의 대비로 이야기가 그럴싸해진다. 그런데 실제로 그랬다. '독투' 즉 '독자 투고글'은 얼마 지나지 않아 에세이스트의 초대석으로 신분 상승했고 원고료도 작가급으로 조정됐다. 열성 애독자가 생겼고 몇몇 편집자는 독점을 요

구하기에 이르렀다. 이쯤에서 멈추지 않았다. 대형출판사 하퍼 콜린스의 저작권 매니저가 편지를 보내온 것이다. 출판 계약을 타진하는 내용이었다. 사건, 마침내 대형 사건이 벌어지는 참이었다. '그렇다면 이제 내가 진짜 작가가 된다는 말인가?' 그녀는 그렇다고 남편처럼 이야호, 개다리춤을 추지는 않았다. 대신 걱정이 앞섰다. 저 2층의 남자, 아직도 집필실 환경 미화에 대부분의 시간과 정력을 쏟는 저 사내가 받을 상처는 어쩐담. 때로 인류애나 부부애는 불편한 장애물이다. 먼 길을 찾아온 하퍼 콜린스 담당자도 집에서 뚝 떨어진 호숫가 제방에서 남몰래 만나야 했다. 그 친구 이름을 존이라고 해두자. 가지런히 수염을 다듬어 기른 존이 말했다.

"《소박한 밥상》을 쓴 헬렌 니어링 이래 당신 같은 설득력과 감수성을 지닌 작가를 못 봤어요. 우리 멋진 책 한 권 냅시다."

'THE'의 아내, 말문이 막히고 코가 매워졌다.

"저같이 평범한 사람도 책을 낼 수 있단 말이에요?"

수염만이 아니라 하얀 이까지 가지런한 존이 빙그레 웃으며 남의 마누라 어깨를 감싸 안아주려다 멈칫한다. 푸드덕 물새가 치고 날아갔다.

로망

지금 나는 현재의 작업실 줄라이홀에서 일주일의 절반쯤을 산다. 대체로 월화수목쯤은 집에서, 금토일 또는 목금토일은 작업실 간이침대에서 꼬부리고 잔다. 이곳 얘기를 쓰려는데 그 전사, 작업실의 선사시대가 길어졌다. 기억 창고의 앤티크들은 무지하게 많지만 거기 매달리는 것은 현역 줄라이홀에 대한 예의가 아닌 듯싶다. 비원 생활 6, 7년 하다가 서른여섯에 결혼하여 아저씨가 됐다. 숨을 곳 없는 가정생활 수삼 년이 지나니 거의 정신분열 지경이었다. 회사를 탈출했고 프리랜서에 걸맞게 작업실 생활을 다시 시작했다. 어떤 작업을 벌이는지가 늘 아리송했지만 혜화동 빌라 지하층을 시작으로 마포 인근의 상가 건물, 오피스텔 따위를 전전했다.

중요한 건 혼자 숨 쉴 공간이었다. 멍하게 면벽하고 시간 죽이는 것도 작업이다. 나만의 비밀 공간에 틀어박히는 것. 누군가는 그것을 현대인의 로망이라고 표현했다. 나는 로망의 사명을 지니고 이 땅에 태어났음에 틀림없다. 하지만 방문객들의 경탄을 위해 얼마나 닦고 조이고 기름 쳐야 하는지, 그 일상을 말해야 한다. 실은 나 자신이 언제나 내 작업실의 방문객이다. 문을 열고 발을 디디는 순간 탄성과 탄식, 감동과 회한, 그런 감흥이 일지 않으면 그것은 작업실이 아니다. 그런 점에서 작업실은 추억의 공간이다. 당장의 한순간 한순간이 추억의 시간이다. 작업실에서 살아간다는 건 추억을 생산하며 살아간다는 뜻이다.

'THE'의 후일담

뉴욕에서 낙향하여 시골 마을에 집필실을 꾸민 우리들의 친구 'THE'와 그의 아내. 이 선량한 커플이 결국 어떻게 되었는지 나는 모른다. 모를 수밖에. 잠이 들어버렸으니까! 이 이야기의 원전은 오래전 해외 여행지의 호텔방에서 졸며 깨며 TV에서 보았던 영화였다. 빠른 영어 대사를 알아듣기 어려웠으나, 미스터 'THE'가 이야호, 개다리춤을 실제로 췄던 것도 아니지만, 대략 앞에서 만든 스토리와 골격은 같다. 당신 작업실 얘기를 한다면서 'THE' 스토리는 왜 앞세웠느냐고 묻지 말아달라. 이른바 지친 도시인의 로망이라고들 하는 개인 작업실 생활로 들어가는 입구에서 'THE'네 부부 정도면 카메오 출연 자격이 충분하리라.

작업실이 지하로 피신해 들어가야 할 이유, 마흔아홉 가지

우리의 조상은 쾌락 앞에서 한결 더 우아하고 자신의 행복을 더욱 잘 의식한 사람들이요, 그만큼 고통에는 덜 민감한 사람들이었는지 모른다. 내 말이 아니라 가스통 바슐라르의 오묘한 설법이다. 동굴 속에서 살았던 시대에 대한 추정으로 리드미컬한 노동, 마찰되는 팔과 부딪히는 나무들, 노래하는 목소리, 뭐 그런 성적 연상과 동굴 생활의 상상이 이어진다.

롤랑 바르트를 함께 떠올려본다. 부재하는 사람이 존재하는 방식에 대한 언급. 그 사람은 없지만 나는 그의 부재에 관한 이야기를 끝없이 늘어놓는다. 상대는 없지만 대화 상대로는 현존하는 이 이상한 뒤틀림의 현재를 살아간다. 당신은 떠났고(그 때문에 내가 괴로워하고), 또 당신은 여기 있다(내가 당신에게 말하고 있으므로). 부재는 지속되고, 나는 그것을 견뎌내야만 한다. 그래서 나는 부재를 조작하려 한다. 그 속에서 의혹, 비난, 욕망, 우울이 등장하는 온갖 허구의 이야기가 만들어진다.

바슐라르의 쾌락과 바르트의 고뇌가 만나는 장소가 동굴 속이다. 동굴 속 동굴인의 기질을 타고나는 사람이 있다. 동굴인에게 쾌락과 고뇌는 같은 종류의 호르몬으로 생성된다. 가령 사랑도, 동굴인에게는 부재 즉 사랑하는 사람이 떠나가고부터 본격적으로 개시된다. 그 부재는 아프고 고통스럽다. 하지만 동굴인은 그의 먼 조상, 원시시대의 노래를 본능적으로 체득하고 있는 사람이다. 따라서 그는 부재로 인한 고통을 마치 쾌락처럼 감지하며 즐긴다. 어쩌면 당대의 관습적인 고통에 덜 민감한 탓인지도 모른다. 동굴인이 나는 아프다, 라고 말할 때의 숨은 표정을 잘 관찰해보라. 거기 서린 어떤 쾌감을 발견하고 이해할 수 있다면 당신도 동굴인의 하나일 수 있다.

작업실은 반드시 캄캄한 지하에 있어야 한다. 무슨 작업을 하든 마찬가지다. 국어사전적으로 작업이란 뭘 새로 만드는 일일 텐데, 그러자면 기존의 것들과 결별할 수 있어야 한다. 여자에게 작업 걸 때 상투적 언행으로는 씨알머리가 먹히지 않는 것처럼, 작업실이 작업스러우려면 뭔가 달라야 한다.

가장 먼저 결별해야 할 것이 그날의 날씨다. 추적추적 비가 온다거나 바람 불거나 눈 내리거나 또는 쨍쨍 햇살이 찔러들어 오거나 하는 그날그날의 일기가 침투하면 모든 습관의 위력이 총동원 태세를 갖추게 마련이다. 습관에 묶이면 아무것도 달라질 수 없다.

또 하나 결별해야 할 것이 소리다. 창문 밖에서 만 원에 다섯 마리, 하는 물오징어 장수나 아침부터 떨이를 외치는 야채 트럭의 확성기 소리가 들려와도 개의치 않을 수 있다면 차라리 집에서 빈둥거리는 편이 낫다. 더 심각한 것은 깨끄덕대며 노는 동네아이들의 새된 목청이나 쑥덕쑥덕 흉한 소문을 나누는 아줌마들의 생활 현장음이다. 그런 소리들이 곧 일상인데 일상 누리고 범속에 치이자고 굳이 작업실을 만들 일은 없다.

아울러 결별해야 할 것이 햇살이다. 햇살의 조도가 곧 시간을 의미한다. 시간의 경과가 의식되는 상황에서는 멍멍한 면벽도, 뜨겁거나 차가운 상념도 부질없는 일이 되고 만다. "모든 시간은 흘러가버린다, 아무것도 얻지 못하리라!" 괴테의 이 끔찍한 경구가 떠오르며 허무주의자가 되기 십상이다. 햇살이 좀 더 고약한 것은 주위 사물이 수선스럽고 소란스럽게 다가온다는 점이다. 빛을 받으면 물체의 원자가 운동을 하기 때문일까. 아울러 햇빛은 감각기관을 둔화시키는 작용이 있는 듯하다. 캄캄한 어둠 속에 홀로 있어보라. 전신의 감각, 특히 청각이 왕성하게 활동하는 것을 곧바로 느낄 수 있다.

작업실이 지하로 피신해 들어가야 할 이유는 대략 마흔아홉 가지쯤 된다.

나는 마포의 한 건물 지하에 동굴을 파고 산다. 햇빛과 소리와 날씨로부터 완벽하게 차단된 정말 깊은 동굴 속 같은 공간이다. 여기까지는 다 좋은데 동굴로 내려가는 입구, 즉 건물 1층이 글쎄 정육점이다. 재미있자고 하는 얘기가 아니라 진짜로 벌건 형광등이 켜진 냉장고에서 고기를 꺼내 썰어 파는 정육점이란 말이다(하늘도 무심하시지!). 좋은 고기처럼 꽤 통통하고 키가 아주 작은 정육점 사내와 날마다 눈인사를 하며 계단을 내려간다. 정육점 아래 작업실. 그건 내가 살아온 삶에 썩 들어맞는 비유 같다. 언제고 좀 멋지거나 빛나는 상황이 도래

할라치면 꼭 정육점 같은 사태가 겹쳐져서 스타일 구기고 만다. 망신의 역사만 추려도 한 다발의 책일 텐데 그런 건 감추는 게 낫겠지. 망신, 더 살가운 한국말로 쪽팔림의 생애를 살았다. 그 기분을 나는 시집에다 "죄에 의해서 마음이 편안해지고 진창에 뒹굴어 가벼운 육신"이라고 표현한 적이 있다.

정육점 사내는 아직 내 정체를 모른다. 머리만 길면 다들 예술가라고 간주하니까 그쪽에서 그렇게 추정하리라는 것이 나의 추정인데, 그는 통 내 쪽에서 말할 기회를 주지 않는다. 그리고 언제나 유쾌하게 웃으며 고기 얘기를 던진다. "이번 차돌박이 끝내주는 게 들어왔어요!", "항정살 맛이 진짜 남의 살 맛이라니까요!" 등등. 애석하게도 거기에 대고 맞장구 칠 만한 고기 철학이 없어서 나는 언제나 "흐흐" 한다. 그럴 땐 왜 꼭 입에서 '흐흐' 하는 부슬부슬한 파찰음이 새나오는지 모르겠다. 그러고 보니 수유리 광산슈퍼 앞 서점 안채에서 살 때도 그랬다. 은행 다니다 퇴직했다는 주인아저씨는 공짜로 책 보며 죽치는 내게 언제나 관대했는데, 항상 책 얘기만 했다. 책 내용이 아니라 어떤 사람이 어떤 책을 사 갔다는 장사 얘기였다. 그래도 귀에 남은 말이 하나 있긴 하다. 함석헌 선생의 조카라는 사람이 엄청나게 함 선생을 비방하는 책을 냈는데, 서적상 연합회가 회의를 해서 자율적으로 판매 거부키로 결의했다는 감동적인 얘기였다. 전두환의 5공화국 시절이었다.

정육점과 친해질 이유도 없지만 그렇다고 안 친해질 이유도 없다. 그런데 친해질 수가 없다. 그냥 이유 없이 타인과 편해지는 게 도무지

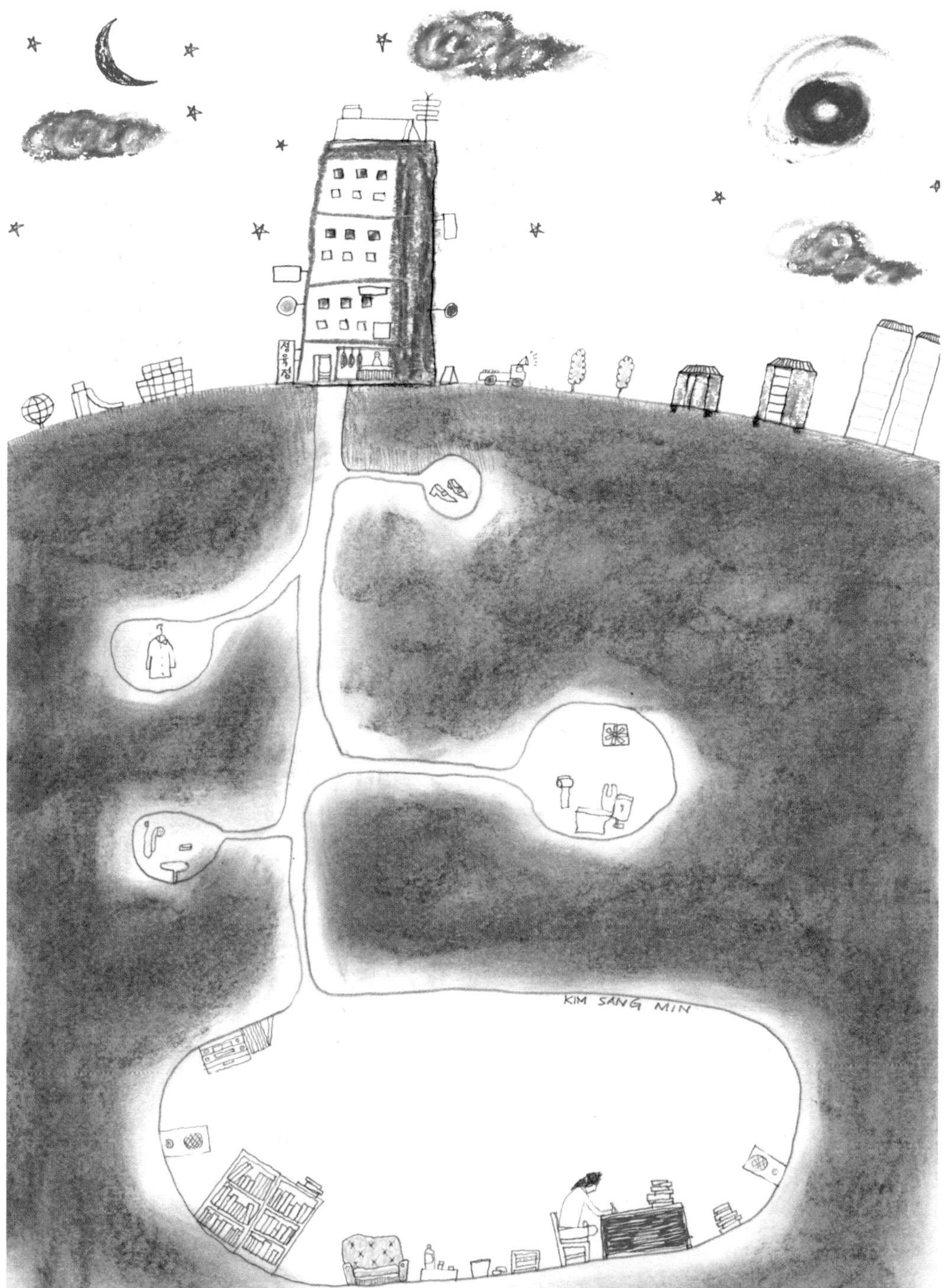
정육점
KIM SANG MIN

되지 않는다. 나는 식당 가면 식당 주인과 병원 가면 담당 의사와 금방 친해지는 사람들을 알고 있다. 아파트 경비원과도 친하고 요구르트 배달원과도 친하고 심지어 주차 문제로 엄청 싸운 이웃과도 금방 다시 친해진다. 가까운 친구가 그런 종류의 사람이면 대단히 불편하다. 가령 사진 찍는 윤광준이 그런 인간인데, 두어 시간 만나는 동안 대략 대여섯 통 이상의 핸드폰 벨이 울린다. 내가 보기엔 죄다 실없는 전화인데 하나하나 킬킬거리며 잘도 받아준다(맙소사!).

정육점과 친해지고 싶다는 생각을 한다. 딱히 이유는 없지만 아래 위층에 살면서 너무 야박한 것 같으니까. 친하려면 매개가 있어야 한다. 석양이 깔리는 저녁나절에 먼 산을 쳐다보며 내가 말한다.

"아, 로버트 프로스트가 감탄해 마지않던 그 선연한 노을빛을 닮은 해거름이군요."

또는 이런다.

"조수미의 바로크 창법 음반은 좀 난센스가 아니겠어요? 체칠리아 바르톨리와 너무 비교되잖아요."

정육점의 답변은 추정컨대 이렇다.

"뭐, 뭐라구? 야, 이 미친놈아!"

이 정육점 담화를 통해 망신 한평생의 전말을 파악할 수 있다. 한자에 '졸(拙)'이 있고 '박(薄)'이 있으니 넘치지 않고 화려하지 않은 진짜 은근하고 깊은 멋이 졸박이다. 그게 되지 않는다. 졸박이 되지 않는, 과잉으로 철철 넘쳐나는 성정이 화근이다. 과하게 위축되거나 과하게 호탕한 왕복 시계추에 사람들은 끔찍해하고 정신없어한다. 대학 시절 같은 학과 여학생이 했다는 말. "저 김갑수 있잖아, 바바리 입고 하늘 쳐다보며 폼 팍 재지만 내용은 하나도 없는 인간이라구." 그녀는 지금 엄청 잘 나가는 다큐멘터리 작가다. 아뿔싸! 동굴인의 정체가 이렇게 쉽게 탄로 나는 게 아닌데, 헉.

'줄라이홀'을 짓다

남의 글 떠올리며 생각의 단서가 풀려나가는 것도 병인 것 같다. 지금 자꾸 황지우 시의 한 구절이 뇌리를 떠나지 않는다.

"슬픔처럼 상스러운 것이 또 있을까."

나이 먹어 뚱뚱한 가죽 부대에 담긴 것 같은 자신이 어색해 견딜 수 없다며 뇌까린 시 구절이다. 그래서 혼자 흐린 주점에 앉아 있는 심정을 나도 알 것 같다.

다른 맥락에서 쓰인 발터 벤야민의 한 말씀도 떠오른다.

"우리가 열다섯 살 때 알고 있던, 아니면 하고 있던 것만이 이후 어느 날 우리의 매력이 된다."

그러므로 열다섯 살을 잃어버린 나이의 현명함, 당연히 매력 없다. 매력 없고 상스러워라, 서른 몇 살, 마흔 몇 살 심지어 오십, 육십들의 현명함이여. 죽어라고 건강을 챙기고 미친 듯이 레저를 즐기고 그 밖의 모든 시간에 일만 하는 상스러움이여. 현명함은 저축을 하고 재테크를 하고 노후 대비를 하면서 상스러워진다. 다들 그렇게 살아야만 하는 것이 슬픈데 슬픔처럼 상스러운 것이 또 있느냐고.

매력 없고 상스러워진 사람의 피난처, 그곳이 지하실에 꾸미는 작업실 공간이다. 열다섯 살 이전에는 온 세상이 은밀한 작업실이었다. '아니마 문디-생명무답'이라는 청소년 게임의 주제가는 이렇게 흐른다.

> 유혹하는 목소리가 인도하는 곳은 파멸을 헤매이는 허무한 세계
>
> 안개 속에 손을 뻗어 사랑하는 이와 함께 끝없이 타락한다
>
> 아름답게 지는 위선의 꽃잎, 의식은 슬픔의 바람에 맡기고……

열다섯 살 사춘기 시절의 파멸을 헤매이는 허무한 세계이기는커녕 너무도 명명백백한 '이 세계' 안에서 고군분투하다가 어느 날 흐린 주점에 홀로 들어가 앉아 소스라치듯 만나게 되는 한 사람이 있다. 그 사람은 바로 자기라는 황폐, 자기라는 전율이다. 당신은 아직 그 사람을 만나지 못했는가. 그렇다면 그건 아직 충분히 상스럽지 못해서일 것이다.

이제는 흔하디흔해진 게 유럽 여행이다. 그렇건만 몇 해에 걸쳐 가족과 서유럽, 동유럽을 헤매고 다니면서 충격을 좀 크게 먹었다. '거리'와 '스트리트'와 '슈트라세'는 흡사 다른 장소를 지칭하는 의미 같았다. 슈트라세를 돌아 나오다 마주치는 성당, 궁전, 미술관 등지의 격조 앞에서 이런 분기탱천한 외침이 속으로 터져나왔다. '무작정 저지르자. 암 저지르고말고.' 충동적인 결심, 그러나 준비된 충동일 것이다.

음악 속에 빠져 음악쟁이로 살아온 30년 인생이다. 앞뒷일 감안하면서 미루다가 도대체 언제 한번 제대로 된 음악실을 가져볼 수 있겠는가. 기능적이고 편리한 오피스텔 작업실을 청산하고 모든 걸 다 털어서 본격적인 리스닝룸을 꾸미기로 결심했다.

서울에서 서울과 어울리는 슈트라세로 내가 점지한 곳은 마포였다. 마포, 이름도 왠지 빈대떡스럽고 돼지껍질스럽지 않은가. 실은 도심이면서도 후미진 구석이 유난히 많다는 게 이유다. 집값이 싸니까!

음악에 한이 맺혀 리스닝룸을 꾸미고자 한다면 첫째도 천장 높이, 둘째도 천장 높이가 관심사여야 한다. 아름다운 음향은 공간의 넓이보다 단연코 천장 높이에 좌우된다는 사실을 수없이 체험했다. 오래된 성당에서 들려오는 형언할 수 없는 소리의 황홀은 바로 천상을 향해 높이 솟아 있는 천장에서 나온다. 기천만 원 대의 오디오 시스템을 갖춰놓고서도 귀청 사나운 소리만 빽빽 나오는 경우는 십중팔구 220~240센티미터 규격을 넘지 못하는 아파트 천장 높이 때문이다. 아파트 위아래 층 이웃들의 끝없는 항의로부터 탈출해서 집밖 어딘가에 음악 감상실을 만들고자 한다면 첫째 높은 천장, 둘째 완벽한 방습, 셋째 가능하면 직사각형으로 이루어진 건물 지하실을 찾아야 한다.

한 달여, 그 구불구불한 마포 뒷골목 수색 작업에 운전기사가 되어준 친구들은 후생에 큰 복을 받으리라. 마침내 작은 아파트 단지 뒷길에 외지게 들어앉은 천장 높이 3미터의 상가 건물을 찾아냈다(왜 우리나라에는 한 5미터쯤 되는 천장 건물이 전혀 없는 것일까). 1층 슈퍼마켓(나중에 정육점으로 바뀐다), 2층 피시방, 3, 4층은 용도가 정체불명인 4층 건물의 지하실, 지금의 작업실이다. 개척 교회가 기를 쓰고 들어오려는 걸 건물주가 애써 방어하던 참이었다.

슬픔과 상스러움, 자기라는 황폐와 전율, 어쩌구저쩌구 눙치면서 지하 작업실의 필요를 들먹였지만 아서라, 작업실 공사는 현실이었다. 생전 처음 공사라는 걸 해봤다. 겪어가면서 알았다. 이른바 시공주인 내가 해야 할 일은 미장 아저씨들, 목수 아저씨들, 전기 아저씨 밥 사주고 고기 사주고 캔커피 사대면서 비위 맞추는 거였다(한번 확인해보라. 모든 기술자들은 반드시 캔커피만 마신다).

그런데 그 비위 맞추기가 가히 벌서기였다. 절대로 사람을 부리는 일이 아니었다. 기술자 아저씨들은 자존심에 살고 자존심에 죽을 듯이 언제나 퉁겼고 나는 자꾸만 졸아들었다. 계단 입구에 형무소 비슷한

철창 출입문을 달고 현관 안에 이중문과 벽을 설치하고 바닥 전체에 마루를 깔고 헛간과 서재를 숨겨놓듯이 짓고 없던 화장실과 욕실을 새로 들이고…… 대공사였다.

리스닝룸이다 보니 천장 전체에 스카이라인이라는 음향 분산재를 붙여야 했는데 군데군데 화재시 물 뿌리는 스프링클러가 방해물이었다. 나는 짐짓 단호한 목소리로 장엄하게 선포했다.

"여기에 내 모든 음반과 오디오와 책이 들어찰 겁니다. 그거 타버리면 살아서 뭐하겠습니까. 불나면 함께 타죽을 거니까 다 막아버리세요!"

진짜로 막아버리고 나니 그 거친 아저씨들도 좀 질려하는 눈치였다. 시공주 위신이 한결 나아졌다. 몇 년 지내보니 예상과 결과가 딱 들어맞는 일이 있다. 입에 욕을 달고 다니며 불평과 작업 지연을 일삼던 미장 아저씨들의 화장실은 끝없는 말썽이 이어지는 반면 소처럼 군말 없이 일만 하던 전기 아저씨의 각종 설치물은 상쾌 그 자체다. 누구 재주인지는 모르지만, 바닥 전체와 벽면에 깐 목재 값을 시세의 세 배가량 받았다는 사실도 나중에 알았다. 벌서기의 멋들어진 대미였다. 옛 어른들 집 지어놓고 죽는 일 많았단다. 나 역시 구사일생한 셈이다.

중앙일보 문화부 조우석 형이 초기에 다녀갔다. "우와, 김갑수가 100평짜리 음악실을 꾸몄더라." 뻥은 이렇게 치는 거다. 실제 면적은 37평이다. 그래도 통으로 트여 있으니 꽤 넓어 보인다. 마루 밑에 한 트럭분의 숯을 깔았고 노래방에서 쓴다는 흡음재로 빈틈을 처리했다. 경사면에 나 있는 창문 두 개는 천장에 딱 붙는 거대한 책꽂이를 제작해 완전히 막아버렸다. 암흑과 고요와 단절감만이 팽팽하게 부릅뜨고 있는 공간. 나는 그런 공간을 원했다.

시인 황인숙이 문단 축하객을 한차례 몰아다준 이후 무슨 조화인지 "카페를 차렸다더라"가 한바퀴 돌았고, "이혼하고 집 나왔다더라" 하는 소문은 꽤 여러 바퀴를 돌아서 내 귀에까지 전달됐다. 하긴 무심의 도를 득한 아내는 공사 다 마치고도 한참 지나 딱 한 번 찾아와 "좋네" 한마디 하고는 10분 만에 돌아갔다.

록그룹 R. E. M.이라면 얼터너티브 록음악의 원조 격으로 초거물급 밴드다. 항상 의미심장한 노랫말을 구사하는 터라 그룹 이름 R. E. M.도

심오하게 깊은 의미를 담았을 것 같다. 그런데 천만에. 리더인 마이클 스타이프가 팀 동료를 모았다.

"자, 우리 새 밴드 하는데 이름은 뭐라고 할까."

그까잇 거 뭐 대충, 옆에 놓인 사전을 휘리릭 펼쳐 가장 먼저 짚인 글자가 우연히 '급속안구운동(Rapid Eye Movement)' 즉 'R. E. M.'이었고 그대로 그룹 이름으로 결정했단다. 황당한 건가, 멋진 건가. 혹은 둘 다인가.

대망의 새 작업실 이름도 그렇게 짓고 싶었다. 어느 날 강남의 멋진 공연장 '마리아 칼라스홀'을 지은 윤재훈이 한 무리 친구들을 몰고 와 말했다.

"형님, 여기도 부를 이름이 있어야 하지 않습니까."

"어, 그럴까? 오늘 줄라이가 왔네. 그럼 앞으로 줄라이홀이라고 부르지 뭐."

정식 간판까지 만들어 붙인, 정육점 아래 지하 음악 감상실 이름은 그렇게 휘리릭 지어졌다. 그날 손님 가운데 '줄라이'라고 불리는 미모의 외국 회사 임원이 있어서 순간적으로 차용한 것이다. 급속안구운동이든 잘 모르는 여자 손님 이름이든 다 열다섯 살 적 놀이의 변주가 아닐까나.

3만 장, 늙어도 늙지 않는 징글징글한 질병

욕심 없고 절제하는 태도, 그것이 고매함이다. 할 수 있는데, 그럴 능력이 충분한데 사양하는 것, 그래 그것이 고매함이다. 고매, 그 빛나는 광채 곁으로 다가가고만 싶은데 내게는 그 거리가 너무 멀다. 가령 며칠 전《참 듣기 좋은 소리》라는 음악 에세이집을 읽으면서도 그 아득한 거리를 느낀다.

칠십대 노경의 변호사가 쓴 책으로 장장 50년 세월에 걸친 클래식 음악 사랑을 담고 있다. 그중 뒷골 당기게 만드는 저자의 말씀. "명반으로 딱 5백 장만 소유하려고 했는데 구입한 음반이 무려 천 장을 넘어서 참 괴롭다." 한글 해독이 가능하다면 그 말의 깊은 속내를 어찌 모르겠는가. 음악 좋아한답시고 트럭떼기 수준으로 바리바리 음반을 쌓아놓고 끙끙대는 탐욕의 화신들을 노신사는 꾸짖고 싶은 것이리라. 불가에서 탐욕은 살생, 도둑질, 간사함, 거짓말, 꾸며댄 말, 험담, 이간질, 분노, 그릇된 생각과 더불어 십악대죄에 해당된다. 어마 무셔라.

대망의 새 작업실 줄라이홀 공사를 다 마쳤지만 공간의 소프트웨어 즉 인테리어를 할 여지가 거의 없었다. 빈 벽면이 아예 없으니까. 실어다 놓을 LP 음반이 장장 3만 장이다. 4천 장의 CD도 만만한 양이 아니다. 오디오 시스템은 또 어떤가. 대부분 대형 스피커들로 무려 6조가 진을 치고 있다. 많다. 뭔가 너무 많다. 심리학적 규명이 필요할까, 종교적 해석이 필요할까. 설화적 표현이 더 낫거나 신비주의적 고찰이 더 흥미로울지 모르겠다. 어쨌든 많다. 너무 많다.

"뭔 자랑을 한탄조로 허요?" 싶으시겠다. 판 많고 기기 많다고 나대면서 짐짓 한탄의 어조를 띠는 건 자랑도 너스레도 아니고 실제로 그러해서 그런 것이다. 내게는 자제라는 통제 회로가 작동 불능 상태다. 그것도 완전히 음악 한쪽으로만 쏠려 그러하다. 서른여섯 살 적 결혼식을 앞두고 초조하게 그날만 기다리고 있으니 당시 세운상가의 서울전자 전동남 사장이 긴 한숨을 쉬며 말한다. "김갑수 씨야, 부디 인생을 그렇게 살지 말그라."

손꼽아 결혼식 날을 기다린 이유를 전 사장은 알고 있었다. 서울전자 그 집에 있는 바이타복스 스피커가 갖고 싶어 미칠 지경인데 돈 생길 구멍이 전혀 없었다. 아, 그런데 만세! 묘안이 솟아올랐다. 결혼식을 올리면 부조금이 들어올 것 아닌가! 결국 혼인 비용은 새신부가 충당했고 새신랑의 바이타복스 스피커는 식도 올리기 전에 들어왔다. 신혼여행 마치고 와서 가장 먼저 한 일이 스피커 값 치르는 거였다. 조선의 부조 문화란 참말로 아름다운 것이여.

강릉 '참소리 박물관' 관장을 만난 적이 있다. 물경 14만 장의 SP 음반(축음기용 음반)을 모아들인 이야기를 들려줬다. 그 정도면 신화다. 하지만 나의 LP 3만 장도 어지간한 숫자임에 틀림없다. "어릴 적부터 모아서 그렇겠군요" 하는 이해 어린 인사도 받는데 실상은 최근 십 몇 년 새 억척스레 긁어모은 것이다. 물론 중학교 때부터 참고서 대신 판 더미를 쌓아놓고 살았다. '빽판'이라 부르던 해적 음반에서 라이선스 음반까지였다. 대부분 방출하고도 아직 집 베란다에 빼곡하니 도열해 있다. 하지만 줄라이홀의 3만 장은 그야말로 알토란 같은 오리지널 원반들만의 숫자란 말이다.

70~80년대 꿈의 원반들은 대부분 미군 PX에서 스리슬쩍 도망 나온 것들로, 걸리면 철창 가는 장물이었다. 당시 광화문 '진레코드'를 찾아가면 이대근을 닮은 걸걸한 진씨 아저씨가 꼬불꼬불한 뒷길로 한참 들어가 웬 교교한 한옥으로 안내했다. 바퀴 달린 장롱을 앞으로 쓱 당기면 그 뒷벽에 장물이 그득했다. 간신히 한 장이나 두 장을 사곤 했다. 아는 형이 원반 3백여 장 모았다고 박원웅의 '밤의 디스크쇼'에 초대 손님으로 불려나가던 시절이었다.

CD 세상이 오고 좀 더 세월이 흐르자 판도가 급변했다. 미국, 유

럽의 LP 컬렉터들이 늙어 죽거나 양로원으로 들어가기 시작한 것이다. 애면글면 평생 모은 음반들이 자식들에게는 애물단지에 불과했다. 고맙기도 하여라. 미국 아들, 영국 딸, 독일 조카, 프랑스 사위들은 어르신의 LP 무더기를 거의 무게 값으로 내던져버렸다. 국내 '나까마'들이 그 낌새를 알아차렸다. 최근 10년 동안 한 번에 몇만 장 단위로 회현동

지하상가에 원반 벼락이 쏟아진 내력이 그것이다. 나도 그 한풀이 소동의 대표적인 수혜자에 해당된다. '부루의 뜨락'에서 판을 고르면 주인장이 항상 자장면을 시켜줬고, '클림트'에서는 선물로 몇 장씩 더 얹어줬고, 'LP 러브' 사장은 아예 자택 창고로 불러들여 고르게 하는 특혜를 베풀어주었다.

요새는 그런 '판벼락'도 막장으로 치닫는다. 8천만 명이라는 중국 부자들이 날뛰기 시작한 것이다. 한국 업자들은 그래도 고르고 헤아려 가면서 건져오건만 무식한 중국 친구들은 제정신이 아니란다. LA나 런던의 판 동네에 한번 납시면 한 가게 전체! 심지어 한 거리 전체를 휩쓸어 컨테이너로 실어 나른단다. LP 맛이 뭔 줄 아는 아날로그학파라면 이제라도 막차를 타는 것이 낫다. 원반 값이 금값 되는 날이 머잖아 온다. 자금 조달이 문제라고? 곰곰 생각해보시라. 해약할 적금이나 주식, 내다팔 만한 가재도구가 조금은 있지 않겠는가. 그래도 가능하면 집은 팔지 않는 것이 좋다.

무모한 열정. 젊음은 그렇게 정의된다. 무모도 맞고 열정도 옳은 것 같은데 그것이 좀 징글징글하다. 밥 딜런은 〈포에버 영Forever Young〉이라는 노래에서 이런 구절을 반복한다. "너 영원히 젊게 있으리라, 영원한 젊음, 영원한 젊음 / 당당하게 서서 강해지리라, 너 영원히 젊게 있으리라."

'빵과 자유'니 'NO NUKES-반핵'이니 하는 거창한 의미가 담긴 대형 연합 공연이 성행하던 때에 출연자 전원이 공연의 대미로 이 노래를 합창하고는 했다. 영원한 젊음, 영원한 젊음, 멋지기도 하여라. 프랭크 시나트라도 무슨 노래에선가 "동화가 현실이 될 수 있다. 마음만 젊으면 당신에게도 그런 일이 일어날 수 있다"고 열창했다. 마음만 젊으면, 마음만 젊으면 무엇이라도! 지금 미국에서는 알파노인들이 화제다. 방송 앵커의 전설 월터 크롱카이트가 91세에 현역으로 복귀했고 팔십대의 현역 앵커 바바라 월터스 할머니는 심지어 여전히 예쁘고 때

깔 곱다. 그런데 그것이 멋진가?

늙어도 늙지 않는 무모와 열정이 징글징글하게 느껴지는 기분은 왜일까. 때가 되면 번식으로 후사를 도모하고 사라지라는 유전자의 사명에 어긋나기 때문 아닐까. 그러니까 어느 위대한 한국 시인이 쓴 뽕짝조 싯귀절은 어떨지. "가야 할 때가 언제인가를 / 분명히 알고 가는 이의 / 뒷모습은 얼마나 아름다운가." 젊어 죽은 기형도는 더 심하게 나갔다. "그러나 부러지지 않고 죽어 있는 날렵한 가지들은 추악하다."

늙어도 계속 젊은 사람은 젊어 고통을 생략한 사람(혹은 철없는 사람)일지 모른다. 기억력이 병적으로 왕성한 사람일지도 모른다. 기억을 정의하는 첫째 항목이 "기억이란 현재의 갈망, 욕구 등과 일치해서 만들어진 구성물"이라는 건데, 그 늙어도 왕성한 갈망과 욕구가 끔찍하다.

젊음 또는 왕성한 기억은 "두뇌의 해마상 융기부와 좌뇌 측 전두엽공의 자극" 때문이라는데 (뭔 소리여?) 어쨌거나 밥 딜런식 '포에버 영'이 미친 듯이 펄펄 날뛰는 증거물이 줄라이홀 사면에 왁자하게 널려 있다. 젊어 고통을 생략하기는커녕 나의 이삼십대 시절도 누구 못지않은 괴로움의 추억으로 뒤숭숭하건만 이 모양이다. 3만 장이라니! 이제 컬렉터의 컬렉션질을 새로 정의한다. 그것은 늙어도 늙지 않는 징글징글한 질병, 그러니까 영원한 젊음이다.

노변호사는 명반만으로 딱 5백 장만 소유하고 싶다고 썼다. 그런데 도대체 하나하나 들어보지 않고 어떻게 명반을 감별할 수 있는 걸가. 과연 명반만이 들어볼 만한 음반일까. 사랑은 상대가 잘해서 느껴지는 감정만은 아닐 텐데 뭔가 부족하지만 사랑스러운 작곡가, 연주가는 없는 걸까. 로린 마젤Lorin Maazel이라는 중급의 지휘자가 있다. 하나하나 쌓아가듯이 건축적으로 선율을 만들어가는 로린 마젤의 지휘를 어떤 계기로 사랑하게 될 수 있다. 그런데 그가 발매한 음반만 3백 장이 훨씬 넘는다. 사랑과 애착을 느낀다면 단 한 장이라도 놓치고 싶을까. 어떤 이의 절제와 무욕, 그 빛나는 고매 곁에 차마 다가설 수가 없다. 고매하기에는 음악이, 음반의 유혹이 너무나 강력하다구요, 5백 장 어르신.

유령과 키치, 작업실의 동거인들

소망하던 작업실을 어렵사리 마련했다. 비품을 장만하고 환경 미화를 하고 친구들을 초대해 오프닝 행사도 몇 차례나 유쾌하게 벌인다. 꿈에 그리던 나 혼자만의 공간이다. 홀딱 벗고 기계체조를 해도 뭐라 간섭할 사람 하나 없다. 해방이다, 만세! 그런데 만세? 원 참, 조금만 시간이 지나보라지. 해방은커녕…….

작업실이 아니라 원룸 자취방이어도 마찬가지다. 홀로 거주하는 공간에는 반드시 원치 않는 손님, 아니 손님이라기보다 아예 들러붙어 함께 살자 하는 동거인이 찾아들게 마련이다. 그들은 한꺼번에 찾아오는 법이 없다. 바깥에 비오는 날 한 녀석이 오고, 사람들 속에서 들까불다 망신한 날에 또 다른 녀석이 기어들어오고, 일을 그르쳐 막막해진 날에도 하나쯤은 찾아들어온다. 간혹 예기치 않은 행운이 찾아드는 때에도《운수 좋은 날》의 인력거꾼 마누라 죽듯이 또 한 녀석이 온다.

원치 않는 동거인으로 가장 성가신 존재가 유령이다. 육신을 빠져나와 정처 없이 떠도는 혼령을 말하는데 하긴 혼령들도 살 집이 필요하긴 하겠다. 구천 너머로 차마 못 갈 사정이 있는 모양이지만 원한이든 기막힘이든 직접 말을 해주질 않으니 답답한 노릇이다. 어쨌든 혼자 사는 공간에는 염치 불구하고 기어들어오는 유령이 반드시 있다.

대부분의 유령은 자폐 증상이 있는지 조용한 편이다. 샤워할 때 물줄기에 눈을 못 뜨고 어리어리 하는 순간 뒤편 거울에 슬쩍 얼비치는 정도다. 그 정도면 공짜로 끼어 산다 해도 그럭저럭 참아줄 수 있다. 간혹 친구 같은 기분이 들기까지 하니까. 문제는 이른바 '시끄러운 영(靈)'이라고 부르는 폴터가이스트(Poltergeist)들이다. 얘들은 정말이지 성가시기 짝이 없다.

《렉싱턴의 유령》이라는 무라카미 하루키의 소설에 시끄러운 유령 집단이 꽤 상세하게 묘사된다. 하루키가 미국에 거주할 때 우연히 알게 된 건축가 친구가 여행을 떠나면서 자기 집을 봐달라고 부탁한다. 7천 장의 재즈 음반이 섬세하게 컬렉션 되어 있는 오래된 집이었다. 2층 침실에서 잠을 청하는데(아련한 잠귀를 하루키는 '공백 상태'라고 표현한다), 그런 공백 중에 아래층에서 시끌시끌한 소리가 들려온다. 음악 소리이고 파티 소리였다. 이 고택에서 좋았던 한 시절을 누렸던 과거의 인물들이 유령이 되어 나타난 것이다. 트럼펫을 불고 베이스를 둥둥거리고 접시며 잔이 쨍강쨍강 부딪힌다. 왁자하니 떠드는 목소리들. 그것도 밤이면 밤마다!

하루키는 다른 지면을 통해 렉싱턴 고택에서 목격한 유령들의 잔치가 실제 경험한 사실이라고 극구 강조했다. 나는 7천 장이나 되는 그 집의 LP 레코드에 주목했다. 하루키가 만난 음악 하는 유령들, 그들은 아마 폴터가이스트일 것이다.

정확히는 '폴터가이스트 현상'이라고 표현하는 것이 옳다. 알 수 없는 힘에 의해 의자며 침대 매트리스가 날아다니고 그릇들이 깨진다. 저절로 문이 열리거나 노크 소리가 들리기도 한다. 영국의 엔필드라는 동네에서는 아이들이 공중으로 번쩍 들어 올려지는 장면이 사진에 포착되기도 했다. 정말 골치 아픈 유령의 장난질이다.

내 작업실 줄라이홀에서 폴터가이스트의 소행은 마치 자연스럽고 어쩔 수 없는 일인 양 일상적으로 발생한다. 엉성하게 각을 맞춘 화장실 문이 삐걱대며 저절로 열리고 자꾸만 와인 잔이 깨지고 라이터는 끊임없이 눈앞에서 사라진다. 쉴 새 없이 무언가가 망가지고 부서지고 사라진다. 조금 과장하자면 그거 복구하고 되찾느라 시간의 절반은 소비하는 것 같다.

줄라이홀에서 폴터가이스트가 가장 적극적으로 괴롭히는 대상은 앰프들이다. 스피커가 6조나 되다 보니 거기 매칭된 프리앰프, 파워앰프의 수가 한 다스쯤 된다. 나중에 설명할 기회가 있겠지만, 몇십 년 오디오 하다 보면 그 끝자락이 옛날 기기, 이른바 빈티지 시스템인데, 대부분 1930~50년대까지의 극장 시스템이나 방송 스튜디오 장비를 복원한 것들이다. 갑자기 진공관이 사망하고 콘덴서가 열화되고 레지스터가 불통되는 일이 끊임이 없다. 삐익 하는 빽사리, 지익지익 부르르 떠는 험(hum), 두둥두둥 말 타는 소리 같은 반복 노이즈…….

그래도 하나같이 이 나라에서 내로라하는 장인들이 정성을 다해 세심하게 튜닝한 기기들이다. 구입 전에 멀쩡했던 앰프들이 줄라이홀에만 입주하면 온갖 소동을 일으키는 판이니 어찌 짓궂은 유령, 폴터가이스트를 의심하지 않으랴. 한동안 일없이 조용하면 놈들이 또 어떤 음모를 꾸미고 있을지 궁금하기조차 하다.

인터넷 서핑하다 우연히 방언 연습하는 교회 동영상을 보았다. 서울의 어떤 대형교회인데 지휘자 목사님이 장엄한 목소리로 외친다. "자, 이제 불을 끕니다. 준비하세요. 시이작!" 그러자 수백 명의 신도들이 일제히 소리를 질러대기 시작했다. 목사님은 마이크에 대고 자꾸만 큰 소리로 외쳤다. "외국말로 하세요, 한국말로 하지 마세요!!"

동영상 앞에서 망연해졌다. 그롯솔라리아, 방언의 은사는 저절로 찾아와야 하는 것 아닌가. 왜 저런 걸 연습해야 하지? 게다가 방언이

'외국말'이란 말인가. 단체로 연습하고 지어내서 외치는 방언, 그건 암만해도 가짜다.

개량 한복 또는 생활 한복, 내가 보기에 그건 키치다. 현대식 콘크리트 건물 지붕에 기와를 얹어 전통 흉내 내는 것, 그런 게 키치다. 이미 실천적 에너지가 사멸한 과거의 문화 구조물을 껍데기만 빌어와 멋으로 여기는 모든 행위는 키치에 해당된다. 구령에 따라 연습해서 외치는 방언은 종교적 키치에 해당된다. 키치는 허영과 허위의식의 산물이다. 통속하거나 조악한 것은 키치도 못 된다. 그건 그저 조잡한 것일 따름이다. 키치는 제법 미학적이기도 하고 우아하고 낭만적이며 환상성이 들어 있기도 하다. 그러나 어찌 됐건 키치는 가짜다.

작업실을 유지하는 한 무시로 찾아와 동거하자고 드는 손님이 하나둘이 아니다. 폴터가이스트는 그중 한 가지 사례에 불과한 것. 찾아오는 다른 손님 명단을 나열해볼까.

성욕, 좀 징글맞고 끈질긴 손님이다. 이 친구는 살살 달래주거나 속절없이 항복해야 하는 경우가 많다.

센티멘털리즘, 이 친구는 실제 사실에 대한 왜곡과 과장을 일용할 양식으로 삼는다. 잘못 그려진 그림 같은 것. 그러나 센티멘털이 곁에 있으면 꽤나 포근하고 편안하며 위로받는 마음이 드는 것도 사실이다.

과대망상, 이 친구와 놀았다 하면 항상 짙은 병통의 자취가 남는다. 내가 나가 아니게 변신술을 가르쳐주고는 꼭 뒤통수를 친다. 훠이, 썩 꺼져라.

그러나 역시 가장 끈덕진 작업실의 동거인은 바로 키치, 키치적 욕망이다. 가령 줄라이홀에는 종류도 국적도 일일이 헤아릴 수 없는 온갖 초와 촛대가 사방에 널려 있다. 변명인 즉 음악 감상용 조명이라는 건데 실은 환상과 우아와 낭만의 소도구다. 주로 여성 방문객이 찾아올 때 빛을 발하는데, 혹시 촛불이 간지럽다는 말을 들어보셨는지. 그렇다. 음악 감상용으로 이미 서너 가지의 간접 조명이 설치되어 있건만 그걸 죄다 놓아두고 촛불만 간지럽게 탄다. 이름하여 중세 유럽풍이라고…….

내 안에서 언제나 두 가지 키치가 다툼을 벌인다. 베토벤, 브람스, 말러를 뜨겁게 사랑하고 있으니 유럽식 촛불의 환상, 그거 자연스럽게 어울리는 일 아냐? 에라이 녀석아. 소위 진보적 칼럼을 쓰고 시사토론회에서 인권을 떠드는 너의 본색은 뭐니?

모든 확실성이 소멸된 현대 사회에서 신념이야말로 가장 위험한 키치라고 한다. 그렇다. 거리에서 돌 던지며 익힌 신념 따위는 내던져 버리고 모호하고 아련한 촛불의 환상 편에 서기로 한다. 그런데 에고, 환상도 오늘날엔 키치일 뿐이라고 미학자 조중걸 교수가 썼네. 작업실의 끈덕진 동거인들아, 성욕아, 센티멘탈아 또 무엇 무엇아, 내 도리 없이 너희들을 다 받아들이노라. 이리 와서 함께 놀자꾸나, 흡.

작업실의 커피, 일상의 '리추얼'

커피, 자신에 대한 예의

할머니가 보내셨구나
이 많은 감자를
아, 참 알이 굵기도 하다
아버지 주먹만이나 하구나
〔…〕
화롯불에 할머니를 구우면
감자 냄새가 나는 것 같다
이 저녁 할머니는 무엇을 하고 계실까?
〔…〕

초등학교 시절 교과서에 실린 장만영의 동시 〈감자〉를 선생님은 이렇게 읽어주셨다. 뭔가 이상하다는 걸 눈치 채는 아이가 아무도 없었다. 선생님은 다시 한 번 구절을 반복해 읽으셨다. "화롯불에 감자를 구우면 / 할머니 냄새가 나는 것 같다." 어, 몇몇 아이가 와르르 웃기 시작했다. 이때부터 반 아이들은 반드시 이렇게 낭독하게 되었다. "화롯불에 할머니를 구우면 / 감자 냄새가 나는 것 같다."

그 시절에 다니던 교회의 더벅머리 청년 반사는 우리들에게 다음과 같은 찬송가를 가르쳐주었다. "나는 주를 ㄱ르시는 목자니 주는 나의 귀한 어린 양……." 마귀할멈이라고 불리던 전도사 할머니는 그 구절이 들릴 때마다 부지깽이 같은 걸 들고 펄펄 뛰었다. 물론 달아나는 아이들은 "나는 주를 기르시는 목자니"를 목청 높여 더 크게 크게 내질렀다.

"페송 페송."

디에프라는 프랑스 시골의 작은 항구 카페에서 푸른색 작업복 차림의 어부가 시끄럽게 떠든다.

"르 푸와송 페슈. 알로르, 누 페송 레페송, 페송 옹 프레르, 농? 누 솜 투 레 페쉐르."

대충 만든 번역은 이렇다.

"물고기도 고기를 잡고, 우리도 고기를 잡지. 그러니까 물고기는 우리 형제야. 우리나 물고기나 다 어부니까. 안 그런가?"

푸와송 페송 어쩌구 하는 발음을 옮겨 적은 친구는 스튜어트 앨런이라는 미국 사내다. 커피의 원류를 찾고자 전 세계 5대륙을 누비고 다니며 요리사, 뮤지션, 저널리스트 등 안 해본 게 없는 인물이다. 프랑스어에 생무식인 이 미국인 귀에는 '페송 페송' 하는 소리가 개그처럼 노랫가락처럼 들렸던 모양이다. 그저 웃자는 얘기인데 당신은 '페송 페송' 개그가 하나도 안 웃긴가? 그러거나 말거나 그 어부 아저씨, 계속해서 주절주절 '팡 숑 탕 핑' 말을 늘어놓는다.

"물고기가 고기를 잡는다면, 그놈들도 어부야, 안 그래? 그리고 우리는 그 어부를 잡는 거지. 그런데 우리도 어부 아닌가? 그러니까 우리는 우리 형제를 먹는 거라고. 안 그래?"

실용에 몸살 난다. 처세, 경영, 자기계발에 등 터지겠다. 줄라이홀 생활에 대해 쓰고 있자니 사방에서 눈물겨운 염려와 충고가 답지한다. "요즘 세상에는 직접적인 쓸모가 있는 실용서가 아니면 아무도 읽지 않는다네……." 오호라, 실용의 왕국에서 관념을 허우적대고 있다니. 그래 다음과 같이 쓰기로 결심할지도 모르겠다. 〈작업실로 10억 버는 법〉, 〈끌리는 작업실은 1%가 다르다〉, 〈시골의사의 부자작업실〉, 〈20대, 작업실에 미쳐라〉, 〈성공하는 작업실의 일곱 가지 습관〉, 〈영혼을 위한 닭고기 작업실〉.

화롯불에 할머니를 굽든지 주님을 키우시든지 이 모든 게 유년기의 문학적 체험이었다. 언어가 사물이나 행동의 지시물을 넘어서서 독자적인 감흥과 재미의 영역으로 변용되는 것. 문학 비평 용어로는 말놀음 곧 펀(Pun)이라고 부르는 행위다. 말도 안 되는 굽기나 기르기의 표현을 통해 도구적 언어의 문화적 확장을 경험하는 것이다.

커피에 관한 책자 가운데 꽤 즐겁게 읽고 보탬이 되었던 것이 바로 앞서 말한 스튜어트 앨런의 《커피견문록》이다. 내용에 커피를 맛있게 끓이는 법이라거나 커피로 돈 버는 비법 따위는 전혀 없다. 그저 세계 각지를 주유하며 '페송 페송'류의 문화 체험을 다채롭게 펼쳐나가고 있을 따름. 하지만 그 같은 커피 체험 속에 문명과 역사와 인간학이 담긴다. 마시는 한 잔 속에 그렇게 깊은 뜻이, 하는 가운데 맛 자체의 깊이와 넓이가 확장되는 것을 느낀다. 진짜 정말 실용적인 것이 무엇인지 지금 세상을 휩쓰는 실용 서적들과 결투를 한판 벌였으면 좋겠다.

'작업실로 10억 버는 비법'을 연구하기는커녕 코쿤 같은 지하 공간에 콕 틀어박혀 있노라면 뭘 제대로 챙겨 먹기조차 힘들다. 아니 귀찮다. 팔도비빔면, 뚜레주르의 버터 식빵, 햇반, 그리고 가끔씩 인근의 풍년 기사식당 김치찌개 따위가 나의 주식이다. 하지만

라면 먹고 이 쑤시고 그다음 차례로 차만은 제대로 마시고 싶다. 그 오묘한 이유를 설명하기는 어렵다. 그저 자기 자신에 대한 예의이자 배려라고 해두자. 하긴 무슨 작업이건 작업하는 와중에 가장 가까이 하게 되는 것이 차 아닌가. 차 중에 나는 커피를 각별히 좋아한다.

예전엔 그냥 멋모르고 원두를 사다 먹었다. 진공 캔에 담겨 수입되는 이탈리아산 몰리나리로 시작해서 일리, 포티올리, 국산 커피명가 등이었다. 그런데 경험해보니 문제는 품질이 아니라 상태였다. 볶은 지 한 달 넘고 두 달 지난 원두는 제아무리 진공 포장에 질소 충전에 별짓을 다해도 이미 김빠진 맥주가 돼버린다. 볶은 지 보름 이내의 싱싱한 원두, 그 상태를 유지하는 것이 커피 긱(Geek)의 첫걸음이다. 실제로 몇 달 지난 최고급 일리 원두와 초보 솜씨로 갓 볶은 원두의 맛을 비교해보면 바로 답을 알 수 있다. 좋은 커피는 곧 볶은 날짜에 좌우된다. 쌀을 사다가 그때그때 밥을 지어 먹지 식당 공기밥을 사서 쟁여놓고 먹지는 않는다. 수고로운 로스팅을 직접 해야 하는 까닭이 바로 이것이다.

일요일 오전에 한 주일 분량의 생두를 볶는다. 한번에 225그램씩 에스프레소용으로 세 번, 드립용으로 네 번 볶는다. 이번 주에 볶은 생두들은 다음과 같다. 에티오피아 모카 하마르 G5, 네팔 굴미 오르가닉, 모카 예가체프, 탄자니아 AA 키보, 인디아 몬순드 말라바 AA.

커피 볶는 기계 즉 로스터는 열풍식 스위스마르를 주로 쓰고 국산 이맥스도 보조로

사용한다. 불 위에서 직접 손으로 돌리는 직화식 수망은 순식간에 콩을 태워 먹는 경우가 많아서 즐겨하지는 않는다. 도쿄 신주쿠에서 구입한 사제 드럼을 가끔씩 재미삼아 사용한다.

볶은 커피콩을 원두 또는 배전두라고 부르고 볶기 전 상태를 그린빈 혹은 생두라고 부른다. 예전엔 생두 구하기가 무척 힘들었다. 국제우편으로 산타마리아 같은 미국의 대형 쇼핑몰에서 공수해 오는데 그 운임이 여간 아니었다. 지금은 국내 도처에서 좋은 생두를 대량으로 수입한다. 취향에 맞는 생두 선택에는 정답이 없다. 그야말로 사람 나름이니까. 색상에 녹색이 돌고 반질반질하고 가루가 적은 것, 그러니까 열매(커피체리)에서 과육을 제거하여 생두가 된 지 3~4년 이내의 것을 구입하면 된다. 오래 묵은 생두는 빛깔이 누리끼리한 게 보기에도 기분 나쁜 색을 띤다.

비싼 가격대의 생두가 꼭 더 좋은 건 아니었다. 각기 다른 종류를 섞어 맛을 내는 블렌딩시에 나는 대략 킬로그램당 1만 원대의 브라질 산토스나 콜롬비아 수프리모를 기본 50퍼센트로 삼는데, 같은 콜롬비아산으로 값이 두 배나 되는 로스 쿠초스나 휠라 에스페셜, 티피카 등이 두 배로 맛깔 나는 것도 아니었으니까. 내 입맛이 둔한 걸까?

실용이 아니면 안 된다 하기에 커피 실용에 문을 두드리려 했더니 세상에나. 수다를 참을 수가 없다. 커피광 스튜어트 앨런이 왜 실용 대신 '페송 페송' 했는지 알 것 같다. 당장 커피의 첫걸음인 로스팅에 진입하려는 순간에도 생략에 생략을 거듭했건만 할 말이 너무 많아진다. 하지만 직접 해보면 별것도 아닌 일이다.

어쨌거나 좋은 커피를 마시고자 한다면 실용 커피 이야기는 좀 더 나아가야 한다. 물, 그라인더, 머신, 빈이라고 하는 기본 요소를 건너뛸 수는 없으니까. 한데 "백 원짜리 커피믹스가 요로콤 맛도 좋고 편한데 뭔 복잡 요사를 떠요" 라고요? 그게 에, 그러니까 에…… 아, 할 말이 궁색하다. 하지만, 에, 말하자면, 커피믹스와 로스팅 커피 사이에 어떤 복잡다단한 프랙탈이 숨어 있는지 그런 것이 궁금해서 지하 작업실로 기어든 것 아니겠소? 할머니를 굽고 주님을 기르던 어린이가 그 말맛에 취해 문학에 붙들려가는 체험, 그런 것의 연장과 확장이라고나 할까, 호.

작업실에서의 일과가 곧 리추얼이다

"맛있다 하면서 커피 마셔본 기억이 별로 없는데 이건 정말 맛이 좋군요."

출연이 예정되어 사전 미팅차 작업실로 찾아온 방송사 부장이 나직하게 말한다. 순간 나는 칭찬에 어찌할 줄 몰라하는 어린아이가 된다. 으흐흐흐. 가끔은 남에게 잘 보이기 위해, 뭔가 자랑하기 위해 살기도 하나 보다. 이 기분이라니. 접대한 커피는 사이폰으로 보글보글 끓인 케냐 AA로서, 한 사나흘 전에 볶은 것이다. 약간 새콤한 산미가 돌 텐데, 사이폰 방식은 강한 향이나 맛을 다소 억제시키는 경향이 있다. 게다가 보통은 스텝 8의 중배전으로 볶지만 깊은 맛을 위해서 한두 단계 더 높여서 가열한 것이다. 그게 잎차를 주로 마신다는 손님의 입맛에 주효했다. 야호!

좋은 커피를 마시고 싶은데 전문용품점에서 파는 으리번쩍한 도구들을 다 장만할 엄두는 나지 않는다. 일일이 배우기도 싫고 비용 투자도 많이 하고 싶지 않다. 자, 맛 좋은 커피를 위해서 딱 한 가지만 장만할 의향이 있다면 무얼 해야 할까. 답이 있다. 분명한 정답이 있건만 의외로 그걸 실천하는 사람은 드물다. 무관심과 대충주의, 그것 때문일 것이다.

소위 원두커피를 즐긴다는 사람 집에 놀러갔다가 기가 막혔던 체험이 한두 번이 아니다. 이거 독일에서 보내줬어요, 미국에서 사온 커피예요, 저번 봄에 백화점 지하 식품부에서 최상급품을 산 겁니다. 이러는데, 아 그게 글쎄, 죄다 빠닥빠닥 곱게 갈아진 커피였단 말이다. 이런 세상에나!

원두는 분쇄기에서 갈리는 순간부터 사망을 향해 달린다. 산화 현상이 일어나기 때문이다. 갈아놓고 한 시간째부터 그 좋은 향미는 열심히 날아가고 있다고 봐야 한다. 어떤 밀봉 처리로도 산소라는 놈을 떼어놓을 수는 없다. 이제 답을 알 수 있겠지? 집집마다 냉장고, 세탁기, 청소기가 꼭 있듯이 필수 상비품으로 꼭 구비해야 할 것이 바로 원두커피 분쇄기, 그라인더이다. 유리나 도자기로 만든 보관함에 담긴(흔히 보이는 아크릴 제품은 공기를 투과시켜 균열을 일으킨다. 락앤락에 절대 담지 마시라) 원두를 그때그때 마실 분량만 꺼내 갈아 마시는 것, 이것이 좋은 커피 마시기의 첫 번째이자 가장 중요한 상식이다.

커피 분쇄는 크게 커팅(cutting) 방식과 버(burr) 방식으로 나뉜다. 커팅은 말 그대로 칼날로 원두의 단면을 자르는 것이고 버는 으깨는 것이다. 원두를 넣고 위뚜껑을 누르면 윙 하는 소리와 함께 순식간에 갈리는 소형 기계들이 크룹스나 브라운에서 많이 출시한 커팅 머신인데 문제가 좀 있다. 칼날의 열 때문에 향이 달아나고 잘린 단면의 면적이 적어 맛이 덜 나온다. 다만 값이 저렴하고 사용이 편리하다는 게 이점이다.

역시 제대로 된 그라인더라면 옛날 시장통의 후추기계처럼 생긴 버 방식이어야 한다. 아, 전통 맷돌이 바로 전형적인 버 그라인더이다. 맷돌로 원두를 으깨면 단면이 상상할 수 없을 만큼 늘어나 향미가 증가한다. 대형마트에서도 판매하는 자센하우스 타입의 수동 핸드밀을 구비한 사람이 꽤 많은데 그것이 버 그라인더이다. 둥글거나 네모난 목재 사각통에 빙빙 돌리는 물레가 달려 있는 것. 3만 원짜리 중국제 짝퉁도 많이 돌아다닌다. 그런데 그게 대부분 장식품 노릇만 한다. 내게도 한 20여 년 전 자뎅 체인점에서 구입한 자센하우스 오리지널이 있는데 한구석에서 얌전히 놀고만 있다.

걔들은 왜 쓰이지 못하고 놀기만 할까. 사용해 본 사람은 안다. 갈기가 너무 힘들기 때문이다. 크기가 작아서 힘은 많이 들어가고 제자리에 지탱은 안 되고…… 사타구니 사이에 끼고 용을 쓰며 돌려야 제격인데, 이 뭔 에로틱?

버 그라인더를 선택할 때는 장차 에스프레소를 할지 말지부터 판단해야 한다. 수동 밀로는 에스프레소가 필요로 하는 미세한 분쇄가 어렵기 때문이다. 이른바 '내려 먹는' 드립 커피만을 한다면 수동 밀도 괜찮은데 물레의 크기가 클수록 몸통의 무게가 무거울수록 좋다. 일본 칼리타사에 평생 수제품 무쇠 그라인더를 납품한 장인 할아버지가 은퇴하면서 남긴 기념작이 있다. 정말 후추갈이와 똑같이 생겼다. 이거 물건이구나 하면서 도쿄에서 사와 애지중지하고 있는데 웬일이람! 그게 요즘 시내 용품점마다 널려 있다. 유작을 몇천 개는 만들었나 보다. 값도 신기할 정도로 저렴하다. 맘 있으면 후딱 장만하시라.

전기로 작동되는 버 그라인더는 메이커도 종류도 엄청 다양하다. 다만 비싸고 싸고는 용량에 달린 것이니 굳이 하루에 수백 잔 만드는 대용량 기기를 살 필요는 없다. 나는 란칠리오에서 출시한 록키라는 베스트셀러 모델을 두 대 구비해 아주 오래 쓰고 있는데, 요즘은 마캅의 제품들이 인기인 모양이고 가찌아의 MDF, 라 파보니의 JDL 졸리 등등이 롱런하고 있다. 이름에서 짐작할 수 있겠지만 커피용구는 거의 다 이탈리아산이라고 보면 된다. 가격은 의외로 비싸지 않다. 실내 장식 효과만 따져도 꽤 괜찮은 가격이라 느껴질 것이다.

어느 날 줄라이홀 근처 대흥역에서 이화여대 쪽으로 걸어가다가 뜻밖의 간판을 발견했다. 우중충한 길가에 숨은 듯이 들어앉은 콧구멍만 한 가게인데 '원두커피 볶는 집'이라고 떡하니 씌어 있다. 막걸리풍의 동네 분위기와는 영 어울리지 않는다. 기웃기웃하다가 급기야 안으로 들어갔다. 두 평이나 될까, 그 좁은 실내에 다양한 생두 포대가 쌓여 있고 테이블은 딱 한 개였다. 자그마한 체구에 염소수염이 까실까실한 주인장이 싱긋 웃으며 내게 불쑥 말을 건넨다.

"제목이 하도 촌스러워서 사 읽었어요."

엥?

10년 전에 《삶이 괴로워서 음악을 듣는다》라는 음악 칼럼집을 펴낸 일이 있다. 그 책을 말하는 거였다. 당근, 우리는 친구가 됐다. 정확히 말하자면 우연히 만난 커피 로스팅점 '빈스 서울'의 주인장 김동진은 내 커피 사부가 됐다. 알고 보니 그는 사진작가였다. 일본에서 6년간 사진학교를 다니는 동안 본업 대신 옆길로 빠진 게 커피였다. 그에겐 장황한 이유 같은 게 없다. 그냥 커피가 좋아서 이 일을 한다고 말한다. 한 가지 원칙은 있다. 미리 볶아놓지 않는 것. 손님이 찾아와 주문하면 그 자리에서 볶아준다. 싱싱 커피의 비결이다.

김동진의 커피가 최고라고 말하려는 것이 아니다. 동네든 직장이든 가까운 데 단골집이 있어야 한다. 직접 로스팅할 게 아니라면 될수록 소량을 사서 바로바로 소비해야 하니까. 그러니까 최고의 커피는 가까운 데 있는 커피다. 특히 조그만 로스팅 가게 주인들은 대개 스스로가 커피광이어서 고유한 자기 맛을 연출해낼 줄 안다. 헐뜯는 듯해서 미안타만, 월드 프랜차이즈 스타벅스나 커피빈에서 파는 원두는 꼭 식당밥 같고 동네 로스팅 가게 원두는 집에서 지어 먹는 밥 같은 느낌이 든다.

직접 만나본 직업 커피꾼들이 있다. 신사동 '미스터 커피'의 권장하, 제 이름을 브랜드로 내건 명동의 전광수, 부암동 '클럽 에스프레소'의 마은식, '학림다방'의 이충렬…… 모두가 자기 스타일, 자기 맛의 경지를 가꾸어나가는 토종 장인들이다. 개인적으로 커피 맛을 찾아 남미로, 북아프리카로 커피 농장 기행을 다녀온 이들도 여럿 봤다. 자메이카에

농장 하나를 사버린 부자도 만나봤고, 여동완처럼 생거지로 남미며 네팔의 농장을 떠도는 친구도 있다. 가면 그 정도까지는 가야 하는 거다. 참말 부럽도다.

로스팅과 그라인더, 원두의 상태 다음에 할 얘기가 있다. 좋은 물과 커피 머신에 대해서다. 무엇보다 내 전공(?) 에스프레소 이야기를 빼놓을 수 없다. 말로 표현할 때 쓸데없이 복잡해지는 이 모든 사항을 단 한방에, 한마디로 요약할 수는 없을까. 그것은 리추얼(ritual)이다. 절차와 과정에 의미를 부여하는 의례적 행위, 즉 문화 행위라는 뜻이다. 허기를 채우려고 음식을 먹고 입가심하느라고 차를 마신다면 마치 죽기 위해 산다는 것과 다를 바가 없다. 배고픈 시절의 우리 아버지, 할아버지들이 그렇게 살아왔다. 지하 작업실 안에서는 일과가 곧 리추얼이다. 중요한 것과 사소한 것이 재배치되는 리추얼이 벌어진다. 커피 따위를 갖고 웬 호들갑이냐고 비웃는 친구야. 그럼 네게 중요한 일은 뭐니? 재테크니? 민족 통일과 세계 평화니? 킁.

C8H10N4O2 중독증,
우아하게 자기를 파괴하는 권리

날 항상 매혹시켜온 것은, 내 인생을 불태우는 것이다.

흡입하고 마시고 정신을 잃게 하는 것들이면 무엇이든 좋다.

이 치사하고 더럽고 잔인한,

우리 시대에 벌어지는 이 기괴한 노름을 마음껏 즐기면서

나는 그 틈에서 벗어날 수 있었다.

_프랑수아즈 사강

하지만 그런 사강도 법의 손아귀를 피해갈 수는 없었다. 예순 살의 소녀 작가 사강은 코카인 흡입으로 법정에 서게 되자 재판장에게 이렇게 말했다. "나는 나를 파괴할 권리가 있습니다."

한국의 소설가 김영하는 그 선언을 제목으로 소설을 썼고 영화로까지 만들어졌다. 누군들 사강처럼 인생을 불태우고 싶지 않으랴. "치사하고 더럽고 잔인한 우리 시대"라는 표현에 뜨거운 공감이 느껴진다. 그런데 자기를 파괴할 권리, 그것도 천부인권의 하나일까. 어떤 불안감이, 혹종의 문화 충격이 뇌리를 스쳐 지나간다.

사강의 자기 파괴보다 한술 더 떠서 아예 죽는 방법이 있다. 들입다 커피를 마시는 것이다. 단, 위장이 좀 넉넉해야 한다. 한꺼번에 80잔 이상을 마셔야 하니까. 커피 속 카페인의 분자식이 'C8H10N4O2'란다. 그거 10그램을 한방에 털어넣으면 황천으로 간다.

일반 커피잔으로 80잔 정도가 10그램이다. 와우!

그러니까 커피는 독약이다. 조금씩 천천히, 한평생에 걸쳐 죽여주는 독약이다. 몸이 아픈 시인 최승자는 죽음 대신 '네게로' 간다고 썼다. "물에 풀리는 알콜처럼 / 알콜에 엉기는 니코틴처럼 / 니코틴에 달라붙는 카페인처럼 / 네게로 가리."

모르핀, 코카인, 필로폰까지는 몰라도 알코올, 니코틴, 카페인의 자유쯤은 누리고 싶다. 건강과 장수라는 욕심 사나운 현대병에 맞서 우아하게 자기를 파괴하는 권리 추구이다. 문득 아픈 시인의 시가 '내게로' 온다.

250밀리그램 이상의 카페인을 먹었을 때 10퍼센트 정도의 사람에게서 불안, 초조감, 안절부절못함, 홍조, 다한증, 손발의 따가운 느낌, 구역, 구토증 등이 나타난다. 1그램 이상의 카페인을 먹었을 때는 극도의 불안, 초조감, 정신착란증, 환청과 부정맥이 있을 수 있다. 10그램 이상에서는 전신발작, 호흡부전으로 사망에 이르게 된다.

영혼의 상처 없이 문학은 가능하지 않다. 말하자면 커피는 한 잔의 문학이다.

나에게 커피는 에스프레소를 의미한다. 간간이 드리퍼로 내리거나 사이폰으로 끓이기도 하니 커피와 에스프레소라고 병렬하는 게 낫겠다. 그만큼 에스프레소의 존재감은 크다. 통상 하루에 대여섯 잔, 과할 때는 열 잔을 넘기기도 한다. 그렇다고 정신착란이나 환청증세가 찾아와 주지는 않는다. 원샷으로 털어넣고 일이십 분 유지되는 뱃속의 열기를 즐길 따름이다.

소주를 즐겨하던 장욱진 화백은 안주를 전혀 먹지 않았다. 대신 손바닥에 소금을 올려놓고 조금씩 핥아 먹었다. 그런 자신을 두고 화백은 "나는 심플하다"라고 썼다. 원샷의 에스프레소. 나도 심플하기를 원한다. 그러나 심플, 그것이 쉬운 경지는 아니다. 강하고 진하고 끈끈한 것이 에스프레소인데 더불어 심플까지 바라다니. 하지만 때론 형용모순이 진실이다. 심플.

지금은 두 대의 에스프레소 머신이 작업실 이쪽저쪽에 놓여 있다. 망한 카페 주인에게서 인수한 파에마 S1 모델과 이소막의 헥사곤이 현역기로 활약 중이다. 호텔 바에서 종종 볼 수 있는 파에마는 고전풍으로 담담하게 생겼고, 번쩍번쩍한 크롬바디로 이루어진 헥사곤은 이름 그대로 육각형의 현대미술품이다. 성능도 중요하지만 바라보는 즐거움도 그 못지않다.

인연이 사람 간의 일만은 아닌 모양이다. 물건에도 연이 닿고 안 닿는 일이 어찌나 많이 생기던지. 커피 머신계의 최대 메이커인 가찌아와 계속 어긋난 과정을 생각하면 실소가 터진다. 가찌아사의 첫 구입품 파로스는 그라인더의 굵기 조절 부분에 문제가 있었다. 친절하기만 하고 되는 일은 하나도 없게 만드는 이탈리아 판매원 파올로와 국제전화를 네 번이나 해야 했다.

영어가 짧은 나 대신 줄리어드 음대와 예일대 경제학과가 통화를 맡아줬다. 정말이다. 친구들 중에 무시무시한 고학력자만 선발해 통화를 맡겼는데 별로 도움이 못 됐다. 줄리어드와 예일대가 별 볼일 없는 학교였기 때문은 아닐까. 나중에 줄리어드가 로마 여행 중에 파올로를 직접 만나 점심까지 같이 먹었는데 녀석은 내 일을 전혀 기억조차 못하더란다. 오, 이탈리아! 참고로 가찌아(Gaggia)를 빨리 발음하면 '가짜'가 되고, 1901년 최초로 에스프레소 기계를 고안해 낸 이탈리아 사람 이름은 '배째라(Bezzera)'이다.

미련하게도 미련을 못 버려 계속 같은 회사의 베이비, 클래식, 신제품 아킬레까지 여러 모델을 차례로 구입했었다. 모두 금방 사라져버렸다. 망가지거나 마음에 안 들거나. 역시 인연을 탓할 수밖에.

혹시 에스프레소 머신을 구입할 의향이 있다면 두 가지를 유의하라. 첫째 몸체가 육중한 철재여야 한다. 둘째 전자동은 피하라. 수동이거나 최소한 반자동이어야 사용자의 취향을 다양하게 반영할 수 있다. 국내 백화점 구입은 비추. 인터넷으로 국제 시세 알아보면 황당해진다.

널찍한 작업실에서 과정이 약간 복잡한 에스프레소를 홀로 만들고 있노라면 그런 나 자신이 참 멋지다는 기분이 든다. 내친 김에 바리스타들이 착용하는 특유의 긴 앞치마와 레이스가 달린 셔츠와 좀 묘하게 생긴 두건형 모자까지 장만했다.

아는 인간들이 찾아왔을 때 그 차림으로 맞이해 보니 대략 세 종류의 반응이 나온다.

하나, 자빠진다. 둘, 엎어진다. 셋, 데굴데굴 구른다. 공통점으로 갈갈갈 미친 듯이 웃어댄다. 아쉽지만 고독하게 혼자 있을 때만 바리스타 복장을 하게 됐다. 그래도 상관없다. 에스프레소는 멋으로 맛을 만드는 일이다.

커피든 차든 물이 중요한 건 상식인데 연수인 수돗물로 충분한 것 같다. 다만 소독약 냄새를 걸러줘야 하는데 주전자형으로 생긴 값싼 간이 정수기도 의외로 괜찮았다. 내 경우 브리타 제품으로 꽤 여러 해를 견뎠다. 지금은 배관 시설을 별도로 해서 뱀처럼 구불구불한 일곱 단계의 필터를 거치는 전문 설비를 사용한다. 한데 이 요란한 설비와 브리타 간에 가격만큼 엄청난 차이가 나지를 않는다.

물은 그렇지만 물을 조절하는 능력은 대단히 중요하다. 드립 커피를 즐긴다면 주둥이가 좁고 긴 전용 드립포트를 장만해야 한다. 배우는 데 10년 걸린다는 커피 전문가의 기술이 드립할 때 물줄기를 조절하는 능력을 말한다 해도 과언이 아니다. 물줄기의 양과 속도 그리고 온도를 맞추는 데 드립포트는 필수품이다. 처음에 약간 적시고 30초 기다리고, 그다음 대략 1분에 걸쳐 몇 차례 나누어 천천히 오른쪽으로 돌리며 물을 내린다. 가운데를 중심으로 원을 그리는데 가장자리에는 물을 붓지 않고 중심부에만 골이 패이도록 만든다.

자기를 파괴할 권리를 주장하는 작가를 떠올려보았다. 하지만 대다수의 사람들은 건강 염려에 벌벌 떤다. 건강을 통해 무얼 한다기보다 아예 건강 자체가 목표인 것처럼 보이기도 한다. 커피조차 몸에 해롭다고 극력 피하는 사람이 흔하다. 뭐 그러거나 말거나 상관할 바 아니지만, 거의 신앙화한 건강 장수가 나는 끔찍하다. 거리거리에 난무하는 신흥 종교의 기도문. 부우자 되세요, 서엉공하세요, 오오래 사세요…… 미쳐 펄럭이는, 웩.

쓸쓸한 날에도 그렇지 않은 날에도 나는 커피를 볶는다

"의식이 있고 무의식의 세계가 있다. 무의식 속에는 우리 자신의 열등한 자아가 숨어 있다. 그것을 그림자라고 부른다. 우리는 우리 자신의 그림자를 타자에게 투사한다. 분노, 질시, 원한, 공포, 회한…… 마음속에 담겨 있는 온갖 어두운 충동들은 바로 무의식 속의 그림자가 의식의 표면으로 튀어나오는 현상이다."

분석 심리학의 노대가 이부영 교수와 한 시간 대담을 하는 동안 뇌리에 남은 그의 말들이다. 칼 융이 말한 마음속의 그림자. 의식의 골짜기 아래 저 깊은 심연 속에 숨어 있는 열등한 자아가 그림자라는 것이다. 혹시 실체와 그림자가 뒤바뀐 채 살아가는 사람은 없을까. 그런 처소는 없을까. 언제나 사라지지 않는 마음의 고통. 그림자가 안겨주는 마음의 고통. 고통의 이유와 레퍼토리는 세월 따라 나이 따라 끊임없이 변해가건만 단 하나 변함이 없는 것은 고통스럽다는 사실이다. 열등한 자아로 한세상 살아가게 만들어진 종자의 태생적 불우. 거리의 행인들을 하나하나 붙들고 다짜고짜 물어보고 싶다. 당신은 삶이, 존재가, 영혼이 그리고 이 세상이 고통스럽지 않으십니까?

소비에트연방, 중화인민공화국, 동구권 국가들이 생겨나기 전에 사회주의적 이상을 품었던 사람들은 행복했을 것이다. 혁명을 성공시켜 이성의 원칙이 통제하는 완벽한 사회를 건설하면 수천 년 이어져온 인류의 고통이 완벽하게 해소될 것으로 믿었을 테니까. 호메이니가 건설하고 탈레반이 이룩한 신정국가 역시 그러한 믿음을 가졌을 것이다. 아니, 프랜시스 베이컨식의 유토피아. 그러니까 기술과학문명이 최고조에 달하면 진정한 낙원이 찾아온다는 그 예언의 땅이 바로 지금 미국에 구현되어 있다.

그러나, 하지만, 그 이상의 영토들이 사람이 감당하기에는 너무 짜릿했던 모양이다. 이상 사회의 구성원들은 전기 충격이라도 받은 듯 끝끝내 쇼크로 인한 이상 상태에서 벗어나지 못했다. 작곡가 쇼스타코비치는 사회주의적 단세포성 표준 인간형을 견딜 수 없어했고, 탈레반 신정국가의 난폭한 도덕주의에 아프간 작가 할레드 호세이니는 젊은 청춘을 버려야 했다. 미국이라는 풍요 속으로 망명했던 솔제니친은 절망의 아메리카를 기록해야만 했고.

아 놔, 아침부터 이 아저씨가 웬 거대 담론?

지하 작업실의 눅눅한 공기 속에서 어젯밤은 너무 길었다. 계속 이어지는 밤의 시간이건만 지상에서는 지금을 아침이라고 부른다. 밤에 생겨나는 증세에 걸맞은 병명이 마침 떠오른다. '램프 증후군.' 그것은 '걱정의 마술램프.' 근심 걱정이라는 거인을 스스로 불러놓고 명령한다. "자 나를 불행의 세계로 인도해다오", "지금 고통을 이리로 데려오렴." 걱정이라는 환영을 붙들고 그저 처분만 기다리며 괴로워하는 현상. 그것이 램프증후군이다.

고통을 말할 때 흔히들 그 이유를 찾으려고 애쓴다. 이유는 얼마든지 찾아진다. 발굴되고 창조된다. 그러나 문제는 고통의 뿌리다. 모든 나무뿌리는 지표면을 향해 가능한 넓게 사방으로 뻗어나간다. 각 지류마다 헤아릴 수 없는 잔털이 나 있다. 그것으로 생명의 원천을 빨아들인다. 고통은 삶의 전 방위를 향해 뻗어 있고 닿는 곳마다 강력한 힘으로 빨아들인다. 미세한 잔털들이 무엇을 빨아들였는지는 중요하지 않다. 빨아들인 모든 것을 괴로움의 성분으로 분해하니까.

내 고통의 뿌리가 가 닿는 곳은 어디일까.

뮌히하우젠 신드롬

줄라이홀이 늘 텅 비어 있는 것은 아니다. 사람들이 찾아온다. 원고를 청탁하러 오기도 하고, 방송 관련 회의가 벌어지기도 하고, 그냥 덧없이 들르는 심심파적도 있다. 사람들은 무엇인가를 말한다. 의미와 무의미 사이를, 중요함과 사소함 사이를 넘나들며 말이 말을 낳는다. 낄낄거리고 후후거리고 두런두런한다. 아, 때로는 소스라치듯이 벌떡 일어나 외치고 싶다. "왜 사람들은 친해져야만 하는가!"

내게도 일생 친구들이 있다. 두 명의 친구는 암으로 일찍 떠났고 나머지 나까지 여덟 명의 고교 문예반 동기들과 일생의 경조사를 함께해왔다. 돌이켜 보니 열여섯 살 적부터 시작된 삼십 몇 년의 인연이다. 지나간 내 누추한 행적들 가운데 녀석들이 모르는 것은 하나도 없다. 이 자들이 목숨을 부지하고 있는 한 나는 도저히 다른 인간으로 다시 태어날 수가 없다.

사귀었던, 기억 속의, 영원히 지워지지 않는 여인들도 있다. 인간에 대한 예의상 차마 그 이름들을 나열할 수는 없다. 다만 다시 만날 수 없는 그녀들을 한날한시에 전부 다 모아놓고 '공공칠빵' 같은 것을 해봤으면 좋겠다. 자리 배치는 어떻게 해야 하나. 만난 시기순으로 할까 아니면 중요도순으로 서열을 매겨야 하나. 어쨌든 그녀들을 다시 만난다면 심각한 얘기는 절대로 하지 않을 것이다. 옷 벗고 옛날처럼 하자는 얘기도 절대로 하지 않을 것이다. 다만 공공칠빵! 그러나 지나간 여인들은 절대로 뒤돌아보고 싶어 하지 않는다는 점이 문제다. 실제로 약혼식까지 올렸던 지난날의 그녀에게 전화를 했던 비밀이 있다. 무어라 쩔쩔매며 더듬거리는 내 말허리를 자르며 대학 교수인 그녀는 내뱉었다.

"에구구, 우리 애 아빠가 밖에서 저러고 다니면 어쩌누." 지나간 여인에게 죽어도 다시 연락할 수 없게 된 참담한 기억이다. 에라이, 공공칠빵!

믿기 어렵겠지만 내 개인 팬클럽도 있다. 마흔 명 남짓한 카페 식구들. 대다수가 여인들인데 언제나 무상의 배려와 옹호를 해주는 사람들이다. 일생 가장 기이하게 여겨지는 관계가 바로 이 '김갑수와 아름다운 사람들'이라는 이름의 모임이다. 1년에 서너 차례 줄라이홀에서 오프 모임을 한다. 그 자리는 놀랍게도 요리경연대회가 된다. 각자 음식들을 준비해 오는데 눈이 휘둥그레지는 산해진미가 정신을 차릴 수 없게 만든다. 나는 국도 끓일 줄 모르는 아내를 모시고 있다. 이럴 때 쓰는 고전 사자성어가 '아이러니'라던가.

어쨌거나 다들 친하거나 한때 친했던 사람들이다. 친하다는 것은 무엇인가. 서로에 대해 소상히 알고 있다는 것이다. 그런데 소상히 알고 지내는 일이 사실은 괴로움이다. 친분은 괴로움의 확장이다. 어떠한 친분으로도 괴로움의 질량을 감쇄시킬 수가 없으며 생겨나느니 뮌히하우젠 신드롬(Münchausen syndrome, 남의 관심을 받고 싶어서 거짓말로 아프다고 하거나 지인이나 자녀나 애완동물에게 해로운 약물을 복용시키거나 폭행을 구사해 남들에게 관심을 받고 싶어 하다가 마침내 자기도 스스로 지어낸 이야기에 도취해버리는 증후군) 같은 것이다. 관계의 친밀성이 바로 이 증상을 유발하기 쉽다.

정말 딱한 것은 그다지 잘 알지 못하는 사람과의 친분이다. 같이 일을 하는 사이도, 지인의 지인으로 소개받은 사이도, 막연한 인연으로 자리를 함께한 사이도 순식간에 정겨

워지고 살가워지는 일이 흔하다. 까놓고 까놓아야 하는 관습이다. 말짱 가면무도회. 그럼에도 연출된 친분은 예절이자 올바른 인성으로 통용된다. 그런 점에서 세상에서 가장 우울해 보이는 종족이 정치인들이다. 그들은 처음 본 사람과도 반가워 어쩔 줄 모르는 표정으로 악수를 한다. 선거 때 악수를 거듭하다 손이 부르튼 여성 정치가의 하소연을 기사로 읽은 적이 있다. 맙소사! 그 정도라면 그녀의 인생이 부르튼 것이다. 가짜 인사로 부르튼 인생, 참 가긍하여라.

친하다는 것은 자기 확장 의지를 뜻한다. 그러나 가망 없는 시도가 아닐까. 타인에게서 나의 일부를 발견하고자 하는 행위는 횡포다. 순수의 이름으로 사람과 사람이 적나라하게 닿는 일은 일종의 작은 폭력처럼 여겨지기도 한다. 지금 나는 인간 혐오, 관계 혐오, 대인 기피증을 말하고자 하는 것이 아니다. 굳이 규정하자면 타인 의존을 통한 자기 방기가 끔찍하다는 말이다. 뚝 떨어진 작업실에서 외로움에 몸서리를 치면서 전화를 기다리는 나. 그러다 누군가 찾아오면 그 불편함과 구속감을 참아내지 못하는 나. 사람이란 내 고통의 뿌리가 닿아 있는 영원한 소재다. 당신은 안 그런가?

작업실에 손님이 아닌 고정 인사가 출현했다. 성별은 여자다. 애인이라면 얼마나 좋았을까만 파출부 아줌마를 고용하게 된 것이다. 생활의 불편 레퍼토리 가운데 참말 대책 없는 종목이 청소 문제다. 혼자 살아본 사람은 알 것이다. 한 일주일만 방 안을 내버려두면 실내는 곧장 열대 우림 지역의 밀림처럼 울창해진다. 잠에서 깨어날 때 나자빠진 의자들, 널브러진 휴지통, 엎어진 책 다발 따위에 둘러싸여 있으면 정말 자살하고 싶은 심정이 된다.

오래전 광화문 독신자 아파트 시절의 기억이다. 시인 하재봉이 밤 열두 시 넘어 오밤중에 찾아왔는데 웬 바이올린 케이스를 손에 든 청순가련형 미모의 소녀와 함께였다. 하재봉 선수는 눈에 보이지도 않았다. 통성명도 하기 전 소파에 앉는 바이올린에게 다짜고짜 내가 했던 첫마디가 이랬다.

"얼마만큼 슬프세요?"

"아하하하학!"

"아하하하학"은 웃음소리가 아니다. 바이올린은 내 한마디에 자동 반응 인형처럼 곧장 맞받아 "아하하하학", 대뜸 터지듯이 울음을 터뜨렸다. 방울방울 떨어지는 눈물을 물끄러미 쳐다보았다. 아무 말도 하지 않았다. 오래지 않아 바이올린의 활시위가 조금 느슨해진 듯했다. 우리는 다정하게 조곤조곤 이야기를 주고받기 시작했다. 무슨 대화였는지 내용은 한마디도 생각나지 않는다. 스웨덴 왕실의 스캔들쯤이 아니었을까. 늑대 보호 운동에 대해서였던가. 다만 나란히 옆으로 앉아 적이 다정하고 촉촉한 분위기였던 것만은 틀림없다. 그런데 갑자기 저 한쪽 끝에서 들려오는 우지끈 뚝딱 하는 소리. 아, 하재봉! 바이올린이 있었고 하재봉도 있었다.

시인은 판꽂이를 발로 차고 옷걸이를 무너뜨리고 신라호텔 로비에서 훔쳐왔던 무거운 무쇠 재떨이를 바닥에 내동댕이쳤다. 비로소 정신이 돌아왔다. 어떤 사이인지는 몰라도 바이올린은 그러니까 시인의 동행이었다. 손님은 쳐다보지도 않고 함께 온 소녀를 상대로 얼마만큼 슬프냐는 둥, 아하하하하학 슬프다는 둥, 콩팔이새삼육으로 주거니 받거니 했으니 아, 나는 정말 정신 나간, 싸가지 없는 놈이다. 생각할수록 얻어맞아 싼 일인데 착하디착한 하재봉 선수는 죄 없는 가재도구만 두들겼다. 그에게 더 심한 행동을 했던 것 같다. 얼굴을 들이대며 "때려줘 때려줘!" 했던 것이다. 맹세컨대 약을 올리려는 것이 아니다. 맞고 싶었던 것 같다. 손님은 휑하니 나가버렸고 바이올린은 물끄러미 서 있었다. 나는 담뱃재로 질펀한 벽 쪽에 몸을 바짝 붙이고 잠을 청해버렸다. 어느 결엔가 바이올린도 사라졌다.

다음 날 아침 때문에 떠올린 기억이다. 태어나서 그렇게 자살하고 싶었던 적은 처음이다. 엎어지고 자빠진 잔해들 속에서 부옇게 눈을 뜨는데 정말 죽고 싶더라니까. 그러니까 혼자 사는 공간에서는 죽도록 열심히 청소를 해놓아야 목숨을 부지할 수 있다는 것. 물론 남의 여자 친구를 붙들고 슬픔을 토론하지도 말 것.

중년의 파출부 아줌마는 도통 나이가 짐작되지 않는 유형이다. 두리두리한 큰 몸집에 하염없이 편한 인상. 그녀는 나를 향해 경상도 억양으로 선생님이라고 호칭한다. 바깥세상에서 흔히 듣는 호칭이 사장님 혹은 아저씨다. 한때는 꼬박꼬박 "저 사장 아닌데요" 하고 항변도 해봤지만 나이 든 남자에게 무조건 사장님, 하는 조선식 화법에 적응하기로 한 터였다. 그런데 장중한 분위기의 아줌마는 귀엽고 가느다란 목소리로 "선생니임" 한다. 호칭 때문에라도 언젠가는 블라우스 한 벌쯤 사주려고 맘먹었다.

아줌마를 통해 새롭게 알게 된 사실이 있다. 눈에 잘 띄지 않는 곳을 훨씬 열심히 공들여 청소한다는 것. 실내의 때깔이 달라지는 비법이 그거였다. 나도 비교적 치우며 사는 편이건만 처음 몇 차례 아줌마가 치워내는 숨은 먼지들에 부끄럽기 짝이 없었다.

그런데 그 고마운 아줌마가 다녀가는 한나절이 새로운 두통거리다. 아무것도 할 수가 없는 것이다. 책을 읽을 수도, 음악을 들을 수도, 하다못해 연기를 피우며 커피를 볶을 수도 없다. 옷도 제대로 갖춰 입어야 한다. 밖에 나가자니 갈 곳이 없고 안에 있자니 아무런 일도 할 수가 없다. 이게 바로 사르트르가 규명한 타자의 신체가 주는 위협일 것이다. 나로서 온전하다가 아줌마가 들어오는 순간부터 모든 행동이 의식되기 시작한다. 피차 불편을 끼치지 않기 위해 극도로 조심하건만 그렇다고 해소될 수 있는 불편이 아니다. 유일한 방법은 그저 견디는 일뿐이다.

사람들은 어떻게 타인과 함께 일을 하고 모임을 이루고 가족을 구성하는 것일까. 다들 그렇게 살고들 있는데 그렇다면 타인과 섞이는 그 순간에 온전한 자아는 증발된 상태라고 보아야 한다. 나로서 충만한 상태라면 단 한 사람의 타자도 수용할 수가 없다. 자아 또는 자의식의 증발, 그것은 고통일까 즐거운 휴식일까.

휴머니즘을 실천하는, 고독한 커피

"쓸쓸한 날엔 벌판으로 나가자. 아주 쓸쓸한 날엔 벌판을 넘어서 강변까지 나가자"라고 조동진은 노래했다. 줄라이홀 위치가 마포다. 옛날이었다면 쓸쓸한 산책에 나설 벌판

도 강변도 곁에 있었을 것이다. 멀찍이 밤섬이 시야에 들어오는 거리니까. 그러나 지금 쓸쓸한 날엔, 아니 쓸쓸하지 않은 날에도 나는 커피를 볶는다. 고독한 커피이자 휴머니즘을 실천하는 커피를 볶는다. 사람들에게 원두커피 선물을 시작한 것이다. 애초의 동기는 그렇게 감동적인 게 아니었다. 요즘 커피쟁이 사이에 화제를 모으는 '제네카페'라는 로스터를 새로 구입한 탓에 그렇게 됐다.

얼마 전까지 사용하던 스위스마르의 '알펜로스터'는 사용자가 당최 할 일이 없다. 드럼에 생두를 넣고 시간만 설정해두면 만사 끝이다. 네덜란드에서 구입한 그 기계를 5년 이상 사용했다. 일본에서 구입해 온 직화식(가스 불에 직접 굽는 방식) 로스터도 한동안 병행해 사용했었다. '빈스 서울' 사장이 몸소 왕림해 강습도 여러 차례 해줬지만 직화식은 번번이 태워 먹기 일쑤였다. 잘 구워져도 전기식보다 맛이 나아지지 않았다. 또 하나, 이맥스의 열풍식 로스터도 사용했었다. 성능은 괜찮은 편인데 물건으로서의 충족감이 빈약했다. 원가 절감에 몸부림친 전형적인 국산의 거친 만듦새. 그래도 이것들을 번갈아가며 저렴한 커피 생활을 즐겨왔다. 생두가 볶아져 원두커피가 되면 당장 값이 열 배로 뛰니까. 날마다 커피를 즐긴다면 어째서 직접 로스팅을 안 하는지 모르겠다. 그 비싼 원두 값이 부담스럽지도 않나?

어느 날 명지대 유영구 이사장의 식사 초대에 끼게 됐다. 〈명성황후〉의 이태원이 우측에, 맞은편에 재담가 김정운 교수가 자리한 유쾌한 좌석이었다. 유 이사장도 나 비슷한 증세가 있는 듯했다. 홍이 난 그가 장충동 자신의 스튜디오로 일행들을 곧장 몰고 간 것이다. 세상에나. 커피를 좋아해서 각양각색의 머그잔 6백 개를 수집해놓았고 오디오를 좋아해서 2A3 진공관 앰프와 영국의 고풍 KLH 스피커가 바닥에 깔리는 소리를 내고 있었다. 물론 상류사회 인사가 마련한 스튜디오 설비와 줄라이홀을 비교할 수는 없다. 그래도 오디오와 커피 취향이라는 공통항이 있다. 유난히 눈에 띄는 물건이 로스터와 그라인더였다. 나중에 알고 보니 '아이로스터'라는 이름의 그 기계는 해외에서 대단한 사랑을 받는 화제의 물건이었다. 국산인데 다들 미국산으로 안다고 했다. 일본 칼리타사에서 제작한 그라인더는 무척 아름답게 생겼다. 앙증맞게 작고 귀여운 외모는 섹시해 보이기까지 했다. 다만 이름이 어처구니없게 촌스러웠다. 그 잘생긴 그라인더에다 '나이스컷밀'이라는 막무가내 이름을 붙여놓았다.

하이소사이어티 쪽은 애시당초 인연이 없지만 쳐다보지도 않고 관심도 갖지 않는다. 그러나 내 결사의 세 분야 오디오, 음반, 커피만은 끝장까지 가야 한다. 확실히 감칠맛이 두드러진 유 이사장의 커피맛을 따라잡기 위해 그의 기계를 죄다 구입하고자 했다. 자료를 뒤지다 보니 그의 '아이로스터'보다 세 배 가까이나 비싼 '제네카페' 로스터를 알게 됐다. 여러 모로 강력하고 운용의 묘를 발휘할 여지가 많은 기계였다.

일단 생두부터 사정없이 사들였다. 북아프리카산으로 에티오피아 예가체프, 모카 하라 G-5, 케냐 AA, 모카 시다모 등이다. 남미산으로는 과테말라, 콜롬비아 수프리모, 코스타리카 따라쥬 두타, 브라질 옐로 버본 등. 그리고 동남아산으로 특별히 애호하는 수마트라 만델링과 인디아 몬순드 말라바 AA, 토라자 칼로시를 듬뿍 구입했고 내친김에 가격

이 두 배 이상이라 망설여지는 쿠바 TL도 소량 주문했다. 뭐 외래어 이름들이 난삽해 보이지만 가령 물김치, 백김치, 나박김치, 오이소박이 식으로 이해하면 된다.

생두를 쌓아놓고 새 로스터에 볶고 볶고 또 볶는다. 어떤 자는 아예 뽕을 빼려는지 나흘간 잠을 안 자고 계속 볶았다는 체험담을 인터넷에 올려놓았다. 그 정도까지는 아니지만 연일 계속 볶아대기는 했다. 대체 넘쳐나는 원두들을 어이하랴. 감동의 선물질은 그래서 시작된 것이다.

어떤 분야에 진입하면 이유를 모르고도 해야 하는 일이 있다. 로스팅에도 그런 일이 있다. 가령 생두 말리기 단계. 로스터 회사에서는 전혀 필요 없는 일이라고 말리지만 커피쟁이들은 부득불 생두 말리기를 해야 한다고 우긴다. '160도 설'과 '200도 설'로 양분되는데, 어쨌든 콩이 익지는 않을 정도의 약불로 대략 11~12분가량 먼저 가열해준다. 콩의 수분을 날려주는 것이다. 노릇노릇하고 구수한 냄새가 풍겨난다. 그다음 250도 최대 화력으로 마음껏 돌린다. 대략 5~7분 내외. 푸르던 생두가 노란빛을 거쳐 옅은 갈색을 통과해 마침내 짙은 갈색에 이른다. 따닥따닥 하는 소리와 함께 1차 팝핑이 일어난다. 팝핑 소리가 잦아들 무렵 온도를 235도 내외로 낮춘다. 실력은 이 순간에 발휘되어야 한다. 국제 표준으로 11단계의 로스팅 등급이 있는데 어느 등급에 도달시킬지 판단을 내릴 시점이다. 볶아진 커피를 빠른 속도로 식히는 쿨링 단계에서도 계속 콩이 익어가기 때문에 적절한 시점을 앞질러 판단해서 기계를 멈추어야 한다. '시티' 또는 '풀시티'가 가장 애호되는 등급인데 풀시티로 짙게 볶겠다고 콩에서 오일이 나오도록 돌리다가 쿨링을 시작하면 최종적인 결과물은 그보다 훨씬 강배전이 돼버리기 일쑤다. 적절한 정지 시점 선택의 노하우를 터득하느라 때론 설익고 때론 타버린 원두를 무수히 배출해야 했다.

어쨌든 선물할 수 있는 원두는 쌓여갔지만 애석한 일이다. 선물할 대상이 생각보다 별로 없었다. 커피믹스 이상의 커피를 즐기는 사람도 많지 않았고, 설사 원두커피를 좋아한다고 해도 몇천 원이면 구입할 수 있는 드리퍼조차 집에 갖추어놓은 사람이 주변에 별로 없었다. 내 주변인들이 이상한 건가 나 혼자 별쭝난 것일까. 암만해도 후자가 아닐까 싶다. 이 땅에 살아 있는 군사 문화 가운데 인스턴트커피 애호는 좀 희한한 경우다. 미국 군대가 남겨놓은 유산이니 말이다.

아침을 지나 점심나절로 흘러가는 시각이다. 여름 한철을 콩 고르기로 보냈다. 몇 달에 걸쳐 엄청난 양의 생두를 사들였고 그 첫 단계로 '핸드픽'이라고 부르는 일을 해야 했다. 혹시 직접 로스팅해서 파는 커피집에서 그런 광경을 보았는지 모르겠다. 로스팅점 주인은 하루 종일 쭈그려 앉아 무얼 골라내는 일을 한다. 생두의 불량품을 골라내는 일이 바로 '핸드픽'이다. 잔돌 같은 불순물은 물론이지만 깨어진 콩, 벌레가 파먹은 콩, 누렇거나 검게 변색된 콩, 크기가 유난히 작은 콩, 모양이 일그러진 콩을 하나하나 손으로 골라내야 한다. 예민한 사람은 벌레 먹은 커피콩 하나만 들어가도 잡맛으로 커피맛 버린다고 주장한다.

작업실 한가운데 넓은 평상을 펴놓고 흰색 전지를 깐다. 그 위에 생두를 좌르르 쌓아놓고 한옆에는 오늘의 음반을 한 무더기 놓고 일에 들어간다. 늘 느끼지만 나는 머리 쓸 필요 없는 단순 노동에 어울리게 태어난 사람인 것 같다. 손가락으로 원을 그리듯이 아주 조금씩 생두 더미를 밀쳐내며 못난이 콩을 골라낸다. 인도네시아산 만델링같이 생산지에서부터 험하게 관리되어 오는 콩은 그야말로 버릴 것과 건지는 것이 반반인 정도다.

무아지경. 핸드픽 무아지경도 경지라면 경지다. 틀어놓은 LP에서 무슨 음악이 나오는지 귀에 닿지 않는다. 핸드폰이 울려도 스팸으로 간주하고 받지 않는다. 식사는 쉽사리 건너뛰어버린다. 골라야 할 분량이 점점 줄어들어 마무리로 치달아갈 때의 성취감이라니! 원래 등이 조금 굽은 편인데 장시간 쪼그리고 앉아 일을 하다 보면 몸이 마치 쥐며느리처럼 동그랗게 말리는 걸 느낀다. 쥐며느리거나 바퀴벌레거나 혹은 빠삐용인들 어쩌겠는가. 러시아와 그루지야가 전쟁을 벌여도 나는 모른다. 내일 우리나라에 IMF가 찾아와도 나는 오늘 한 줌의 콩을 고르겠다, 라고 말하자니 우, 가슴팍을 뻐근하게 후려치는 양심이…….

공지영이 그렇게 썼었다. "슬퍼하는 것도 즐거워하는 것도 죄스러워지는 젊은 날을 보냈다"고. "저물녘 강변이 아름답다고 느끼는 것도 마음의 짐으로 느껴지는 청춘기를 보냈다"고. 나도 그랬었다. 친구들이 하나하나 감옥을 찾아 들어가는 시기에 절간을 찾아 들어가 한 시절을 보내기도 했다. 비겁해서가 아니었다. 내가 선택한 감옥이 장성의 백양사 암자였다. 언제나 정면으로부터 빗겨 지나가는 생애.

콩을 고르거나 커피를 볶거나 드리핑해 내리거나, LP를 닦거나 말리거나 라벨링을 하거나 직접 틀거나 모든 것이 혼자서 시간을 소비하는 일이다. 정신의 허기로 하루하루가 고달팠던 이십대 시절 백양사 청류암의 상좌승 청호가 도량 뒤켠 하지감자밭의 김을 매면서 내게 가르쳐줬던 비의다. 혼자서 하염없이 시간을 소비하는 일. 사람 없이, 사람으로부터 멀어져서 사람처럼 사는 일. 그렇게 혼자 시간을 보내며 정성스레 만들어놓은 원두를 나는 사람들에게 선물하고 싶어 한다. 좀 웃기지 않는가. 그러나 나는 웃기지 않는다.

지금 줄라이홀은 혼자를 견디는 작업을 하는 작업실이다. 아, 집에 들른 지 너무 오래됐다.

낭만아, 우리 절대 눈도 마주치지 말자

"어이, 요즘 조오시가 어떠슈?"

신문사 문화부장 자리에서 놓여나 넘쳐나는 시간을 주체하지 못하는 친구의 전화다. 작업실 근처 여의도를 지나고 있다며 놀러 오고 싶은 눈치다.

"어, 나야 늘 잘 안 서고 있지 뭐."

"뭐라구요? 우헷헷헷헷."

뒤집어질 듯이 웃어대는 소리가 요란하게 핸드폰을 때린다. 그게 아니구 말요, 어쩌구저쩌구, 녀석이 왁자하게 설명을 늘어놓는다. '조오시'란 '일이 되어가는 형세'를 뜻하는 왜(倭)말이지 짧게 발음되는, 남자의 중심을 말한 게 아니라는.

의도된 오해가 박자를 맞추지 못한 경우다. '조오시'의 뜻을 나는 잘 알고 있었다. 아는 걸 전제로 한 겹 꽈서 언제나 빌빌한 내 '중심의 형세'를 설명해준 것인데 농담도 상대가 받아주지 않으면 도리가 없다.

"오, 조오시가 그런 뜻이었나? 그럼 조오시도 안 서고 조시도 안 선다네."

'조오시' 같은 의사불통의 말놀이를 밥 먹듯이 재미로 즐길뿐더러 아예 직업적으로 끌고 가는 족속도 있다. 작품 속에 '조오시' 갖고 잘 노는 작가로 은희경, 성석제를 들 수 있고, 일상에서의 왕조오시는 소설가 김영현이다(인생이 권태로운 사람은 김영현과 1박 2일 놀아봐야 한다). 도대체 어떤 얼굴이 표면인지 이면인지, 어디까지가 농담인지 진담인지 애매모'흐'하고 아리까리한 그들에게 생은 장난감이다. 서유석은 조오시를 두고 이렇게 노래했다. "장난감을 받고서 그것을 바라보고 얼싸안고 기어이 부숴버리는, 내일이면 벌써 그를 준 사람조차 잊어버리는 아이처럼, 오, 아름다운 사람아!" 이 노랫말의 오리지널이 헤르만 헤세의 시인데 원조에서 핵심은 이 대목인 듯하다. "내가 준 마음을 너는 작은 손으로 만지작거리기만 하고 / 그것이 괴로워하는 것은 보지 못하네."

철없는 조오시. 저 잘난 맛에 독립감으로 빛나는 조오시. 장난하는 조오시들을 향해 진지하고 성실한 규범의 생은 눈을 부라리며 외친다.

"지금 장난하냐?"

인간을 감히 네 종류로 나누는 분류법이 있다. 태양인, 소음인, 하는 사상의학, B형 남자 친구가 어쨌다는 둥의 혈액형 성격 분류 따위. 그나마 조금 더 미분해서 아홉 종류씩이나 카테고리를 나누고 있는 에니어그램도 있다. 내게는 그것들이 미아리 점집의 사주관상 운명철학과 다를 바 없이 여겨지건만 정교한 말로 치장하면 제법 그럴싸해진다.

에니어그램에서 규정하는 아홉 종류의 인간 유형 가운데 '4번 유형'을 보자.

에니어그램의 4번 유형: 자신이 특별한 사람이라고 자부하고 있으며 무엇보다도 감동을 중시하고 평범함을 싫어한다. 다른 사람들보다 슬픔이나 고독 등을 진하게 느낄 수 있다고 생각하며 […] 또한 자신을 연기자처럼 느끼고 살아가고 행동에서 패션에 이르기까지 세련된 느낌과 표현력이 풍부하다는 인상을 준다. '나는 특별한 존재이다', '나는 독특한 존재이다', '나는 감수성이 풍부하다'라는 자기 모습에 가장 큰 만족을 느낀다.

4번 유형에 대한 근사한 규정은 계속 이어진다.

신비로운 면을 가지고 있으며 심미안이 있고 아주 개성적인 창조성을 가진 사람이다. 추한 것에서도 아름다움을 발견한다.

4번 유형은 이른바 낭만주의자를 뜻한단다. 이들은 시기심이 많다는 특징이 약점으로 지적된다. 좋은 건지 나쁜 건지 일순 헷갈리는데 스스로가 4번 유형에 해당되는지 자가 진단해보는 체크 리스트가 있다. 재미 삼아 점검해보시라.

남들은 인생의 진정한 아름다움과 기쁨을 느끼지 못하는 것 같다, 자신의 과거에 깊은 슬픔을 느낀다, 항상 자연스럽고 있는 그대로 행동하고 싶지만 잘 안 된다, 상징적인 것에 마음이 끌린다. 다른 사람들은 나만큼 사물을 깊이 있게 이해하지 못하는 것 같다. 다른 사람들은 내가 어떻게 느끼고 있는지 좀처럼 이해할 수 없을 것이다. 항상 예의 바르고 품위를 유지하고 싶다. 주위 분위기를 중요하게 여긴다. 인생은 연극 무대이고, 나는 무대에서 연기를 하고 있는 듯한 느낌이다. 좋은 매너와 고상한 취미를 중요하게 생각한다.

맞다 맞아. 남한테 들키지 않고 혼자 속으로 응답하는 거라면 그저 '예예' 하고 싶다. 다 나 잘났다는 얘기 아닌가. 체크 리스트가 조금 더 남았다.

자신을 평범한 사람이라고는 생각하고 싶지 않다. 상실, 죽음, 고통 등을 생각하면 그만 깊은 사색에 잠겨버리곤 한다. 일반적이고 진부한 표현으로는 자신의 감정을 충분히 나타낼 수 없다. 너무나 자신의 감정에 사로잡혀 감정이 증폭되면 어디까지가 자신의 진짜 감정인지를 모르게 되는 경우도 있다. 인간관계가 잘 풀리지 않는 것에 대해 남들보다 고민을 더 하는 것 같다. 자신이 비극의 주인공처럼 느껴질 때가 있다. 어딘지 모르게 도도하게 구는 구석이 있다고 남들한테 비난받을 때가 있다. 감정이 고양되다가도 갑자기 침울해지는 등 감정의 기복이 심하지만 오히려 이런 것이 생동감을 느끼게 해준다.

원래 운명철학의 예언이란 고객이 알아서 답을 맞히고 스스로 감탄하고 하는 거다. '자신의 과거에 깊은 슬픔을 느낀다.' 이 대목에서 무릎을 쳤다. '자신이 비극의 주인공처럼 느껴진다거나 감정 기복이 심하다'에서 다시 한 번 무릎. 그러다 결정적인 항목을 만난다. '인생은 연극 무대이고, 나는 무대에서 연기를 하고 있는 듯한 느낌이다.' 그런데 얼핏 의문이 든다. 이거 누구나 다 똑같이 느끼는 거 아냐?

그런데 그게 그렇지만은 않은 모양이다. 올해 초 중학교 교장이 된 선배가 찾아온 적이 있다. 결국 시인이 되지 못했지만 전형적인 문약 문골의 사나이. 그도 에니어그램 테스트를 했단다. 각급 학교 보직을 앞둔 50명의 교원들과 함께했는데 선배는 당연지사처럼 4번 유형으로 결과가 나왔다. 결과대로 줄을 서려는데 어라, 4번 낭만주의자 대열에 단 한 명도 줄 서는 사람이 없더란다.

"어떻게 했어요, 선배?"

"뻘쭘해서 잽싸게 5번 줄에 섰지, 히히힛."

왜 그래야 했을까. 낭만가객은 학교 교장이 되기에 부적합하다는 뜻인가. 자가 진단 체크 리스트를 다시 한 번 찬찬히 훑어보니 답이 나온다. 4번 유형, 거기 '예예' 하는 인간형에 딱 알맞은 규정이 떠오른 것이다. 자의식 과잉. 바로 그거다. 지금도 '아름다운 밤이에요'가 트레이드마크처럼 떠오르는 어여쁜 장미희가, 헤어진 여자들과의 큼큼한 고린내를 방향처럼 풍기는 조영남이, 제 맘대로 한국과 인류를 들었다 놓았다 하느라 고군분투하는 도올 김용옥이, 색정의 불 같은 에너지를 차라리 불쌍한 것으로 여기게 만드는 마광수가 힐난과 비아냥거림에 파묻히는 이유가 바로 광장에다 자의식 과잉을 꺼내놓았기 때문이다. 그런 건 은밀한 곳에 숨겨놓으라는 뜻이다. 그런 사람은 학교 교장이 되거나

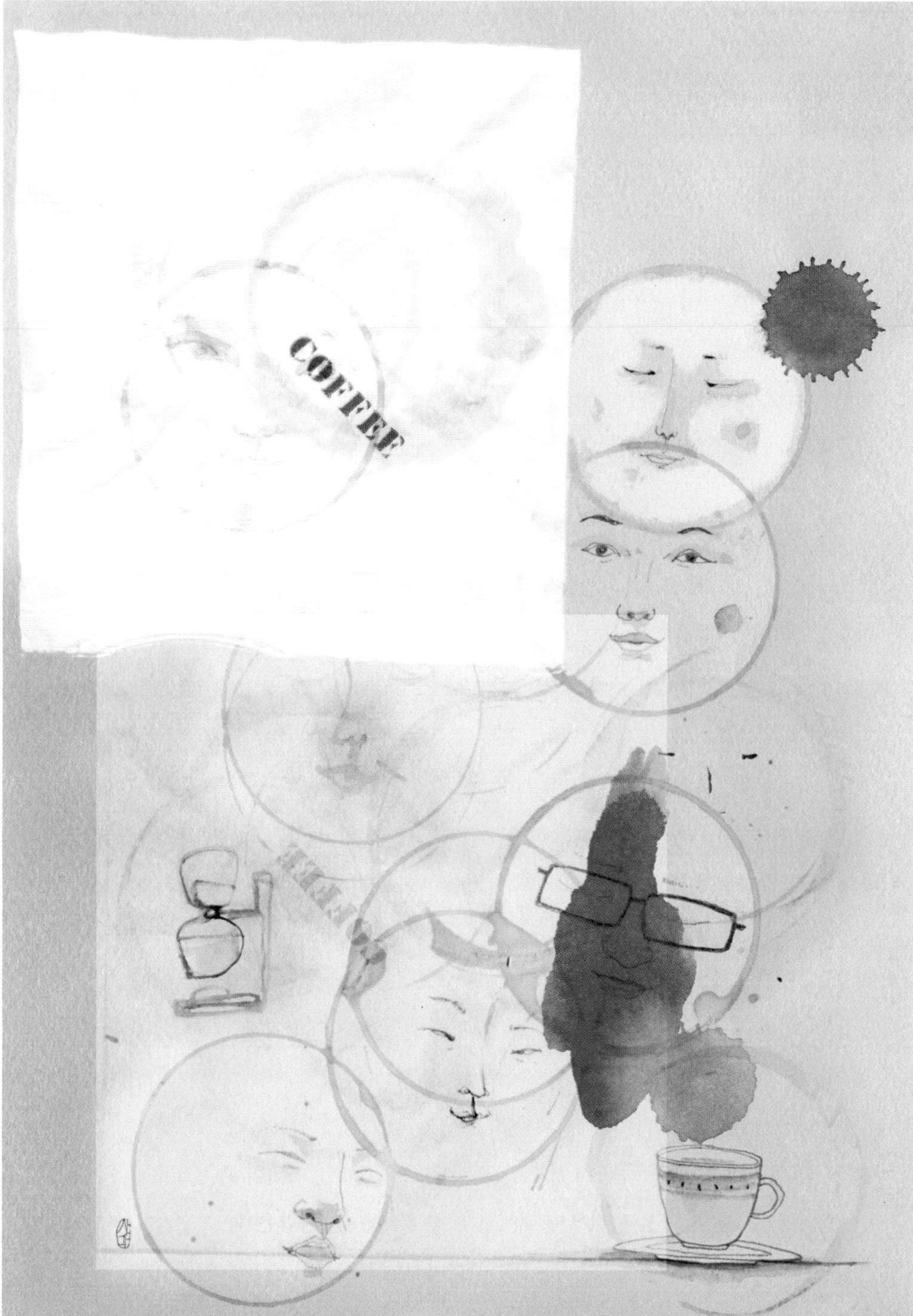
COFFEE

훌륭하고 존경받는 사람이 돼서는 안 된다는 뜻이다. 요약하자면 자의식 과잉을 쪽팔려 하라는 규범 세상의 준열한 가르침이다. 자의식 과잉으로 타(他)를 불편하게 만든 죄를 반성하라는 꾸짖음이다. 안 그런가?

말의 무게를 위해 죽은 사람의 이름을 빌려와 본다. 아널드 베네트라고 백 년 전에 활동한 영국의 작가이자 문예이론가가 있다. 엄청 박식하고 내용 있는 사람이다. 그가 목메어 외친 것이 '열정적인 소수'의 가치다. 다수로부터 독립되어 있는 존재. 그가 말한 문학에 대한 열정적 소수를 인생으로 치환시켜 옮기자면, "열정적 소수는 생(문학)에서 예민하고 지속적인 즐거움을 발견한다. 그들은 영원히 새로운 탐구를 하고 영원히 자신을 훈련시킨다. 그들은 스스로를 이해하는 법을 배우는 것이다. 그들은 내일이면 따분해질 것을 오늘 즐기지 않는다."

아널드 베네트는 열정적 소수와 대비되는, 요즘 말로 규범의 생을 사는 존재를 '길거리 군중'이라고 표현한다. 길거리 군중 앞에서 열정적 소수자는 애처롭다. 저 혼자 느끼고 발견한 생의 의미와 가치 혹은 즐거움을 다수에게 전달하고 싶어 안달하는 충동이 온갖 치기와 소동을 낳는데 길거리 다수는 힐난과 비아냥거림으로 응답하기 때문이다. "다수는 거기에서 즐거움을 얻어내지도 않고 거기에 일말의 관심조차 가지지 않는다는 것"을 이 열정적 소수는 모른다는 것이다.

에니어그램 4번 유형 인간으로 태어난 팔자라면 열정적 소수의 자부심으로, 이른바 저 잘난 맛으로 살아가는 수밖에 없다. 베네트의 주장이 건방졌건 어쨌건 감정 기복이 심하고 평범 대열에서 이탈하느라 사는 일이 고달픈 과잉 인간들에게도 살맛은 주어져야 하지 않겠는가. 이름 하여 저 잘난 맛!

열정적 소수의 낭만, 더치커피 VS 터키커피

줄라이홀의 요즘 '조오시'는 어떠한가. 여전한 커피의 세월이다. 로스팅의 매캐한 연기를 견딜 수 없고 혹시 오디오 기기에 해라도 미칠까 봐 지상으로 통하는 계단 난간에 묶어 20미터짜리 알루미늄 연통을 설치했다. 요즘은 주로 새벽 두세 시경에 커피를 볶는데 점검차 내다보면 〈동물의 왕국〉에서 본 아나콘다가 몸을 비비 틀며 검은 연기를 토해내는 것처럼 보인다. 문득 친구가 있다는 생각이 든다. 쉬이익, 아나콘다 친구.

물론 이 조오시에 새로운 탐구가 없을 수가 없다. 새 메뉴 두 가지를 추가하게 됐다. 첫 번째는 요즘 우리나라 커피 동네에도 유행이 시작됐다는 더치커피를 만들게 된 것. 몇 백 년 전 네덜란드가 세계를 제패했던 시기가 있다. 수많은 상선과 함대들이 대양을 누비는데 배 안에서 일일이 커피를 끓이는 게 여간한 수고가 아니었다. 커피를 꼭 뜨거운 물로 끓여야만 할까. 더치 뱃사람들이 꾀를 낸 게 이른바 '워터드립', 상온의 물로 오래 우려내는 것이다. 워터드립을 위한 특별한 도구가 필요했다. 상부에 물을 담는 볼(bowl)이 있고 중간 용기에 에스프레소용처럼 곱게 간 커피가 담기고 다시 아래에 우려진 커피를 받는 볼이 놓인다. 이 3층 더치 툴의 모양새가 꼭 학교 때 과학 실습실에서 보던 플라스크를 쌓아놓은 것처럼 보인다.

더치커피의 핵심은 시간이다. 망망대해에서 남아도는 것은 시간뿐이었을 테니까. 2초에 세 방울씩 떨어뜨리라는 레시피도 있고 4~8초마다 한 방울씩 떨구라는 권유도 있다. 어쨌든 대롱대롱 한 방울씩, 그러니까 커피 한 잔 내리는 데 최소 네 시간, 느리게 내리면 여덟 시간이 걸린다는 얘기다. 빠르면 부드러운 맛이 나오고 느리면 느릴수록 짙고 강해진다. 그래서 뭔 일이 벌어지느냐고? 숙성된 와인을 만드는 것이다. 오래오래 숙성된 커피의 와인을. 더치커피의 별칭이 바로 커피의 와인이다. 간혹 저녁에 세팅해놓고 아침에 일어나면 바라만 보아도 '므흣한' 자줏빛 커피의 와인이 넘실거리고 있다. 모닝을 와인 커피로 적신다고? 그런데 아니올시다이다. 빈속에 마셔보면 그 강하고 독한 향미에 속이 뒤집어진다. 더치 뱃사람들은 그걸 그냥 마셨다지만 줄라이홀은 하멜이 탔던 스페르웨르호가 아니다. 어쩔 수 없이 스무디 설탕 시럽을 분사하거나 값비싼 지상 최고의 설탕 알라빠르쉐 앵무새 설탕을 한 알 넣고 얼음을 채워 아이스커피를 만든다. 기분에 따라 위스키를 넣기도 하고 레몬을 짜 넣기도 한다. 방문객들의 관심은 대개 특이하게 생긴 용기 때문에 일어난다. 내가 구입한 더치 툴은 일본 하리오사가 만든 '포타'라는 슬림 타입이어서 오리지널처럼 괴상해 보이지는 않지만 그래도 꽤 눈길을 끌게 생겼다. 그 신기해하는 표정 앞에서 4백여 년 전 네덜란드가 일본의 나가사키항을 개항시켰던 역사 강의를 일장 덧붙이며 한 잔 내놓으면 하나같이 감탄들을 한다.

"역쉬 기이픈 맛이군요."

이런 반응을 누릴 수 없었다면 커피 한 잔 마시자고 여덟 시간씩 공들이는 미친 짓은

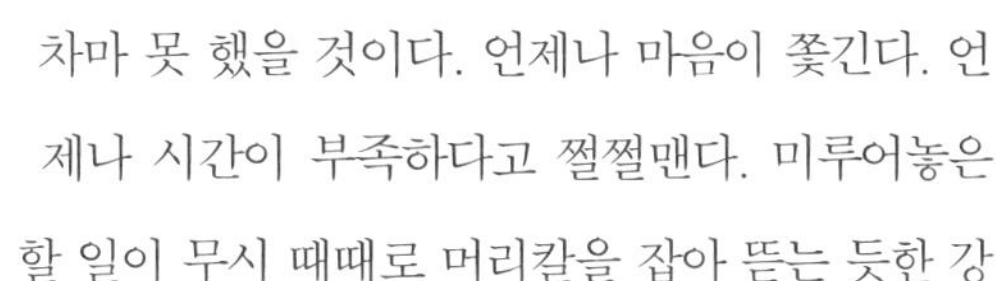

차마 못 했을 것이다. 언제나 마음이 쫓긴다. 언제나 시간이 부족하다고 쩔쩔맨다. 미루어놓은 할 일이 무시 때때로 머리칼을 잡아 뜯는 듯한 강박에 시달린다. 그런데 장장 여덟 시간을 기다려야 하는 커피라니! 툴의 가운데 부분에 적정량의 커피 가루를 담고 먼저 하는 일이 약간의 물을 흘려 넣고 고약 만들 듯 스푼으로 잘 섞어주는 것이다. 그런 다음 탬퍼로 적당히 눌러주고 그 위에 전용 종이 필터를 한 장 얹는다. 계량컵으로 물을 담고 세팅이 끝나면 최종적으로 조절기를 섬세하게 돌려 물방울 속도를 결정한다. 이제부터 망망대해, 커피 항해의 시작이다.

요즘은 뭐든지 수 분 수 초 내에 결과가 나온다. 컴퓨터 파일을 복사하거나 다운로드 받는 시간, 핸드폰 문자로 소식을 주고받는 시간, 인터넷 쇼핑몰에서 카드 결제로 물건을 사는 시간, 점심 식사로 전자레인지에 햇반을 돌리는 시간. 그런데 이노무 네덜란드는 업무를 개시했다 하면 네 시간, 여섯 시간 또는 여덟 시간이다. 커피를 마신다기보다 바다의 시간 속으로 흘러 들어가는 느낌이다. 나는 용맹스러운 더치맨, 여기 이곳은 줄라이 해(海).

네덜란드 다음으로 터키를 찾게 됐다. 꼭 가볼 예정이지만 진짜 터키 땅을 아직 밟아보지는 못했다. 여행가 한비야와 1년 반 동안 SBS에서 '세계 풍물 기행'이라는 라디오 프로를 진행한 적이 있는데 그때 여러 번 얘기 들었다. 본토 발음으로 '튀르크 카베시', 터키커피라는 특이한 커피가 있다는 것이다. 중국 여행을 하다 보면 허름한 골목길 어디에나 중장년 아저씨들이 웃통을 벗은 차림으로 유리컵에 녹차를 가득 담아 홀짝홀짝 마시고 있는 풍경을 흔히 볼 수 있다(참 정겹다). 한비야가 그 비슷한 정경을 터키에서도 보았다는 것이다. 쭈글쭈글한 동네 할아버지들이 모여 앉아 무언가를 마시는데 자세히 보니 진득진득한 젤같이 끈적한 국물을 입에 각설탕을 물고서 마시더라고. 버터를 함께 녹여 먹기도 한다고 했다. 그게 바로 튀르크 카베시였다. "지옥처럼 검고 죽음처럼 강하며 사랑처럼 달콤하다"는 유명한 헌사는 바로 이 터키커피를 일컫는 말이었다. 새로운 시도를 잘 안 하는 성격임에도 불구하고(나는 식당도 가는 곳만 간다), 이건 내 주요 관심사 커피의 새 영토다. 한편 더치커피 내리는 동안이 워낙 유장천리 세월아 네월아인 탓도 있다. 그래 터키 쪽으로도 영토를 넓혀보자!

더치커피가 더치 툴이라는 용기에서 출발하듯이 터키커피 역시 전용 도구로 기분을 내야 한다. 라면 냄비로 일차 시도를 해봤지만 궁상스러운 기분만 들고 제대로 되지도 않았다. 이브릭(Ibriq)이나 체즈베(Cezve)라고 부르는 도구를 구해야 했다. 이브릭은 주전자처럼 생긴 뚜껑 달린 전용 포트이고 체즈베는 우리 어린 시절에 탐하던 '달고나' 달이는 주걱과 비슷하게 생겼다. 그런데 대한민국 만세! 이제 우리나라에서 마음만 먹으면 못 구할 물건이 없다. 아울러 커피에 관한 한 모든 길은 일제 칼리타로 통하는 모양이었다.

구하겠다고 마음먹고 한 시간 만에 입수했다. 숭례문 상가, 속칭 도깨비 시장에 전화를 걸자 퀵서비스로 득달같이 물건을 보내왔다. 분명히 칼리타의 이브릭을 보내달라고 말하고 값을 치렀는데 박스를 열어보니 체즈베였다. 칼리타의 장난이었다. 물건은 체즈베인데 상품 이름을 일어로 '이부리꾸'라고 써놓은 것이다. 허무할 정도로 간단한 구리 주걱이다. 그래도 터키가 눈앞이다. 민요 〈우스크다라〉가 흥얼거려지는 터키의 정통 커피를 만드는 거다.

우스크다라 머나먼 길 찾아왔더니
세상에서 이상하다 전하는 말대로
거리를 걸어갈 때 깜짝 놀랐네
이렇다면 총각들이 불쌍하겠지

내가 최초로 체험한 터키가 바로 이 노래를 통해서였다. 여인국 우스크다라를 노래한 이 민요를 모르는 사람은 없을 것이다. 초등학교 시절에 우리는 이렇게 개사해서 목청껏 부르다가 야단을 맞고는 했다. 소풍 가면 아예 전교생이 합창을 했다.

두들기면 목탁 소리 난다 율브린니 대갈통
숲 속에서 연애하다 들킨 신성일과 엄앵란
장총의 명사수는 쫀 웨인이 아니요

달라스에 악명 높은 오스트 왈츠다
유방 크다 자랑마라 소피아 로렌서
유방 작은 아무개 마누라 브라자 벗고 설친다

'오스트 왈츠(케네디 암살범 리 하비 오스월드)'나 '소피아 로렌서(소피아 로렌)'가 누군지도 모르고 불렀다. 이 정도면 명국환의 컨추리송 〈아리조나 카우보이〉에서 출발한 이 땅의 엑조티시즘도 알아줄 만하다. 심지어 〈쿠바의 땅콩〉이라는 노래도 있었다. 어쨌거나 우스크다라를 흥얼거리며 토이기(투르크) 커피는 보글보글 익어가고 내 생의 오후도 함께 보글보글 익어가고…… 였더라면 얼마나 좋았을까. 안 되는 거였다. 도무지 잘 안 되더라는 말이다. 한 달가량 틈틈이 실험실습 용맹정진 견마지로 진충갈력 구마지심 분골쇄신 뭐 이런 것 중에 하나씩 골라가며 용을 썼지만 아무리 매뉴얼대로 해도 맛의 핵심이라는 거품이 형성되질 않는다. 에스프레소 커피에 절반 이상의 크레마(거품)가 떠 있지 않으면 제대로 된 것이 아니듯이 터키커피 역시 마찬가지란다.

국내 자료, 해외 자료 두루 뒤져 봐도 만드는 방법은 꽤 간단한 것으로 나와 있다. 1인분일 경우 체즈베 안에 5~8그램의 밀가루처럼 곱게 간 커피를 넣고 80밀리리터의 찬물을 붓는다. 취향에 따라 설탕이나 향료 또는 생강을 첨가한다. 약한 불로 시작해 중불로 끓이는데(어떤 커피든 맛을 내는 데는 끓이는 온도에 대한 이해가 대단히 중요하다), 거품이 넘쳐날 때마다 이브릭을 불에서 치웠다가 다시 끓이기를 세 번 반복한다. 잠시 기다렸다 조심해서 따르면 잔 위에 비교적 맑은 물이 뜨고 그걸 마시는 것이다. 물론 커피 가루가 따

라 들어오지만 개의치 않고 마신다. 가루는 고소한 맛이 도는 게 그럭저럭 먹을 만하다. 하긴 커피 열매가 이용되던 초기에는 빵에 커피 가루를 발라 먹었다고 한다.

그런데 어떤 자료 사진을 보아도 터키커피 전용의 작은 잔에는 짙은 적황색 거품이 수북하게 쌓여 있다. 혼사 때 예비 신부가 시부모 될 어른들 앞에서 이 커피를 만들어 올려 가정교육을 잘 받았는지 평가받는다고 한다. 아예 전통 예법에 거품이 없는 커피를 손님에게 내놓을 수 없다고 적혀 있기까지 하다. 그만큼 거품 내기가 중요한 모양인데 부글부글 끓어오르던 거품이 잔에 따르는 순간 순식간에 사라져버리니 답답한 노릇이다. 어느 날은 열불이 나서 연속 열 몇 잔을 방법을 달리해가며 끓여 한 모금씩 마시다가 우웩, 토를 한 적도 있다. 다 마신 잔을 뒤집어 흘러내린 가루 모양으로 커피점을 친다는데 그 경지야 감히 넘볼 수 없는 일이겠지.

퇴계로 방면 남대문 시장 입구에 케밥집이 있다. 건실하게 생긴 터키 사내 둘이 운영하는 손바닥만 한 점포다. 한 줄에 3천 원. 한 끼에 한 줄 이상은 못 먹을 양이다. 정통식인 양고기 대신 닭고기를 사용한 점이 아쉽지만 매콤한 것이 김밥이나 햄버거보다 훨씬 낫다. 근처를 갈 때마다 사 먹으며 얼굴을 익히고 있는데 아직 한 수 가르침 받을 용기는 못 내고 있다. 언젠가 이 '터키쉬'들에게 배운다면 진짜 투르크 카베시가 나올 걸로 기대 만방이다. 아, 커피 못지않게 중요한 용건이 따로 있다. 가끔 모습을 보이는 주방장의 어린 아들이 영화 〈천국의 아이들〉에 나오는 신발 잃어버린 알리와 정말 똑같이 생겼다. 아빠 손을 꼭 붙잡고 아무 말 없이 앉아 있고는 한다. 그 예쁜 녀석이 좋아할 선물을 할 길은 없는지 그것도 기대 만방이다.

스가와라의 재즈, 요네하라의 포유류들, 김윤하의 밥 딜런

오디오 애호가라면 멋쟁이 스가와라를 기억하는 이가 많을 것이다. 한때 경전처럼 읽혔던 일본의 오디오 잡지 〈스테레오 사운드〉에 '술과 장미의 나날'을 연재한 필자다. 스가와라는 이치노세키에서 재즈 피아니스트 카운트 베이시의 이름을 딴 '베이시'라는 이름의 재즈 카페를 운영한다. JBL로 이루어진 멀티 시스템과 1만 2천 장의 LP, 그리고 공연 무대. 그곳의 일상이 담백하게 펼쳐지는 '술과 장미의 나날'을 읽노라면 정말 모든 일 다 때려치우고 카페 주인이 되고 싶어진다. 자신의 일상을 매혹적으로 그려낼 수 있다면 그는 매혹적인 사람이다. 또 떠오르는 인물이 있다. 역시 일본 사람으로 러시아어 동시 통역사인 요네하라 마리. 남자들과 두 자리 수의 이별을 경험하고(열 명인지 아흔아홉 명인지?) 독신을 결심한 그녀는 《인간 수컷은 필요 없어》라는 책을 펴냈다. 지난여름 앙코르와트 구경 중에 손에 든 책인데 어마어마한 유적을 등에 두고 흐흐거리며 활자에 코를 박게 만든 책이다. 인간 수컷을 배제한 대신 그녀의 집에는 치매 걸린 어머니를 포함 모두 일곱 명의 포유류가 산다. 유기견 출신의 남자 개 겐과 도도하고 건방진 고양이 무리, 도리, 소냐, 타냐 등과 함께 사는 이야기. 요네하라 마리의 따사로운 동물 가족 이야기를 읽노라면 당장 온 작업실 안에 개, 고양이, 닭, 햄스터, 열대어, 금붕어, 잉꼬, 문조, 기니피그, 청거북이, 카멜레온, 모르모트, 박쥐, 붉은가재, 사슴벌레 들을 입주시키고 싶다(실은 열거한 동물들 전부가 내가 길러본 것들이다).

아, 아직 책을 내지는 않았지만 우리나라에도 가능성 있는 인물이 있다. 대전 충남대에 강연을 갔다가 나의 숨겨놓은 플라토닉 러버 김혜경 교수가 안내해준 카페 주인이 그랬다. 간판에 'IDEE'라고 써 있으니 '이데'라고 읽어야 하나. 들어가서 나오는 두 시간 동안 오로지 밥 딜런의 노래만 나왔는데 선곡의 흐름에서 대단한 안목이 느껴졌다. 그 주인장이 바로 문학과지성사에서 《137개의 미로 카드》를 펴낸 소설가 김운하였다. 카페 한구석에서 주인장 작가는 컴퓨터를 토닥이고 있었다. 언젠가는 그곳의 일상이 멋지게 책에 그려질 것 같은 예감이 든다. 우리나라는 고단한 일이 많으니 술과 장미 대신 '눈물과 콧물의 나날'쯤이 될 건가.

스가와라의 재즈, 요네하라의 포유류들, 김운하의 밥 딜런을 떠올리다 보니 글을 시작할 때의 끈적거림은 어디론가 사라져버린 것 같다. 상쾌하다. 자의식 과잉과 낭만주의 자라는, 같으면서 다르고 다르면서 같을 수밖에 없는 성향을 '조오시'에 얼버무렸었다. 생을 장난스럽게 대할 수 있는 태도가 갑자기 떠오른 '조오시'다. 그런데 내가 아는 장난꾸러기들은 죄다 새가슴들이고 불행감에 쩔쩔매는 영혼을 감추고 산다. 그래서 아니, 그러니까 로맨틱이다. 반면에 나는 호탕한 낭만주의자에 대해 다분히 의혹을 품고 있다. "우리 어르신은 정말 낭만적이셔요", "회장님이 참말로 낭만적이셔서 말이죠" 하면서 벌어지는 행동은 어처구니없는 무례이거나 지폐 휘날리기, 에로티시즘에 한참 못 미치는 질탕한 색정이기 일쑤다. 호탕한 주색잡기가 어떻게 낭만과 조우할 수 있을까.

만일 낭만이라는 것이 있다면 그것은 섬세함에서 온다. 그것은 괴로움에 짓눌려 끙끙거리며 자라나고 좁다란 밀실에서 아른아른 피어난다. 낭만이라는 것이 만일 있다면. 낭만은 바라보는 자의 몫이지 낭만가객 자신의 몫은 전혀 아니다. 그래서 낭만을 가장 혐오하는 것이 타고난 낭만주의자들이다. 이런 시를 찬찬히 읽어보시라.

당신이 얼마나 외로운지, 얼마나 괴로운지,
미쳐버리고 싶은지 미쳐지지 않는지
나한테 토로하지 말라
심장의 벌레에 대해 옷장의 나방에 대해
찬장의 거미줄에 대해 터지는 복장에 대해
나한테 침도 피도 튀기지 말라
인생의 어깃장에 대해 저미는 애간장에 대해
빠개질 것 같은 머리에 대해 치사함에 대해

웃겼고, 웃기고, 웃길 몰골에 대해
차라리 강에 가서 말하라
당신이 직접
강에 가서 말하란 말이다

강가에서는 우리
눈도 마주치지 말자.

_황인숙, 〈강〉 전문

술과 장미의 나날이 흐르는 스가와라의 카페에서 숨겨진 우울을 찾아내지 못한다면 그것은 호탕한 낭만이다. 잡종 유기견 겐에 대한 요네하라 마리의 지극한 사랑과 고양이들의 질투 속에서 고독을 읽지 못한다면 그것 역시 호탕일 뿐이다. 김운하의 나오지 않은 책에는 무엇이 담겨질까. 표정 속에서 절망감이 읽힌다면 오버센스일까. 낭만 인생은 의도와 의욕으로 도모되지 않는다. 저 잘난 맛에 고립을 자초하는 태생적 질환과도 같다. 굿을 해도 바뀌지 않고 에니어그램 4번 유형 대신 5번 유형 줄에 찾아가 서 봤자 달라지는 것은 없다. 그러니 별 수 없이 저 잘난 맛에 취하는 수밖에. 웃겼고, 웃기고, 웃길 몰골을 감수하는 수밖에. 이 세상 도처의 작업실 속에서 홀로 더치맨이 되고 터키쉬가 되어 지독한 커피를 홀짝거리는 인간들아. 우리 절대 눈도 마주치지 말자.

내부가 곁에 있어도 나는 내부가 그립다

1985년 3월 1일 금

3·1절 휴가 하루를 완전히 방에서 뒹굴다 보냈다. 이제 밤 시간, 무위의 하루를 허망해하기에는 이런 나날이 너무 잦았다. …… 커피도 끓일 겸 부엌으로 해서 마당에 나갔다 왔다. 봄비가 촉촉이 내리는구나. 화살같이 다가온 3월. 무주공산 빈털터리 가슴으로 현란한 봄을 맞는다. 이대로 얼마나 더 잘 먹고 잘 살아갈 것이냐. 침묵과 침잠이 내게는 마냥 벌(罰)이 되는 것인지?

지금 난해한 현대 음악을 듣고 있음. 마디마디가 툭툭 부러지는 piano solo. 피아노의 페달을 이용해 음의 울림을 툭툭 끊어 현악기의 스타카토 하는 것 같은 소리를 낸다. 나도 덩달아 호흡이 자꾸 막히고 당신에게 할 말도 마디가 계속 끊어진다.

인간은 절대, 저얼대 변할 수 없다는 것이 내가 아는 심리학자의 지론인데 맞는 말인가 보다. 물경 4반세기 전, 스물여섯 살에 끼적인 일기장을 우연히 찾아내 읽어보는 중인데 그때나 지금이나 변한 게 없다. 시간을 막막해하고 끊임없이 자책하고 언제나 음악을 듣고……. 그날 파란 잉크의 만년필로 꽤나 길고도 긴 일기가 적혀 있었다. 후반부에 좀 생경한 넋두리 인생론이 펼쳐지는데 그것 역시 변하지 않는 모습인 것 같다. 토씨까지 고대로 몇 줄 더 옮겨본다.

……나는 지금 살아 있고 앞으로도 계속해서 살아나가려고 한다. 이 세상은 몹시 잘못된 질서와 이데올로기로 조직되어 있어 올바르게 살아가려는 것들을 압살하거나 그릇된 길로

인도하고 있다. 내가 계속해서 살아나가려는 것은 목숨이 붙어 있다는 점 못지않게 살아갈 의의가 인생에는 있다는 생각 때문이다. 그릇된 힘이 지배하는 이 세상은 한 개인의 살아갈 의의를 제멋대로 좌우하려고 들고, 나는 그 손아귀로부터 자유롭고 싶다.

내가 자유로울 수 있는 방법은 세상의 질서에서 이탈하여 혼자만의 성채를 가꾸는 길과, 세상의 질서 자체를 의롭게 하는 두 가지 길이 있다. 혼자 이탈하는 방법은 불가능하기도 할 뿐더러 그런 척이라도 하려고 든다면 끊임없이 자기 자신을 속여야 한다. 그렇다면 방법은 자유롭고자 하는 자아와 억압하려는 세상을 내면화하여 서로 싸우게 하는 수밖에 없다. 여기까지가 내가 서 있는 지점이다…….

세상이 잘못됐다고 진단했다면 그 잘못을 교정하기 위해 세상 속으로 뛰어들 각오를 다지는 게 옳았다. 불과 스물여섯의 나이였으니까. 그런데도 일기에는 이렇게 적혀 있다. '자아와 세상을 내면화하여 서로 싸우게 하자'고. 문학 장르를 공부할 때 서정, 서사, 교술, 희곡의 4대 분류 가운데 '세계의 자아화'가 서정이라고 배웠다. 내 변치 않는 성정의 정체가 서정적 자아라는 뜻이다. 서정은 서정을 가능하게 하는 별도의 환경과 공간을 찾는다. 그것이 내게는 자연 대신 작업실이다. 서정의 아스라한 연무를 뿜어내는 지하 작업실. 그것으로 충만하면 좋으련만 정작 문제는 작업실 바깥의 외부다. 서정 공간 안에서 마음껏 자유롭고 센티멘털하고 울고불고 핥고 빨고 해도 외부, 이 세상을 면할 길이 없다. 팍팍한 외부, 그것이 괴로움이다. 외부에 나가야 돈을 벌고 이름을 알려 존재 확인을 받고 심지어 살아가야 할 동기를 부여받는다. 외부를 면할 길은 없는가. 없다. 작업실조

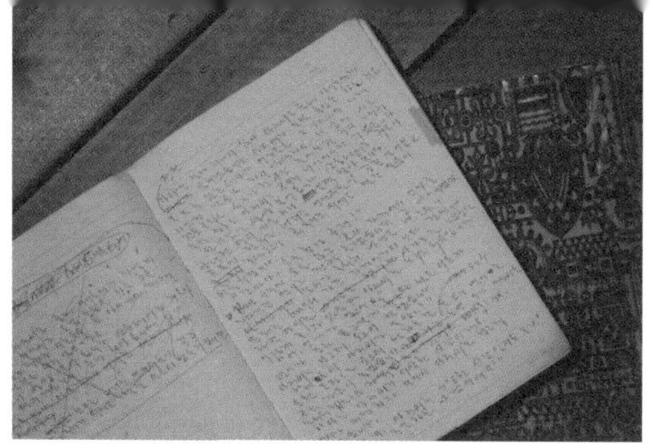

차 내부가 아니라 선별되고 가공된 외부의 축소판인지 모른다.

외부 앞에 선 자아의 혼란과 고통은 많은 작가, 학자들의 관심사였다. 캐롤 피어슨이라는 융 심리학자가 자아상의 분류를 시도한 것이 있다. 이른바 사회적 가면 즉 외부를 벗겨버리고 들여다본 여섯 가지의 자아상이다.

고아: 온몸으로 고통을 받아들이는 사람. 자신은 세상으로부터 버림받고, 배신당하고, 짓밟히고 있다고 생각한다. 삶이 낙원일 거라는 믿음이 무너지면서 심리적 추락을 경험한다.

방랑자: 자신을 탑이나 동굴에 갇힌 포로라고 느낀다. 사회적 역할과 제도, 가족, 기존의 관습 및 조직 체계가 자신을 가두는 감금자라고 생각하여 이러한 것들을 자신이 물리쳐야 하는 '악당'으로 여긴다. 타인과의 너무 큰 친밀감을 오히려 위협으로 여긴다.

전사: 삶을 전투나 시합으로 여기며 옳고 그른 것이 분명하다. 악전고투해서 성공을 거머쥐었을 때 그 어느 때보다 큰 자부심을 느끼며, 업신여김을 당하는 것을 무엇보다 수치스러운 일로 여긴다. 다른 이들에 비해 더 경쟁적으로 자신이 최고라는 사실을 입증하려는 강박관념에 싸여 있다.

이타주의자: 자신보다 더 원대한 무언가를 위해 희생하려는 인간의 욕구를 값진 것으로 본다. 그러나 준비되지 않은 채 지나치게 큰 희생을 하게 되면 분노를 폭발시킨다. 그러면서 타인에게 죄책감을 안긴다.

순수주의자: 성장 과정을 무사히 거치려면 타락한 세상에서의 삶이 어떤 건지 알아야 한다고 생각한다. 이때는 타락한 세상을 거쳐 다시 순수성을 회복하는 단계다. 원하는 것을 아직 손에 넣지 못했을 때에도 행복감을 맛볼 수 있으며 자기 자신을 진정한 동반자로 인식하게 된다.

마법사: 스스로 운명의 수레바퀴를 잡으려고 한다. 가만히 앉아 다른 사람들만 탓하지는 않는다. 곤란한 상황이 닥치면 자신의 책임 있는 부분을 찾아내고 변화시킬 수 있는 부분, 바로 자기 자신을 변화시킨다. 솔직하게 자신을 평가할 수 있기에 자신의 모습에 대한 부정적인 사실도 외면하지 않으며, 감상이나 낭만에 빠지지도 않는다. 또한 타인들도 변화를 일으키도록 촉구하며 자극한다.

피어슨은 이 여섯 가지 자아상을 성장의 단계로 바라본 모양이다. 그런데 과연 인성이 성장하는가. 변화하고 발전하던가. 오히려 한평생 고아나 방랑자, 전사 또는 마법사 가운데 하나로 살게끔 레디메이드 되어 태어나는 것이 아닐까. 사실 피어슨의 자의적 분류에 관심을 갖게 된 것은 고아와 방랑자에 대한 설명 때문이었다. 온몸으로 고통을 받아들인다는……, 탑이나 동굴에 갇힌 포로라고 느낀다는……. 어릴 때 어머니가 내 사주를 보고 다니셨는데 언제나 똑같은 내용이 나오더란다.

"이 아이는 부모, 형제, 친척도 친구도 이웃도, 아무도 없어요! 돌 틈에서 저 혼자 생겨나 저 혼자 살다 갈 거구먼요!"

천고(天孤)와 천문(天文)을 타고났다는 것이다. 한데 사주쟁이의 저주가 그닥 싫지가 않았다. 그리하여 나 천고자 천문자는 뜬금없이 외치는도다. 이 세상에 더 나은 자아와 더 못한 자아는 없노라. 더 나음과 더 못함을 구분하는 잣대는 오로지 외부, 자아의 바깥, 지하 작업실의 바깥, 진정한 것의 바깥에 흉폭하게 거하노라. 아, 천고 천문에 자족하며 살겠노라 폼을 잡고 기를 모으는데 헐! 문제는 역시 외부라니까.

작업실의 바깥, 존재의 외부

나의 외부는 어디일까. 사람들마다 각기 다를 그 대상의 첫 번째로 내 경우는 방송을 꼽아야 할 것 같다. 거기서 식량의 대부분이 나오니까. 전업이 된 지 벌써 15년 세월이 흘렀다. 이런 비유를 들어보자. 김치찌개나 설렁탕을 먹을 때 그걸 두고 토론하는 경우는 드물다. 하지만 회라도 한 접시 뜰라치면 좌중은 아연 온갖 종류의 '사시미 잡학'에 번다해진다. 그러니까 이를 테면 방송은 회와 같다. 일 자체가 이야깃거리가 된다. 누구나 하루의 일정한 시간을 일에 바쳐야 하고 방송일 역시 하나도 다를 바 없건만 일의 성격이 사람들의 호기심을 자아내는 모양이다. 하긴 그렇다. 학교 시절을 떠올려보자. 옆자리 애와 수업 중에는 재잘재잘 잘도 떠들건만 앞에 나와서 한마디 하라고 하면 갑자기 합! 합죽이가 되어 삐질삐질 진땀을 흘린다. 방송은 곧 말을 하는 곳이되 별것 아닌 말도 특별하게 느껴지도록 만드는 속성이 있다.

우선 불평부터 늘어놓아야겠다. 방송의 콘텐츠는 보도, 교양, 오락으로 대분류된다. 이 셋이 시간상 균형을 이루어야 건강한 매체 환경이라고 할 수 있다. 그러나 주로 라디오 진행으로 연명해온 내가 볼 때 우리나라 방송판은 완전 연예오락판으로 보아야 할 것

같다. 방송사 복도에서 마주치는 연예인들이 나 같은 종류의 사람을 보면 '저자가 왜 여기서 얼쩡거리나' 하는 분위기다. 연예만발 오락천국의 풍조가 도무지 온당해 보이지 않건만 그런 문제 제기 자체가 생뚱맞아 보일 정도다. 어쨌든 무적함대 연예인들 등쌀을 간신히 뚫고 뚫으며 소위 '교양 프로그램 전문'으로 십 몇 년을 버텨왔다. 그 세월이 가져다 준 교훈이 이렇다.

교훈 1. 절대로 피디와 다투지 않는다. 방송일 초기에 피디는 항상 무식하고 저속했고 나는 항상 유식하고 심오했다. 나의 엄청난(!) 유식과 심오를 과시하는 숱한 언쟁과 삐침의 결과, 에이취, 번번이 일이 날아갔다!

교훈 2. 무라카미 하루키가 옳았다. 어떤 소설인지는 잊었지만 하루키의 작중 인물이 말했다. 문화 언저리의 일이란 눈 오는 날 눈 쓸기와 같다고. 쌓이는 눈을 치운다고 세상이 달라지는 것은 아무것도 없다. 하지만 누군가는 그 일을 해야 한다. 나는 온갖 방송사에서 열심히 눈 치우기를 했고 그 덕에 밥을 먹고 음반을 샀다. 하지만 세상이 달라지는 것과는 아무런 상관이 없었다.

교훈 3. 순발력, 순발력, 오로지 순발력! 그렇다. 방송 프로그램이 얼마나 주먹구구로 두서없이 만들어지는지 실상을 알면 놀랄 것이다. 제작 스태프들이 거의 초능력자로 보이는 상황이 일상적인데 놀랍게도 때가 되면 프로그램이 나가긴 나간다. 그 회오리바람 속에서 일을 하는 유일한 방법은 초절정 순발력뿐이다.

교훈 4. 솔직하지 말라. 솔직하면 다친다. 시청자 또는 청취자라고 부르는 방송 소비

자들에겐 정말 이해할 수 없는 성향이 있다. 평상시의 자기와는 아주 다른 인격체를 방송에 대고 요구하는 것이다. 성 취향, 이념 성향처럼 뜨거운 것 말고도 별것 아닌 사안에서 좀 튀는 독자적인 의견이나 발상을 내비치면 심히 딴죽을 걸고 나온다. 방송일 초창기, 무모한 의욕 과잉에 넘치던 시절에 자주 들었던 비난이 이런 말이다. "아니 그렇게 개인적인 생각을 방송에 대고 말하면 됩니까!" 그래 알겠수. 내 개인 생각은 이제 없다구요(그런데 그러면 누구 생각을 말하라는 걸까).

교훈 5. 잘난 것과 행복은 별로 관계가 없더라. 내가 해온 프로그램의 태반이 인터뷰나 대담으로 이루어져왔다. 소위 잘난 인물이 대상일 수밖에. 꾸밈없는 속마음도 터져 나오고 간혹 애프터 술판도 벌어지는데 아, 잘나고 대단해 보이는 인물들의 평범함이라니! 그들은 그들의 조건과 수준에 맞는 쪽팔림과 기고만장 사이를 오가는데 해질녘 길모퉁이 술집의 갑남갑녀와 하나도 다를 것이 없었다. 무엇보다 행복해 보이는 인간이 없다. 어쩌면 잘남의 크기만큼 불행해하는지도 모르겠다.

교훈 6. 우리나라는 참 좋은 나라다. 그렇다. 우리나라 좋은 나라다. 척박하고 일천해서 좋다는 말이다. 어느 분야가 됐든 오랜 세월을 두고 제대로 길러진 전문인이 워낙 적어서 뭐든 조금만 노력해 앞서면 발 디디고 올라설 틈바구니가 많다. 우선 나부터 그런 얼치기 행색으로 일을 한다.

교훈 7. 명성은 돈이다. 이름값이 고스란히 소득으로 돌아오는 세상이 됐다. 나는 아무렇게나 입고 아무 데나 싸다녀도 알아보는 사람이 거의 없다. 유명하지 않다는 뜻이다. 자유로워 좋겠다고? 그런데 문제는 자유로움이 돈과 반비례한다는 데 있다. 유명해지면 어찌 그리도 전후좌우로 돈 생기는 구멍이 많은지 주위 사례를 보면서 군침만 흘려댄 게 무릇 기하련가. 에이, 추해라, 그만.

천고를 타고났다는 자가 만천하를 향해 떠드는 일을 업으로 취했으니 정녕 얄궂은 팔자다. 밀폐된 자아의 외부로서 방송만큼 막강 장벽은 더 없어야 마땅할 것 같다. 그런데 웬걸. 장벽은커녕 나는 첫 방송 때부터 전혀 떨거나 헤매지 않았다. 마이크 앞이 오히려 편안하고 자연스러웠다. 곰곰 생각해본 결과 이유가 있기는 한 것 같은데 남들이 믿어줄까. 말하자면 이렇다. 나는 언제나 내가 나 같지 않다는 것. 나는 항상 유령처럼 공중에 떠서 나라고 불리는 세상의 나를 지켜보고 있다는 느낌. 그러니까 나라고 간주되는 어떤 자가 스튜디오에 앉아 지껄이고 있고 진짜의 나는 허공에 떠서 재미있게 관찰하고 있는 형국이다. 나라고 간주된 그 자는 헛말과 속말을 오가며 스스로도 헷갈려 한다. 어디까지가 방송상 필요한 헛말이고 속에 담아두어야 할 진심인지. 공중의 유령이 때때로 경고 메시지를 날린다.

"헤이, 나. 그렇게 진실하면 고객들이 싫어하잖아."

사람들이 방송 출연자에게 요구하는 것은 재미와 내용의 함량인 듯하다. 좀 거칠게 속말을 해보자면 이렇다. 소위 교양 프로그램이 재미있어 봤자 뭐 얼마나 재미있겠는가. 내용이 있어 봤자 얼마나 있겠는가. 그보다는 도대체 얼마나 진정이 담겨 있는지 그 점을 헤아려줄 수는 없을까. 오프라 윈프리를 보라고. 우리 시청자들도 오프라 같은 사람을 길러내야 제대로 가는 방송 아닐까.

작업실 바깥, 존재의 외부는 그밖에도 많다. 그중 외부라고 부르기엔 너무 커다랗고 압도적인 외부가 하나 있다. 분류의 체계상으로는 앞서의 방송일과 도무지 위상이 맞지 않는다. 서정적 자아가 무겁게 마주쳐야 하는 또 하나의 외부, 그것은 바로 내가 태어나 자란 나라 대한민국이다. 객관화하기엔 너무도 몸에 밴 조국. 여러 나라 가운데 하나로 대할 수 없는 혈연적 고착 상태의 모국 대한민국. 이 나라는 끊임없이 내 내부로 파고들어와 정체감을 이루려 든다. 그것이 징그럽고 지긋지긋한 것이다. 나 또는 우리의 삶은 온통 한국인이라는 전제로 출발해야만 한다. 게다가 그걸 자랑스러워해야만 한다고 귀에 못이 박이도록 반복 교육을 받는다. 한국인이지 않은, 국적의 지역성, 역사성이 배제된 나를 상정하기가 불가능에 가깝다. 나라가 있어야 내가 있고 나라가 잘돼야 내가 잘된다고? 그 무슨 김정일국(國) 같은 말씀? 다른 나라를 선망해서, 다른 나라 사람이 되고 싶어서 그런 것이 아니다. 문제는 나라 자체다.

아직도 근육과 정신이 근질거리는 혈기방장의 젊은 나이였다면 나는 아나키스트가 됐을 것이다. 프루동이나 바쿠닌처럼 무시무시한 강골까지는 몰라도 최소한 "국가는 폭력이다"라고 외친, 그래서 세금이며 노역이며 국가가 요구하는 것은 모조리 거부하자고 주장한 톨스토이식 온건 아나키즘쯤에는 닿았을 것 같다. 아니, 아니다. 무슨 '이즘' 따위로 거창하게 나가지 말고 단순소박으로 이 '나라 지겨움'의 속마음을 헤아려보자.

소속될 수 없는 영혼들이 있다. 떠돌이, 건달, 외돌토리, 허풍선이, 날라리, 사이비, 얼치기, 미치광이……. 어떤 결락감, 어떤 공허가 이런 부류를 만들어낸다. 그러나 떠돌이, 미치광이의 삶이 그렇게 나쁜 것은 아니다. 적어도 결락과 공허에 충실한 삶이니까.

문제는 그런 삶을 지탱하기 힘들어 다른 것으로 메우거나 대체했을 때 생겨난다. 결락감과 공허를 못 견뎌 하다가 무언가를 콱, 붙들면 극단의 '주의자'가 된다. 과잉이라는 이름의 병. 존재의 자유를 압살하는 암 덩어리를 키우는 것이다. 극우, 극좌가 대표적이고 맹신의 종교적 열정이 그러하다. 민족주의가 그러하고 지역주의가 그러하고 출신학교주의가 그러하다. 우리교회주의는 말할 것도 없다. 그리고 그 모든 것의 배경에 국가가 있다.

순정한 의미의 이념이나 종교가 우리나라에는 없다는 게 내 생각이다. 있다면 한국식 이념, 한국식 종교만이 존재한다. 어떤 사정이 있어 주로 청년사에서 출간한 종교학 서적들을 열심히 읽었던 적이 있는데, 그 학습 결과 우리나라에 들어와 있는 기독교는 반드시 '한국 기독교'라고 불러야 한다는 결론에 이르렀다. 그만큼 특이하고 별나다는 뜻이다. 어쨌거나 콱 붙들린 모든 것의 배경에 한국이 있다. 아울러 콱 붙들려 열렬한 사람의 전사(前史)는 떠돌이, 건달, 외돌토리…… 였을 거라고 나는 추측한다.

다른 나라는 어떨까. 살아보지 못해서 정확히 알 수는 없지만 사정은 별반 다르지 않을 것 같다. 단지 우리의 자국 집착이 좀 유별나 보인다는 것. 내 친구 이토 요분이 아무리 리버럴해도 일본인을 못 벗어나고 특이하게 백인 음악 취향을 가진 흑인 친구 스티브도 갈데없이 미국인이다. 그 바람에 피차 독도 얘기를 삼가고 미국화를 뜻하는 세계화에 대해 이야기하지 않는다. 어쩔 수 없는 걸까. 왜 어쩔 수 없어야 할까. 국가에 종속되지 않은 개인, 국가의 전통과 목적으로부터 자유로울 수 있는 방외적 개인, 그렇게 살면 왜 안 되는 걸까. 자기의 인생을 살라는 뜻에서 바쿠닌은 국가를 부정했고 모든 권력을 혐오했다. "국가는 개인 생활의 모든 표현들이 매장되어 있는 하나의 거대한 무덤이다"라고도 했다. 인격이라는 궁극적 가치를 실현하고 개인의 행복을 추구하는 것에 가장 큰 장애물이 국가라는 것이다. 지하 작업실 줄라이홀 계단을 내려오는 동안 대한민국은 사라진다. 그러기로 나는 결심한다. 그 안에는 차라리 떠돌이, 건달, 외돌토리, 허풍선이, 날라리…… 소속 없고 사사롭고 아직 콱 붙들리지 않은 영혼의 해방구가 열린다. 돌 틈에서 태어난 천고자의 서정이 연무를 피워낸다. 그래, 그런 착각이라도 하련다.

폼생폼사, 비엔나 로얄 밸런싱 사이폰

작업실의 최근 뉴스는 보름 전에 행한 공사다. 제법 큰 설치물을 맞춰 들여놓았다. 그런데 이걸 뭐라고 불러야 하나. 홈바? 작업대? 싱크대? 늘어나는 커피용품을 더 이상 감당할 수가 없었다. 전생에 가정주부가 아니었을까 싶게 각양각색의 도자기잔 모으기를 좋아하는 데다 에스프레소 머신도 하나 더, 드립 주전자도 하나 더 이런 식이다 보니 첩첩이 쌓이느니 물건들이다. 어릴 때 어머니가 그랬다. "공돈 생기면 소리 나는 곳에 다 써버리는 거란다." 그래서 소리 나는 음반을 사들이고 자꾸만 오디오를 바꾸게 됐나 보다. 공돈은커녕 애면글면 일해서 생기는 수입이건만 "모조리 써버리라"는 대목만 기억해서 이제껏 살아온 것은 사실이다.

공사는 '비엔나 로얄 밸런싱 사이폰'이라는 그 이름도 거창한 기구를 사들인 게 계기였다. 1800년대부터 유럽 황실에서 사용했다는 복잡하고 요란한 사이폰인데 인터넷에서 발견한 화려한 외양에 지름신이 그냥 놓아둘 리 없다. 일본 가는 업자에게 부탁해 일주일

을 기다려 물건이 왔다. 목재로 만든 큼직한 몸체의 왼쪽 편에는 알라딘 램프를 닮은 유리병이 세워져 있다. 거기에 원두 가루를 넣는다. 오른쪽에는 둥그런 드럼통이 대롱대롱 매달리듯이 놓이는데 여기에 물을 담는다. 양쪽은 가느다란 파이프로 연결되어 있고 드럼 밑에 장착된 알코올램프로 가열하면 밸런스 추가 왔다 갔다 하면서 커피를 만든다. 그 과정이 정말 예술이다. 언젠가 오스트리아의 쉔브룬 궁전을 구경한 적이 있는데 마리아 테레지아 여제가 수집했다는 그림이며 생활용품들이 고스란히 놓여 있었다. 왠지 테레지아 여제의 어린 딸 마리 앙투아네트가 바로 이 밸런싱 사이폰을 즐겨 사용했을 것만 같다. 더욱이 분위기만 황족인 것이 아니었다. 평소 사용하던 하리오사의 일반 사이폰과는 정말 한 차원 다른 그윽한 향미가 풍겨 나왔다. 커피 열매의 모든 아로마 성분을 속속들이 파내는 느낌이랄까.

그런데 문제는 공간이었다. 가뜩이나 재래시장 만물상처럼 쌓이고 늘어선 탁자에 이 금장으로 번쩍거리는 커다란 비엔나 황족까지 모시려니 한숨이 절로 나왔다. 그래 또 한 번 저지르자. 암 저지르고말고. 홍대 근처의 일급 커피전문점 '카페 드 솔' 같은 곳에서 보았던 커피 조리대용 전용 바를 설치하기로 결심한 것이다.

커피 바에 기성품이 있을 리 없다. 필요에 맞춰 상상력과 아이디어를 발휘해 제작해야 한다. 그런 일에 '반쪽이' 만화가 최정현이 달인이란다. 스치듯이 한 번 본 사이라 차마 연락은 못 하고 애꿎은 출판사 사장만 괴롭혔건만 결국 접선이 되지 못했다. 그러고 보면 내 주변에 독일 유학파가 유난히 많다. 그들이 한결같이 말하는 이야기가 있다. 독일 남자들은 죄다 목수라고. 이들은 친구도 없고 술도 안 마시는지 퇴근하면 대부분 곧장

집으로 돌아와 거의 전문가 수준으로 갖춰놓은 목공 장비를 챙겨들고 날마다 썰고 두드리고 갈아내서 별걸 다 만든다는 것이다. 그것도 집집마다. 그런데 아무리 찾아보고 수소문해봐도 이 땅에 독일풍 사나이를 찾을 길이 없었다. 목공이 취미인 사람을 발굴해 오순도순 의논해가며 멋지고 개성적인 홈바를 제작하고 싶었지만 결국 포기해야 했다. 그런 사람은 어디에도 없었다. 저녁마다 친구도 없이 외로이 톱질을 하고 있는 독일 남자가 잘 사는 건지, 저녁 지나 새벽녘까지 날이면 날마다 술 마시며 열변을 토하는 한국 남자가 사람답게 사는 건지 아리송한 기분이 든다.

결국 인테리어업체를 이용해야 했다. 연고를 찾지 않기로 했다. 작업실 근처 아파트 입구에 몇 군데 업소가 있다. 오로지 쇼윈도의 디스플레이 솜씨만 보고 한 곳을 골라 들어갔다. 누가 내 용도를 알아주랴 싶어 열심히 땀까지 흘려가며 설명을 하노라니 사장인지 디자이너인지 목수인지 하여간 단단하고 동글동글하게 생긴 사내가 빙긋이 웃는다. "제가 스타벅스 매장 6호점까지 공사한 사람이에요." 운이 따른 것이다. 단단하게 생긴 사내의 경험 덕에 설계도면에서 현장 공사까지 일은 일사천리로 풀려나갔다. 몸체는 자줏빛 펄 버건디 색상으로, 상판은 검정색 마블 인조 대리석을 얹게 됐다. (한 달 만에 멀쩡한 상판을 들어내고 흰색으로 새로 설치했지만) 좋게 말하면 고전적인 색 배치고 다르게 말하면 철지난 구닥다리 컬러인데 최신 유행에 익숙한 단단한 사내의 반대를 무릅쓰고 내가 고집을 부려 선택했다. 이른바 유럽 황실의 색 배치. 바로 그 이름도 기나긴 '비엔나 로얄 밸런싱 사이폰'을 염두에 둔 것이다.

이제 작업실 안은 크게 오디오 영역, 홈바 영역, 영화를 보는 AV 영역으로 삼분되게 되었다. 여러 개의 부분 조명으로 둘러싼 홈바의 바텐의자에 걸터앉아 턱을 괴고 있노라면 "누가 나 좀 말려줘요!" 하는 심정과 "누구 이 폼 좀 봐주세요!" 하는 심정이 동시에 든다. 어쩌다 폼생폼사 그 자체가 돼버렸다. 그러나 공사 마친 지 보름이 넘었건만 아직 찾아온 손님이 없다. 문득 한 귀퉁이에 찌그러져 있는 컴퓨터 책상을 물끄러미 바라본다. 천문(天文)을 타고나 직업 글쟁이로 살아가고자 한다면 저 컴퓨터 의자의 엉덩이 크기만 한 공간이면 충분했으리라. 그러나 나는 빙글빙글 돌아가는 바텐 의자에 앉아 있다. 인간의 종류를 생산형과 향유형으로 나눈다면, 컴퓨터 쪽과 바텐더 쪽으로 나눈다면 아, 나는 단연 향유형 인간이구나, 하는 생각. 옷치장이며 얼굴 화장에 필요 이상으로 열중하는 여성들이 항변 삼아 하는 말이 있다. "남한테 보여주려는 것이 아니고 자기만족 때문에 이러는 거라구요!" 그 말에 공감을 표한다. 남 보기에 좋으라고 개인 작업실 안에 카페를 차리지는 못한다. 고적한 실내에서 바텐더가 된 기분을 맛보려고 일을 벌였다고나 할까. 어쨌거나 요즘은 컴퓨터 의자나 음악 감상용 소파보다는 바텐 의자에 앉아 있는 시간이 훨씬 많다.

사랑하는 ○○. 2월의 마지막 날에 시작한 이 편지 노트도 어언듯 마지막 장이 채워져 간다…….

1985년 2월 28일(목)에 시작한 일기장은 그해 7월 8일(월)에 마지막 페이지를 채우고 있었다. 제법 두툼한 노트인데 그 시절엔 그렇게나 쓸 말이 많았나 보다. 마지막 페이지에는 이틀 전 소설가 김영현의 결혼식에 다녀온 이야기(내가 그의 함진아비를 했었다), 전날 일요일엔 문학평론가 김명인의 첫딸 백일기념과 창작과비평에 회심의 논문이 게재된 것을 축하하는 자리에 다녀온 얘기가 적혀 있다. 지금 김영현은 실천문학사 대표로 속절없이 늙어가고 어릴 적 친구 김명인은 인하대 교수로 조용히 산다. 그때 백일을 치렀던 딸 한결이는 파리 제4대학에서 예술사를 전공하고 있는데 아비의 자랑이 대단하다. 그리고 이 일기가 바쳐지는 대상이었던 유학 간 약혼녀 '당신'은 그로부터 4년이 지나 꿈에서도 볼 수 없게 되었고(후생들이여, 유학 떠난 애인을 절대로 믿지 말라).

작업실 바텐 의자에 앉아 낮은 조명을 켜고 이십 몇 년 전의 못생긴 글씨를 더듬는 일은 참 춥고도 뜨겁다. 작업실이니까 이 모든 센티멘털에 용서를 구한다. 여기 이 공간은 절대적으로 내부다. 이십 몇 년 전의 엇갈린 사랑도 내부이고 백일몽 아나키즘도 내부이며 방송사 마이크 앞에서의 헛말까지도 내부로 꾹꾹 들어와 문을 걸어 잠근다. 세상은 몽땅 외부이고 이 공간 안에서는 마음껏 내부이니 참말 편리한 거다. 지금 공중에서 나를 지켜보는 내가 싱긋이 웃으며 말한다. 왜 내부, 내부, 내부 타령을 하는지 설명을 하라고. 그걸 꼭 말로 해야만 할까. 너도 알고 나도 알잖아. 내부가 두려운 사람들, 텅 비어버린 내부, 내부 없이 살라고 가르치는 세태, 내부는 지나간 세기의 유산이라고 비웃는 유행, 이럴 때 뽕짝조 한 자락. 내부가 곁에 있어도 나는 내부가 그립다.

작업실에 가득한 소리, 아날로그의 공감

REDIFFUSION
George Kwiatkiewicz
With Compliments
An Original Sound Track Recording
The Samuel Goldwyn
Motion Picture Production of
PORGY
AND BESS
COLUMBIA
MASTERWORKS
RCA VICTOR
MOZART
PLEASE SEND ME A CATALOG
AND PUT MY NAME ON YOUR
MAILING LIST
monitor
MUSIC OF THE WORLD
address
city
state
zip code
ALSTON
I'LL LOVE YOU FOREVER
BETTY WRIGHT

앞서거니 뒤서거니, 정확히는 내가 1년쯤 먼저 작업실을 만들어 틀어박혔다. 사진가 윤광준이나 나나 그렇게 살아야 할 팔자였던 모양이다. 그게 벌써 십수 년 세월, 줄라이홀의 전사에 해당된다. 십수 년 세월이 흘렀건만 그와 야심한 밤에 나누는 통화의 첫마디는 늘 똑같다.

"뭐 해?"
"응, 치가 떨린다 떨려!"

고독해서 치가 떨린다니? 가족이 있고 친구가 있고 일이 바쁘고, 돌아보면 세월은 눈 더미처럼 내려앉는데 고독에 몸부림친다? 그런데 그런 몸부림 바람에 호모 사피엔스가 한꺼번에 다 벗이다. 외롭지 않은 인간이란 하나도 없으니까.

외롭고 외로워서 동호회를 하고 동창회에 나가고 선거에 출마하고 미친 듯이 술을 마신다. 그렇지만 어떤 종류의 인간, 그러니까 대머리 사진가 윤광준이나 쥐어짠 마루걸레 같다고 느껴지는 나는 지하실에 작업실을 파고 들어앉는다. 외롭지만 동호회, 동창회, 선거 따위에 전혀 관심을 두지 않는다. 나름대로 해야 할 일이 있기 때문이다.

고독해서 치를 떨며 해야 하는 일, 그것은 음악을 듣는 일이다. 그렇다. 하지 않을 수 없는, 강요된 일과이다. 왜 그래야만 하는지를 묻지 말아달라. 그래야만 하는 일이 있는 법이다. 베토벤도 자신의 현악사중주 가운데 한 악보에 이렇게 적었다.

"그래야만 하는가? ……그래야만 한다!"

유난히 글이 좋아 일부러 찾아 읽게 되는 기자가 있다. 모두가 클래식을 떠난 뒤안에서 기적적으로 생존하고 있는 월간 음악지 〈객석〉의 류태형 기자. 오래전 어떤 무더운 여름에 그가 작업실로 찾아왔었다. 즐겨 듣는 음반 얘기를 해달라고. 몰래 녹음을 했는지 그날 내가 중얼거린 이야기들이 그의 기록으로 잡지에 고스란히 남아 있다. 그 7년 전에 사랑했다는 음반들을 다시 보니 이렇게 짬뽕이다.

데이비드 먼로David Munrow, 〈아트 오브 더 리코더The Art of the Recorder〉(EMI): "고음악에 대한 열망, 그 원형, 최초의 상태에 대한 그리움을 먼로만큼 잘 보여주는 사람이 없는 것 같아요. 나중에 고음악이 각광을 받는 시대에 그것을 한 사람들은 오늘날의 대중을 의식했다는 느낌을 받아요. 그런데 먼로는 맨땅에 헤딩한 거예요. 누가 이해해줬나 알아주길 했나."

엘리자베트 슈바르츠코프Elisabeth Schwarzkopf, 〈모차르트 가곡집〉(EMI): "슈바르츠코프만 해도 '노래를 못하는구나' 하는 느낌을 줄 때가 의외로 많아요. 명성이야 자자하지만 소프라노가 어색하게 뽑는 느낌을 줄 때가 있어요. 그러나 슈바르츠코프는 어떤 순간, 최고가 될 수 있는 사람 같아요. 어떤 순간에 도저히 형언할 수 없는 곳에 도달해요. 순결한 목소리로 어떻게 이렇게 표현할 수 있을까. 발터 기제킹Walter Gieseking이 반주한, 슈바르츠코프 음반 중에서도 특히 좋아하는 앨범이죠."

미셸 베로프Michel Béroff, 〈프로코피예프 피아노 협주곡 전집〉(EMI): "베로프의 프로코피예프를 듣고 깜짝 놀랐어요. 프로코피예프 곡을 아시케나지Vladimir Ashkenazy가 치니까 라흐마니노프가 되는데, 베로프의 연주는 때리고, 찢고, 완전히 '파괴 그 자체'더라고요. 베로프는 자기 세계가 있는 연주자예요. 1950년생이면 젊지도 않은데 이상하게 평가절하되고 있는 피아니스트예요."

이본느 로리오Yvonne Loriod, 〈피아노 작품집〉(Erato): "올리비에 메시앙Olivier Messiaen은 저에게 영원한 탐구 대상이 될 것 같아요. 정말 모르겠어요. 모르니까 빠져든다고요. 메시앙은 현대의 균열의 징후를 잘 간파한 사람이에요. 작곡가와 가장 가까운 사람이라 할 수 있는 메시앙의 아내 로리오의 이 음반은 불안하지 않고 편안하게 메시앙의 세계로 젖어들게 해주죠."

테오도르 비켈Theodore Bikel & 구엘라 질Geula Gill, 〈싱 포크송 프롬 저스트 어바웃 에브리웨어Sing Folksongs from Just about Everywhere〉(Electra): "트래디셔널도 지역마다 색깔이 달라요. 그런데 유대인들의 민속음악은 제게 잘 맞는 편이에요. 청승맞으면서도 꺾이는 가락이 있고 한이 서려 있죠. 이스라엘 민족이 지금은 욕을 먹고 있지만 엄청 고생했잖아요. 아이리시 음악이나 스코틀랜드 음악을 좋아하는 사람들도 많지만, 유대계 이디시 음반은 그리 많지 않은데 어쨌든 한 서린 가락이 잘 맞는 것 같아요. 비켈과 질은 듀엣이 아니고 우연히 함께 공연해 음반을 낸 거예요. 포크 콘서트의 메카인 타운 홀 실황이죠."

아타우알파 유팡키Atahualpa Yupanqui, 〈트랑탕 드 샹송30ans de Chansons〉(harmonia mundi): "유팡키는 남미 쪽의 대표 선수쯤 되지 않겠어요? 조그만 기타 하나 들고 어쿠스틱 하나로 느릿느릿 읊조리죠. 유팡키의 음악은 서민 정서 같지만 그 속에 깊은 문학성이 느껴져요. 그의 누보 깐시온은 그러니까 트래디셔널한 것은 아니고 미국으로 치면 모던 포크 쪽에 가깝다고 할 수 있죠."

플로렌스 포스터 젠킨스Florence Foster Jenkins, 〈글로리(????) 오브 더 휴먼 보이스The Glory(????) of the Human Voice〉(RCA): "이걸 듣고 웃을 수만 있을까요? '내가 바로 이런 사람' 이라는 말이죠, 연주회만 안 했을 뿐이지. 음대를 가봤나, 음악 수업을 제대로 받았나. 한국 사회에 있어서 좀 나이 든 음악 애호가들은 다 주책바가지 뚱뚱보 할머니 플로렌스 젠킨스라는 생각이 들어요. 음악이 갖고 있는 내적 구조에 대해서 전혀 무지한 상태로 실제보다 과장되게 음악을 사랑하고 좋아하는 마음 있잖아요. 저는 음정 박자 다 틀리는 플로렌스 젠킨스의 음반 속에서 그게 다 나온다고 봐요. 꼴사납고 바보 같잖아요? 그거 비웃지 못하죠. 동류의식이란 게 있으니까요."

그 여름엔 슈바르츠코프나 유팡키를 듣고 있었구나. 변화가 있을까? 물론 있기도 하고 전혀 없기도 하다. 음악 취향은 원을 그리며 이동한다. 앞으로 나아가지 않으면서 멈추지도 않는 것. 작업실 소파 옆에는 늘 악보용 보면대가 세워져 있다. 당장 들을 LP를 쌓아놓는데, 요 며칠간의 음반은 이렇다.

베리오Luciano Berio, 〈캐시를 위한 리사이틀 I Recital I for Cathy〉: 일종의 드라마 음악인데 비명과 흐느낌이 전편에 가득하다. 곡을 헌정 받은 베리오의 아내 캐시 버버리언Cathy Berberian이 나이 들어 취입했다.

실비아 케르젠바움Sylvia Kersenbaum, 〈피아노 모음집〉: 멘델스존의 평온과 스크리아빈Alexander Skryabin의 신비, 그라나도스Enrique Granados의 경쾌를 교과서적으로 표출한다. 어떤 의도로 이처럼 성향이 크게 다른 곡들을 한 음반에 모아놓았을까.

스트라빈스키Igor Stravinsky, 〈칸타타〉: 당분간 스트라빈스키에 머물 것 같은 예감이 든다. 며칠째 계속 이 귀기 어린 소프라노, 테너, 여성 합창단의 합주를 반복해 듣고 있다. 카렐 안체를Karel Ancerl이 지휘한 동유럽 스타일. 지금 왜 스트라빈스키인지 그 이유를 찾아야 한다.

몇 장이 더 보면대를 채우고 있지만 이쯤 한다. 여기 올려졌다 벽으로

30 ans de chan

사라진 음반의 러닝 타임만큼 살았던 것은 아닐까. 삶의 시간, 생존의 양은 무엇으로 계측할 수 있을까.

다들 그렇다. 바빠 죽겠다면서 고독에 치를 떤다. 일감에 숨이 막힌다면서도 마치 나의 음악처럼 각자의 한가 속으로 도망치고 침몰한다. 그게 오늘날의 호모 사피엔스, 아니 호모 히스테리쿠스들이다.

사제관에서 이십여 년째 혼자 산다는 한 히스테리쿠스는 이렇게 적었다.

어젯밤은 잘 잤다. 나의 불행도 잠이 들었으니까. 아마도 불행은 침대 밑 깔개 위에서 웅크리고 밤을 지낸 것 같다. 나는 그보다 먼저 일어났다. 그래서 잠시 동안 형언할 수 없는 행복을 맛보았다. 나는 세상의 첫 아침을 향하여 눈을 뜬 최초의 인간이었다.

_미셸 투르니에, 《짧은 글 긴 침묵》에서

외롭다고 말할 동기도 내력도 찾기 힘든데, 아니 꺼내기조차 민망한데 어쨌든 외롭다. 각자가 자기 삶에서 최초의 인간이기 때문일 것이다. 투르니에는 그 기분을 '형언할 수 없는 행복'이라고 뒤집었다. 하지만 나는 뒤집어 표현하지를 못하겠다. 멜랑콜리 블루스, 그렇지 않나요?

차이코프스키, 나를 스치는 몽상

아는 사람의 아는 사람, 나는 전혀 모르는 사내의 자살 소식을 뒤늦게 건네 들었다. 자살률 세계 최상위권인 나라에서 대단한 뉴스거리도 아니다. 하지만 심란하다. 고위 관료 출신의 대기업 임원, 모범적인 가정과 잘 성장한 아이들. 그런데 느닷없이 건물에서 뛰어내렸다. 우울증이란다. 정말 우울증 때문일까. 그가 일하던 건물이 그를 내동댕이쳐버린 것은 아닐까. 건물과 도로는 사람을 죽이는 흉기다.

게다가 11월, 겨울의 입구라는 계절적 요인도 작용했을 것이다.

아, 11월. 차이코프스키가 자살한 달이다. 동성애 사실이 세상에 알려지면 차이코프스키 본인뿐만 아니라 같은 법률학교를 졸업한 당대의 유력자들도 동반해서 곤란해진다. 친구들이 모여서 사설 법정을 열었다. "자네가 스스로 죽는 게 낫겠네." 선고는 내려졌고 그는 별다른 저항 없이 응했다. 여행을 떠나 콜레라균이 득시글거리는 냉수를 들이켰던 것이다. 병으로 가장한 자살이면서 실제로는 타살인 기이한 죽음이다.

문장이 아름다운 사람이 있다. 서른 살 넘어 7년간 유학한 모스크바. 그곳에서의 예술체험을 담은 '모스끄바가 사랑한 예술가들' 이라는 싱거운 제목의 책을 읽는다. 책 제목 못지않게 이병훈이라는 저자 이름도 싱겁다. 그런데 그의 글은 보드카 맛이다.

영하 20~30도까지 떨어지는 혹한 속의 청명한 날씨, 북방의 아브로라(서광의 여신)가 감미롭게 잠긴 눈을 뜨고 잠에서 깨어나는 시간이다. 세상의 모든 사물은 얼어붙어 정물화가 된다. 하늘·대기·달·별들이 마치 얼어붙은 사물처럼 고정되어 있다. 거대한 숲의 검은 그림자는 그 정물의 풍경이 된다. 그 사이로 사람들은 두꺼운 외투와 털모자를 쓰고 기우뚱거리며 고정된 정물과 풍경 사이를 오간다. 이윽고 먹물 같은 밤이 찾아온다.

흐린 하늘에 안개가 일어난다. 달은 창백한 얼굴을 시커먼 구름 사이로 숨기고 하늘은 이내 거친 숨을 토해낸다. 눈보라가 친다. 난폭한 눈회오리가 온통 세상을 뒤덮는다. 짙은 납빛 하늘의 조각구름은 바람에 쫓겨 이리저리 몰려다닌다. 눈보라는 파국을 암시한다. 인적이 없다.

이병훈은 모스크바의 겨울을 눈보라, 광기, 반짝임이라는 세 단어로 요약했다.

창 없는 내 지하 작업실 벽에 간혹 검은색 들창이 드리워진다. 누군가 밖에서 안을 들여다본다. 어떤 11월에 건물에서 뛰어내린 그 사내일는지 모른다. 냉수를 들이켜고 고열에 시달리던 차이코프스키일 수도. 나는 죽은 자의 뒤숭숭한 표정을 들창을 통해 본다. 그리고 읽는다. 차이코프스키가 글라주노프에게 보낸 편지 내용.

난 요새 아주 이상한 상태에 있다네. 마치 무덤을 향해 걸어가고 있는 듯해. 기이하고 이해할 수 없는 무언가가 내 안에서 벌어지고 있어. 난 삶에 지쳤네. 미치도록 걱정만 많고 새로운 삶의 의지를 도무지 찾을 수 없는 상태야. 무언가 파국으로 치달으면서 희망이 없는 상태. 최후라는 것이 으레 그러하듯이 말이야…….

지금의 나와 동갑일 때의 차이코프스키 사진을 갖고 있다. 깊게 팬 이마 주름과 백발의 머리와 수염. 완전한 할아버지 모습을 하고 있다. 그로부터 불과 3년 후에 그는 콜레라 냉수를 벌컥벌컥 들이켰다. 우리가 〈비창〉이라고 부르는 제6번 교향곡을 완성한 직후다.

눈보라, 광기, 반짝임의 문채(文彩)에 취한 상태로 일요일 하루를 꼬박 보냈다. 차이코프스키의 교향곡 1번을 들으면서. 1악장에 작곡가가 붙인 부제를 따서 〈겨울날의 몽상〉이라고 부르는 곡이다. 정확히 옮기자면 1악장 '겨울날 길에서 꾸는 백일몽', 2악장 '오 어둠의 땅, 안개의 땅', 3악장 '춥고 오랜 겨울 여행에 지친 여행자의 꿈들', 이런 식의 표제가 붙어 있다. 기질에 안 맞는 관리 생활을 걷어치우고 막 작곡가로 인정받기 시작하는 즈음, 그의 나이 스물여섯 살 때의 작품이다. 의욕과 열정에 넘쳤을 시기다. 그런데 그는 차이코프스키다. 우리가 아는 차이코프스키, 선율이 풍부하고 구조가 취약하다는 세평 그대로의 곡인데, 그 젊은 나이에 이미 종년의 막막한 우울이 깔려 있다. 어려서 늙어버린 것이다.

판꽂이를 뒤적이니 열 몇 장의 LP가 찾아진다. 정말 완벽하게 하루 종일 이 한 곡만 지휘자를 바꿔가며 들었다. 1악장 도입부터 반복되는 민속 선율, 2악장 중간쯤의 아름다운 목관 독주, 3악장의 왈츠, 4악장 후미의 힘찬 약동과 허무하게 끝맺는 종결. 아예 전곡이 외워진다.

누가 뭐래도 차이코프스키 교향곡은 이고르 마르케비치Igor Markevitch 연주가 최상이다. 오랫동안 그의 전집을 닳도록 들어왔는데 새삼 들어본 1번 역시 두껍게 깔리는 현악 파트와 솔로 악기의 명징한 대비, 안정적이되 느슨하지 않은 템포감, 무엇보다 총주부(tutti)에서 지축을 뒤흔드는 에너지가 듣는 사람을 열광의 상태로 몰고 간다. 굳이 아쉬움을 집어내자면 도통 우울하지 않다는 것. 마르케비치는 음악 속에서 인생 같은 거나 찾는 키치 리스너에게 바른 교육을 시키고자 연주를 했는지 모른다.

암만해도 이상한 것은 로스트로포비치Mstislav Rostropovich의 런던필과 주빈 메타Zubin Mehta의 로스앤젤레스 필하모니 연주다. 로스트로포비치는 하염없이 느릿느릿하되 공허한 어깨 힘이 느껴지고, 주빈 메타는 매우 부산하고 소란스럽되 중심이 느껴지지 않는 연주를 펼쳤다. 다 만만찮은 인물인데 왜 그랬을까. 그저 내 주관의 치우침일 뿐일까.

마르케비치 못지않은, 오히려 1번만으로 보면 더 나을 수도 있는 연주가 발견됐다. 바츨라프 스메타체크Václav Smetáček의 프라하 심포니 연주본이다. 두서없이 이것저것 트는 와중에 스메타체크를 걸어놓고 깜짝 놀랐다. 일단 관악기 소리들이 수많은 새들의 합창처럼 들린다. 사운드를 구사하는 데 특별한 재주가 있는 듯하다. 아울러 굵직한 한 개의 톤으로 전편을 이끌어나가는 듯 곡을 장악하여 전개시켜나가는 능력이 돋보인다. 40분 가까운 연주가 단숨에 지나가버렸다. 한동안 3백 장이 넘는다는 그의 레코딩을 추적하고 다닐 것 같다.

스메타체크만큼은 아니어도 돋보이는 연주가 또 있다. 보스턴 심포니 부악장 시절에 녹음한 마이클 틸슨 토머스Michael Tilson Thomas의 지휘가 그것이다. 젊다 못해 어린 나이였을 텐데 MTT(그의 애칭)가 자아내는 선율과 사운드는 오래 곰삭은 장맛을 낸다. 부연 안개가 낀 듯 우수 어린 정감이 다가온다. 역시 소문대로 잘하는 친구다.

러시아 정통이라 할 수 있는 예프게니 스베틀라노프Evgeny Svetlanov의 U. S. S. R. 심포니 연주는 너무 가늘고 특징이 없었고, 안탈 도라티Antal Dorati의 런던 심포니 연주는 방정맞았다. 유진 오먼디Eugene Ormandy, 카라얀Herbert von Karajan, 번스타인Leonard Bernstein 등은 그냥 지나쳐버렸다. 이유 없이 그냥. 틀림없이 명연이었을 므라빈스키Evgeny Mravinsky 연주는 뜻밖에 1번 음반이 없어서 못 들었다. 마리스 얀손스Mariss Jansons의 오슬로 필하모니 연주도 명성이 자자하던데 뒤져보니 LP도 CD도 없다.

어떤 11월에 내가 모르는 어떤 사내는 건물에서 뛰어내렸다. 어두운

골목, 허물어진 벽 위의 낙서, 벗겨진 페인트칠, 썩은 쓰레기 더미와 야수 같은 들개들, 까마귀들, 눈 위에 고꾸라진 술주정뱅이 따위와 벗했던 추억을 뒤져 이병훈은 모스크바 회고담을 썼다. 뛰어내린 사내와 이병훈이 나를 차이코프스키로 인도했다.

내 상상 속의 차이코프스키는 스물여섯 살에도 이마에 주름이 깊게 파이고 머리는 백발이 성성한 채 교향곡 〈겨울의 몽상〉을 작곡했다. 그 백발의 우울증 환자가 내게 하루 종일 곡을 들려줬다. 차이코프스키의 대리인들은 각기 다 다른 소리를 자아냈다. 그 바람에 좀 바빴다. 몽상이 넘쳐 '비지' 한 거다. 일요일 하루, 작업실에서는 참 많은 작업이 있었다.

아날로그로 가는 길

"선생님 너무너무 보고 싶어요. 시간 좀 내주시면 안 돼요?"

핸드폰 문자 메시지였다. 몇 해 전 잠시 함께 일한 적이 있던 서른 살 무렵의 미혼 여성 방송 작가. 웬일이니, 아니 솔직히 웬 떡이야, 하자니 속 보이고 하여튼 사실대로 답신을 했다. 요즘 진행하고 있는 라디오 프로가 밤 열두 시에 끝난다. "밤 열두 시 이후밖에는 시간이 없는데……." 답신을 날렸더니 곧장 답문자가 날아온다. "그럼 열두 시 지나서 찾아뵐게요."

내 소싯적에야 밤 열두 시가 아니라 밤새 통화를 하다가 새벽 다섯

시에 데이트 약속을 하는 일도 흔했다. 평상시 하지 않는 짓만 골라서 하는 것이 연애질의 본령으로 알았다. 하지만 언제부터일까, 그 누구의 대상도 되지 못한다는 걸 깨우쳐야 했다. 나이 들어 꼬부라진 아저씨의 비애다. 여성을 떨궈버린 무성의 할머니라면 모를까 대개는 내게 점잖은 어르신의 처신을 기대한다. 한창때는 그런 기대를 배반하는 것을 매력(?)의 원천으로 삼았건만 지금 그랬다가는 망신살만 뻗친다. 하, 그러나 어쨌든 밤 열두 시가 넘어 소녀의 방문이라니…….

결과를 길게 말하려다 짧게 줄인다. 망신 어게인이었으니까. 정확히 표현하면 망신이 아니라 분통이 치솟았다. 서른 살의 어여쁜 소녀는 정말로 새벽 한 시쯤에 엄청나게 짧은 치마를 입고 나타나 재잘재잘 기억도 나지 않는 말을 나부꼈다. 나는 부르흐Max Bruch의 〈바이올린 협주곡 1번〉에서 슈베르트의 피아노 트리오, 브람스 또는 리하르트 슈트라우스Richard Strauss의 가곡집류 등등 분위기 잡을 곡들로만 열심히 판돌이를 했다. 스트레이트로 시바스 리갈도 제법 마셨다. 잠시 화장실에서 몸을 풀고 왔더니 소녀는 전화를 하고 있었다.

"선생니임, 분위기가 너어무 너어무 좋아서요, 남자 친구 오라고 전화했어요. 지금 당장 달려온대요……."

그다음부터의 상황을 설명하고 싶지는 않고…… 그냥 이 한마디 사자후면 족하지 않을까.

"끙!"

나름대로 멋을 부린 개인 음악 공간에서 별딱스럽고 흥미진진한 일이 무시로 벌어질 거라고 추측하는 중생들이 많다. 내 또래 눈자위가 축 늘어지고 뱃가죽이 고생대 지각으로 겹쳐진 중늙은이 친구들의 상상이라야 뻔하다. 여자! 여자! 여자에 대한 망상과 몽상. 하지만 그런 기대를 충족시킬 버라이어티 익사이팅 로맨틱 에로틱 미스틱 시츄에이션은 벌어지지 않는다. 클래식 음악에만 전념하기 시작한 이후의 현상이 아닐까.

온갖 별일이 많았던 내 쥬라기 청춘의 작업실에서는 장르 불문으로 희한한 사운드의 난바다가 공간을 가득 메웠다. 이상한 음악과 조명 아래서 멀쩡한 사람이 다중 인격 장애로 빠져드는 일이 무시로 생겨나고는 했다. 다중 인격은 '해리성 정체 장애' 로 공식 명칭이 바뀌었다. 어쨌든 해리, 그러니까 자기로부터 '떠나는 것' 이 그 증상의 특성이다. 변형된 다른 자아로 탈출하는 것이 가능하도록 도와주는 전율의 음악은 많다. 소닉 유스나 존 존의 음악 같은 변태적 록이 그렇고 장르 규정도 어려운 메레디스 멍크나 안젤리크 요나토스의 기나긴 음악들이 그런 '별일' 의 배경 음악 노릇을 한다.

아, 은폐된 공간에서 벌어지는 별일! 유폐된 느낌, 벗어난 기분을 느끼기에 줄라이홀만 한 곳도 드물 것이다. 외부의 빛과 소음이 전혀 들어오지 않을뿐더러 이곳에는 시계도 달력도 없다. 실제의 현실을 일깨워주는 물품은 될수록 배제시키는 것이 작업실의 원칙이다. 그런데 문제는 내가 꽤 오래전부터 클래식 음악만 듣게 됐다는 사실이다. 일생에 걸쳐 별별 장르를 다 섭렵해온 편이건만 이제는 오매불망 중세 교회 음악에서 현대 음악까지 클래식 족보에만 매달린다. 암만해도 아무런 별일이 생겨나지 않는 것이 듣고 있는 음악 장르와 관계가 있을 것 같다.

클래식 음악은, 생각건대, 돌아오게 만든다. 내가 오랜 동안 동일시하고 싶어 했던 페르소나, 그것이 나라고 확신하고 싶었던 어떤 면모, 클래식 음악은 그것 자체의 음악적 본령과는 상관없이 한 인간의 다면 다층성을 하나의 단일한 층위로 정립시키는 데 기여한다. 삶은 괴롭고 존재는 늘 고달프다는 원점의 감회, 그것 말이다.

외롭고 춥고 배가 고프면 쾌적한 느낌이 안 든다. 사람에 시달리고 공해에 시달리고 돈에 시달리고 명예에 시달리고 병마에 시달리고 심지어 사랑에 시달리는 사람은 절대로 쾌적한 느낌을 맛볼 수가 없다. 이럴 때 필요한 것이 음악이다. 단호하게 말하건대 미술과 음악은 우리의 쾌적하고 윤택한 삶을 위해 존재한다.

가수 조영남이 쓴 예술 에세이의 한 구절이다. 그럴까? 그랬나? 삶의 쾌적함이나 윤택함에 대해 생래적인 저항감을 지니고 살아온 나에게는 적이 불편하게 다가오는 의견이다. 하지만 그는 뮤지션이고 아티스트다. 본인이 그렇게 느낀다는데 토를 달 일은 아니겠지. 하지만 토를 달아야 할 일이 생겼다.

'TV, 책을 말하다' 라는 서평 프로그램에서 마주친 건데, 조영남은 어떤 책의 추천자로, 나는 그 책을 비판하는 입장으로 동석하게 되었다. 출판 동네에서 조우석이라면 껌뻑 알아주는 그 분야 전문 기자다. 하지만 사적으로 조우석을 안다면 그의 빛나는 서평들은 차라리 부업으로 여겨질 것이다. 클래식 광팬. 오랜 세월 미칠 듯이 열광해온 클래식 귀쟁이였기 때문이다. 하지만 그런 그가 놀라운 배신을 때렸다. 조영남이 추천자로 나선 조우석 기자의 신간《굿바이 클래식》이 그랬다.

제목 그대로다. 그토록 좋아하던 클래식 음악하고 영영 굿바이하게 된 내력을 담았다. 저자의 주장인즉, 어째서 저 지구 반대편 쪽 서구의 몇백 년 전 음악에 우리가 주눅 들어야 하는가. 그쪽 본토박이 전문가들에게서조차 이미 낡은 유산으로 버림받은 장르가 클래식인데 한국, 일본 같은 주변국에서 신주단지처럼 떠받드는 건 우스꽝스러운 일이 아닌가. 클래식의 안으로 들어가봐라. 생각보다 별것 아니다. J. S. 바흐는 19세기쯤에 재창조된 서양 음악사에서 일종의 얼굴 마담 노릇을 하는 것뿐이고, 모차르트는 업자들이 만든 천재 마케팅의 산물일 뿐이다. 슈베르트 음악이란 유치한 센티멘털리즘의 발로이며…….

저자가 씹어 발기는 클래식 음악의 맹점 가운데 두드러지게 기억나는 언급이 두 가지 있다. 인용을 해보자면 먼저 "클래식은 맹물 음악이다. 그것도 산간 약수가 아니라서 맛도 없고 영양소도 죽어 있는 맹탕 증류수……. 나는 살균된 음악 클래식을 들을 때면 마치 내가 머리통만 덜렁 달린 목석같은 사람으로 느껴진다." 또 하나 언급은 서구 근대의 지적 문화적 맥락 속에서 진단한 것으로 클래식 음악은 속성 자체가 독선과 사디즘이라는 병리현상을 발톱으로 감추고 있는

예술이라는 것이다. 와우!

음대 성악과 출신인 조영남은 저자와 무지하게 친한 사이라는 걸 먼저 고백했다. 역시 조영남표 솔직성이다. 그러면서 추천의 변인즉, 조우석의 막말은 클래식 음악에 대한 무지막지한 애정의 역설적 표현이라고 했다. 친분과 변호 사이에 흐르는 눈물겨운 불일치. 나는 뭐라고 맞섰던가.

이러구러 대담을 마치고 밤늦게 줄라이홀로 되돌아왔다. 다음 날 아침까지, 아니다, 거의 오전이 다 지나가도록 열 몇 시간 연속 문제의 '클래식 음악' 을 들었다. 음악에 파묻히면 쾌적하거나 윤택하기는커녕 언제나 몸이 쑤신다. 장시간 듣다 보면 당연히 귀가 앞장서서 쑤시고 위장도 쑤시고 허리도 뒤질세라 쑤시고 무엇보다 존재의 허탈감에 영혼이 쑤시고 또 쑤신다. 조영남, 조우석, 두 조가가 음악 듣는 내내 안팎으로 쑤시고 들어왔다. 두 조 씨의 자유함에 비한다면 나는 얼매나 묶여 있고 사로잡혀 있는 수렁 속의 삶이런가. 영혼이라는 자가 몸 밖으로 빠져나와 나를 들여다보더니(빠져나온 영혼은 언제나 2미터 50센티미터 높이에서 자기 육체를 들여다본다는 컬럼비아 대학 올리버 색스 교수의 기이한 분석이 생각난다), 가끔씩 이리저리 쿡쿡 찌르면서 같은 질문을 해댔다. 반복 질문. 고문 기술자들의 수법이다. 반복되는 질문의 내용은 딱 하나, "왜 클래식인가?", 그거였다.

일상이 아닌, 통속이 아닌, 진부함이 아닌

주위에서 신기하게 생각하는 내 밥벌이에 대해 말해야겠다. 물론 기본은 방송 출연료에 각종 원고료가 더해진 걸로 충당한다. 하지만 별로 드러내고 싶지 않은 금도끼 자루가 하나 더 있다. 각급 기업체나 대학에서 들어오는 이른바 '강연' 이라는 것. 끊어질 만하면 어디선가 또 의뢰가 들어오는 그 달콤한 '알바질' 의 레퍼토리가 셋인데 그중 하나가 바로 '왜 클래식인가?' 이다. 통상 두 시간 정도 소요되는 그 강연의 정식 제목을 나는 '두 개의 문' 이라고 이름 지었다. 꽤나 장광설이 펼쳐지는 내용의 요지는 이렇다.

우리가 사는 이 세상은 상식과 일상의 공간이다. 그것은 존재의 첫 번째 문이다. 누구나 똑같이 경험하며 살아가는 세상이다. 하지만 삶이란 그리 간단한 것이 아니다. 사람의 내면에는 설명하기 힘든 어떤 비밀스럽고 난해하며 고통스럽기까지 한 영역이 있다. 자신의 정체감을 이루는 모든 외적 연결고리가 끊어져 막막절벽으로 대면해야 하는 그곳. 편의상 그곳을 실존의 영역이라 부르자. 그 실존의 캄캄한 공간으로 끌어당기는, 억제하기 힘든 손아귀를 잘도 피해 다니며 편안히 사는 사람도 많건만, 실상은 그 반대인 수가 많다. 막막하고 캄캄한 그곳으로 뛰어들고 싶어 하는 충동은 누구에게나 감추어져 있다. 그곳은 심연이다. 이른바 생의 두 번째 문. 하지만 그 문은 잘 보이지도 않고 잘 열리지도 않는다. 특정한 통로를 통과해야만 열리는 문이다.

실존의 캄캄한 공간 속으로 들어가는 경로 가운데 하나가 바로 예술 체험, 그중에서도 클래식 음악이다. 어째서 클래식인가. 그것은 첫째 시간으로 구성되어 있다. 둘째 청각이라는 감각에 호소하는 직관의 영역이다. 셋째 무엇보다 길이가 길다. 넷째 어느 정도의 공부와 훈련을 해야만 한다. 다섯째 대체로 모호한 안갯속같이 불분명하고 비언어적이다. 그리고 또 여섯째, 일곱째, 여덟째…….

음악이 시간으로 구성되어 있다는 점은 매우 특별한 체험을 안겨준다. 일상의 시간과는 전혀 다른 '의미의 시간'이 될 가능성을 품고 있기 때문이다. 의미 시간에서는 시간의 양적 규모가 물리학의 법칙을 벗어나 무한대가 될 수 있다. 음악이 청각을 동원하는 장르라는 점도 특별한 면이다. 청각으로 자극된 뉴런이 두뇌의 표면 곳곳에서 활성화되면서 전혀 별개의 군집들과 새로운 단위를 자꾸만 만들었다가 사라진다. 쉽게 말해 엉뚱한 생각이 양산되는 장치가 청각 자극이다. 이것은 생각의 부피를 키워주는 데 기여한다. 이때 증식된 생각은 혼돈, 프랙탈, 자기 조직화를 기반으로 하는 복잡계의 성격을 띠고 있다, 어쩌구저쩌구…….

에라이, 요따구 난삽한 말로 어떻게 기업체 아저씨들을 객석에 붙들어 매놓을 수 있느냐구? 실은 구라 한번 떨어본 것이다. 앞서의 용어들은 별로 사용되지도 않는 편이다. 주로 괴벽스러운 음악가들의 일화로 나름의 개그도 펼치고 감동의 메아리도 도모한다. 하지만 그래도 놀라워라. 청중 대부분이 끝까지 몰입해준다. 왜일까? 나는 그것을 안다. 어떤 갈망 때문이다. 일상이 아닌 어떤 것, 통속이 아닌, 진부함이 아닌, 자신의 이해 범위에서 끝나는 것이 아닌 어떤 것. 그 갈망을 자극하는 것이 내가 받는 품삯의 보답인 것이다.

강연의 뒤끝은 민망하고 기분 꿀꿀해지는 수가 많다. 이윤 동기와 정반대 편에 서고자 하는 작업실의 일상을 팔아먹는 것이기 때문이다. 의미의 시간이건 엉뚱한 생각이건 그것은 비일상이고 비현실이다. 하지만 작업실의 일과는 비일상이 일상이고 비현실이 생생한 현실이 된다. 남들이 땀 흘려 일할 때, 회의를 하고 물건을 팔고 공문서를 작성하는 시간에 나는 지하 작업실에서 팬티만 입고 뒹굴거리며 판을 닦거나 LP의 면을 뒤집는다. 속없이 부럽다고 말하는 친구들에게 서슴지 않고 말해준다. 그래, 부러워해라.

그런데 과연 뚝 떨어진 지하 작업실 안에서 홀로 음악에 파묻히는 일이 생의 두 번째 문, 존재의 심연에 가 닿는 행위일까. 어떤 가치가, 어떤 정당성이나 의미 부여가 가능한 일일까. 그것은 즐거운 일일까, 괴로운 일일까, 그 어떤 것도 아닌, 당당한 지상의 대열에서의 낙오일 뿐인 것은 아닐까.

조영남이 그랬다. "외롭고 춥고 배가 고프면 쾌적한 느낌이 안 든다"고. 그래서 음악이 필요하다고. 그에게 묻고 싶다. 음악 때문에 외로운 적은 없느냐고. 음악 때문에 더 춥고 더 배고픈 적은 없느냐고. 《굿바이 클래식》에서 조우석도 말했다. "세상의 모든 음악은 우리가 즐기고 편안해지기 위한 도구이자 디딤돌"이라고. 역시 같은 반문이 든다. 더 이상 편안해지지 않기 위하여 음악을 찾는 수는 없는 것이냐고.

'억압기억(repressed memory)' 이라는 것이 있다. 사전적인 정의를 보자면, "무의식적으로 마음속에 잔류해서, 의식적인 사고와 욕망과 행동에 악영향을 미치는 외상적 사건의 기억"이라고 되어 있다. 그런 일은 누구에게나 있다. 불쾌하고 불행한 경험은 잊히지만 소멸하지는 않기 때문이다.

억압기억이 특정한 관심사로 사람을 몰고 간다는 추정이 가능하다. 첫 번째 음악 에세이집을 출간할 때 내가 왜 음악 듣는 사람이 되었는지 설명해보고자 노력했었다. 그때 얻은 답이 '얻어맞고 자란 어린 시절' 때문이 아닐까 하는 거였다. 한국의 60~70년대에 매 맞지 않고 자란 어린이가 드물겠지만 내가 겪은 체험은 꽤 독특한 편이다. 도끼나 채찍 같은 것으로 생사를 오가는 일이 반복됐기 때문이다(더 이상 그 내용을 글로 옮기고 싶지는 않다). 어쨌거나 그 같은 환경 속에서 나는 절대로 정상적인 인간이 될 수 없으며, 오래 살지 못하고 일찍 죽을 것이며, 어쩌면 온 세상이 손가락질하는 범죄자가 될지도 모른다는 자기 암시를 키워갔다.

데이트를 하는 나이가 됐을 때 만나는 상대마다 "나는 내가 살아 있는 게 참 창피해" 따위의 말을 자주 했던 생각이 난다. 상대에 따라 미친놈으로 보거나 '문학스럽게' 받아들이거나 다시는 보고 싶지 않은 열등감 덩어리의 하등 인간으로 대하거나 다양했다. 하지만 그것은 진심이었다. "넌 왜 죽지도 않느냐"가 초중고 시기까지 반복적으로 주입된 가정교육이었다. 살아 있는 것이 미안하고 창피한 일이라는 자의식이 왜 음악과 화학적으로 결합되었는지를 설명할 길은 없다. 음악에 몰입하는 순간에 마음의 고통이 줄어들기는커녕 증폭되는 고통으로 쩔쩔매는 순간이 더 많았으니까. 그래도 음악을 찾아간 것이 다행인 것은 틀림없다. 억압기억에 의해 외계인 피랍을 망상하거나 사탄 숭배에 빠지거나 다식증, 성적 혐오, 불안 과다증에 빠지는 수가 많다는 임상 보고를 보면 말이다.

사람들은 모두 어떻게 고통의 기억을 저장한 채 멀쩡한 듯이 살아가는지 모르겠다. 사람의 수효만큼 고통의 기억이 존재할 텐데, 사람들은 어떻게 음악 소리에 익사하지 않고서 말짱한 대기를 호흡할 수 있는 걸까. 왜 클래식인가까지에 미치지는 못했어도 왜 음악을 듣는지에 어느 정도 근접한 셈이다. 그러니까 쾌적해서 혹은 쾌적해지기 위해서 음악을 듣는 것은 아니라는 말이다.

호모 쿠아에렌스의 고달픈 탐구

공간이 사람이다. 공간의 구성과 외양은 그 사람과 정확히 일치한다. 비실용적 소품이 전혀 없다 싶은 집이 아내의 공간이라면 도대체 무엇에 쓰는 물건인고, 싶은 물건들로 득시글거리는 줄라이홀은 주인장을 설명하는 소품이 된다. 사실 작업실의 이상한 소품들이 용도가 없는 것은 아니다. 방문객마다 질문하는 푸른색 원형 쇠뭉치 두 덩어리는 라벨 보호기라고 해서 낡은 LP를 며칠씩 용액에 담가 놓을 때 라벨이 손상되는 것을 방지하는 용품이다. 작은 화분처럼 생긴 몸체에 기다란 쇠막대가 삐죽 솟아 있는 물건이 여러 개 있는데 이것도 VPI의 LP 클리너로 LP를 빨아낸 다음에 그 용액을 말리기 위한 도구다. 이 넓은 공간 곳곳에 늘어서 있는 물건들은 대개 음반,

오디오, 커피와 연관되는 도구라고 할 수 있다.

그런데 그것도 병일까. 간혹 살림하는 집에서 볼 수 있는 도구가 생기면 혐오스럽게 쳐다보게 된다. 어느 날 시인 신현림이 찾아와 구멍이 숭숭 뚫린 바가지를 선물하고 갔는데, 그게 개수대에서 각종

찌꺼기를 거르는 데 적격이었다. 근데 왜 그걸 쓰고는 꼭 싱크대 아래로 깊숙이 숨겨놓는 습성이 생겼을까. 아나운서 유정아가 은근하고 다정한 음성으로 들려주는 가정음악을 듣기 위해 지하에 작업실을 판 것이 아니었다. 인생은 아름답고 미래는 희망에 가득 차 있다고 노래하기 위해 오디오 시스템을 가동하는 것이 아니었다. 저 높은 곳을 향하여 날마다 한발 한발 전진하기 위하여 음반을 쌓아올리는 것이 아니었다. 아니고 아니었다. 그럼 뭐냐?

부디 내 이 과대망상을 용서해주기 바란다. 철지난 니체라고

비웃어도, 얼치기 도스토예프스키라고 힐난해도 부인하지 못할 것이다. 나는 우리가 만들어놓은 오늘의 이 세상을 참을 수가 없다. 경제경영이 학문의 제왕 노릇을 하고 시장이 권력의 자리를 점령하고 베스트셀러 대다수는 자기계발 지침서이고 재테크 요령이 일상적 관심사가 되고 연예인 사생활이 국민적 화제로 들먹여지고 서울대학교 축제에는 원더걸스가 초청되어 난장판 사고가 벌어지고 교회에서는 헌금액이 적은 사람을 조롱하는 '천 원 송'이 불리고 이라크, 이란, 북한 등의 나라를 '악'으로 규정한 미국 대통령의 주장을 별 이의 없이 받아들이고…… 에또, 에또, 쿨럭쿨럭! 감추고 싶고 지우고만 싶은 내 내부의 비속성과 통속함이 환한 세상에 팬티도 입지 않은 채 빨갛게 드러나 있지 않은가. 진지함, 자기 세계, 품격 따위는 흘러간 아날로그 연대의 화석일 뿐인가.

착각일 수 있겠지만 클래식 음악은, 또 그에 걸맞은 공간은, 내게 아날로그를 향한 추구를 의미한다. 당대를 받아들일 수 없는 자의 별천지, 화석의 시공을 재현하는 것이다. 그럴 때 이곳에서 바흐는 대양이고 모차르트는 신의 선물이고 베토벤은 위대한 자아이고 슈베르트는 섬세한 상처가 된다. 모두 고전적이고 정형화된 이미지이지만 실제로 그렇다. 브람스는 고독하고 말러는 선병질의 고집쟁이고 슈만은 영롱한 예지로 빛나고 쇼스타코비치와 프로코피예프는 자나 깨나 자웅을 겨룬다. 그리고 엄청나게 더 많이 있다. 기욤 드 마쇼Guillaume de Machaut, 뒤파이Guillaume Dufay, 조스캥 데 프레Josquin des Prez, 샤르팡티에Marc Antoine Charpentier, 젤렌카Jan Dismas Zelenka의 고풍이 있고 프랑크 마르탱Frank Martin, 마르티누Bohuslav Martinů, 쿠르트

바일Kurt Weill, 리게티György Ligeti, 엘리엇 카터Elliott Carter, 밀튼 배빗Milton Babbitt, 로드니 베넷Richard Rodney Bennett의 현대가 있다. 이 안에 다 있다. 무엇 때문에 원더걸스에 군침 흘리며 옆 사람을 발로 밟겠는가.

바흐의 화성과 대위, 베토벤의 무시무시한 사운드, 차이코프스키의 선율 따위는 시대를 초월해 인류가 도달한 어떤 지고의 경지라고 나는 믿는다. 하지만 그러한 클래식 음악이 야심한 때 작업실을 방문한 서른 살 소녀에게는 '너무너무 좋은' 분위기 조성 이상이 될 수 없었다. 두 사람이 음악을 통해 교통하는 매개체가 될 수 없었다. 스무 살 아니 열 몇 살 즈음의 디지털 키드들에게 이 구문명의 지루한 가락이 어떻게 들릴지는 보나 마나다. 현생 인류를 규정하는 용어 가운데 호모 쿠아에렌스(Homo Quaerens), 즉 탐구하는 인간이 꽤 보편적으로 쓰이는데, 이제 새로운 인류에게 더 이상의 탐구심은 필요 없게 된 듯하다. 고달픈 탐구보다는 이미 존재하는 것들의 디지털적 재구성을 통해 재미를 추구하는 것이다. 재미가 없으면 의미도 없다. 적응해야 할까. 그래야만 할까.

시대의 흐름에 뒤처지는 것에 내 윗세대들은 두려움과 생존의 위기감을 느꼈던 것 같다. 나이에 걸맞지 않은 옷차림을 하고 최신 유행가를 배우고 최첨단 개그를 안쓰럽게 구사했다. 과거에 존중받던 가치를 얼른 내다버렸다. 자, 그런데 문제는 이제 다들 너무 오래 살게 됐다는 사실이다. 오십대 육십대가 더 이상 인생 말년이 아니다. 노장의 무게를 잡으려니 인정해주는 사람도 없고 젊은 세대를 따라잡으려니 볼썽사나운 데다 언제나 뒤처질 수밖에 없다. 차라리

세대 간에 딴살림을 차리고 각자 살아가는 것은 어떨까. 딴살림이어도 생산과 소비 인구가 부족하지 않을 만큼 오래들 산다. 지구상에 아날로그의 기억이 영영 사라지는 때가 오기 전까지 재미의 신문명 이전 상태로 계속 살아가는 것. 그것은 사무치게 진지하고 독자적인 자기 세계를 추구하고 탈속한 품격을 존중하는 것이다. 이런 것은 재미 여부와는 장르가 다른 항목이다.

나이 든 사람들은 다 같이 각자의 지하실을 파고 들어가 끝없이 출시되는 신규 버전에 눈 돌리지 말고 무시간적으로 몇십 년 살다 가자는 것이다. 아울러 이 같은 무시간의 영역을 관통하는 공통 체험이자 공감대가 있다. 아날로그의 사람들을 묶어주는 공통항. 그것은 바로 인생이란 고통이며 존재는 무겁다는 인식이다. 참으로 오랜 세월 동안 인간은 고통을 받아들이고 스스로의 자아를 무거워하면서 살았다. 마치 클래식 음악의 구조와 선율처럼.

나는 오늘날의 재미가 하나도 재미있지 않다. TV의 개그 프로가 하나도 웃기지 않고 하나같이 똑같은 연속극들을 시청할 인내력이 없다. 멀티 샘플링에 불과한 인기 가요가 음악으로 들리지 않고 발랄하고 도발적이라고 인기를 모으는 칙릿 소설이 문학으로 읽히지 않는다. 백 년 이상 된 작가의 작품만 읽는다는 어느 외국 소설가의 선택이 전혀 거만으로 여겨지지 않는다. 과연 뼈아픈 고통과 비장한 존재의 무게감은 모두 실종되어버린 것일까.

유리딘 스피커가 서 있는 작업실 저 끝에서 삼단 와인꽂이가 놓여 있는 반대편 끝까지 여러 차례 왔다 갔다 했다. 프랑스의 어떤 귀족인가는 몇십 년간 유배지에서 유폐 생활을 하게 되자《내 방 여행》이라는 책을 썼다. 꽤 두꺼운 책인데 기어 다니는 벌레에 관해 몇 페이지, 사용하던 펜에 관해 몇 페이지 하는 식이다. 천하를 주유하며 온갖 일을 체험한 모험가의 삶이나 방구석에 처박혀 하찮은 사물이나 관찰한 사람의 몇십 년이나 대동소이하게 만나는 지점이 있을 것이다. 바로 무시 때때로 외로웠을 거라는 사실이다.

아침에도 외롭고 점심에도 외롭고 자다가도 벌떡 일어나 외로웠던 체험이 누군들 없었을까. 그 같은 외로움의 고통을 극한적으로 줄여놓은 것이 요즘 세상, 디지털 신문명이다. 보름 넘게 제대로 먹지도 않고 컴퓨터 게임만 하다가 굶어 죽은 청년의 기사를 읽은 적이 있다. 그는 외롭지 않았을까. 외로워 마땅한 영혼들이 하루 종일 인터넷 서핑을 하고 낯 모르는 사람과 채팅을 하고 번개를 하고 동호회를 한다. 그래서 정말 외롭지 않단 말이야?

'왜 클래식인가' 에 관해 사적인 이유를 찾고 싶었다. 애시당초 음악학의 전문 용어는 내가 구사할 수 있는 영역도 아니고 진짜 관심사도 아니다. 삶은 괴롭고 존재는 늘 고달프다는 감회. 생각해보니 그 같은 고전적인 감흥을 잃어가는 것에서 클래식 음악을 찾는 동기가 주어진 게 아닌가 싶다. 괴롭지 않아서 괴롭다는 심정을 설명할 길이 있을까. 괴롭지 않다는 것은 괴로움에서 놓여났다는 의미가 아니라 모종의 마비 상태를 뜻하는 것이다. 자기 정체감이 멸실된 것이다. 게임에 중독되어 먹지도 않고 버티다가 굶어 죽는 것이 살 만한 인생길을 찾았다는 의미는 아닐 것이다.

마비 상태를 각성시켜주는 것이 내게는 외로움이다. 얼마나 외로운지 아침에도 외롭고 점심에도 외롭고 자다가도……, 삶이란 고정된 목표를 갖는 것도 아니고 인간이 어떤 존재가 되어야 한다는 당위도 없고……, 그래서 사르트르 선사께서 실존은 본질에 선행한다고 일깨운 바 있지만 한세상 살아보니 외로움은 본질에 선행한다가 내 식의 깨달음이다. 그 점이 생의 고통이고 존재의 무게다. 몇십 년 동안 온갖 종류의 음악을 들어왔지만 클래식 음악처럼 이중 삼중의 외로움을 일깨워주는 음악은 다시없다. 하다못해 이해가 쉽지 않다는 사실마저 그렇다.

피아노로 연주한 바흐의 〈인벤션〉을 반복해서 듣는 중. 클라우스 헬비그Klaus Hellwig라는 독일계 피아니스트인데 감흥의 추임새를 싣지 않은 무덤덤하고 교과서적인 연주다. 그것이 좋다.

"나는 불쌍이야. 불쌍이 본질이고 컨셉이고 철학이야. 나는 불쌍이라고."

사람들이 와르르 웃는다. 좌중의 오랜 친구는 또 그 소리야, 하는 듯 손사래를 친다. 왁자한 웃음은 그러니까 내 불쌍주의가 익살로 들린다는 의미다. 불쌍해 보이지 않는 내가 불쌍하기 그지없다. 작업실로 돌아와 문을 여는데 저 반대편에 놓인 리스트와 모차르트 흉상이 뚱한 얼굴로 나를 건네다 본다. 그들도 불쌍하다. 리스트, 모차르트가 왜 불쌍한지 나는 당장 삼백예순다섯 가지는 댈 수 있다. 아, 이 공간 안에는 온통 불쌍한 존재들로만 가득 차 있건만 왜 사람들은 그것을 사치인 양 작란(作亂)인 양 여기는 걸까. 불쌍하고 가긍하도다, 나여.

"내가 사랑을 노래하려 할 때 그것은 슬픔으로 변했다." 슈베르트가 일기장에 남긴 구절이다. 번역에 문제가 있을는지 모른다. 우리는 일기장에 이런 문투로 쓰지 않는다. 내가 아는 슈베르트로 재구성해보자면 이렇다. "젠장, 왜 나는 연애 한번 못해보는 거야. 아무리 껄떡대봤자 나 따위를 쳐다보는 년은 하나도 없구나. 슬흐다, 슬허!"

추측건대 슈베르트는 연애를 못해서 죽었을 것이다. 서른두 살 젊디젊은 나이였다. 사인이 매독이다. 빈의 뒷골목 밤거리 여인에게나 고독한 육신을 의탁해야만 했을 것이다. 그럴 수밖에. 사내 키가 152센티라면 볼 장 다 본 것이다. 통통한 몸집에 엄청나게 똥배가 튀어나왔고 까불이 수다쟁이였다고 한다. 교사가 꿈이었지만 교원시험에 계속 낙방만 했다. 결국 취직 한 번 못했다. 생전에 음악가로 유명세를 타본 일도 없다. 후대에 우리가 만나는 그의 초상화는 그 시절의 '뽀샵질'이 남긴 재주란다. 추남도 그런 추남이 없었다는 증언이 남아 있다. 자, 따져보자. 취직을 못했으니 돈이 궁했을 테고 '기장'으로 사내 감별하는 여인들의 습성은 예나 지금이나 변함이 없다. 가난하고 키 작고 얼굴 못생긴 사내를 어떤 여자가 관심에 두겠는가. 게다가 다변과 뚱배. 말 많고 많이 먹는 것은 고독한 사람의 특징적 증세다. 슈베르트 일기장의 또 다른 구절이 이렇다. "이 지상에는 내가 있을 곳이 없나요?"

청춘기를 슈베르트로 지낼 필요가 없었던 사람은 '불쌍'이 몸에 익은 의상처럼 익숙한 기분을 이해하지 못할 것이다. 불쌍해야만 자기 같다는 기분에 공감할 수 없을 것이다. 마흔 살에 병으로 죽은 내 친구 한정수는 멋쟁이였다. 화가였던 녀석은 첨단의 댄디였고 잘생겼고 부유하기까지 했다. 그의 화실에서 얹혀살며 나는 청춘기의 많은 시간을 죽였다. 친구의 동료 화가들이 드나들었다. 내 눈에는 한결같이 세련돼 보였고 주고받는 농담도 내가 이해하지 못할 그들 세계만의 독특한 언어였다. 가령 그들은 "쌀티난다" 혹은 "그 친구 쌀이야 쌀!" 같은 말을 자주 썼다. 그게 프랑스어를 변용시켜 만든 "유치하고 천하다"라는 의미인 것을 깨닫는 데 한참 시간이 걸렸다. 화실에 놀러온 어떤 암사슴도 내게 관심을 갖지 않았다. 대신 아주 친절했다. 아랫것이나 식객에게 대하는, 무리에 포함시키지 않는 과잉된 예절이 그것이다. 나는 언제나 구석에 놓인 전축을 벗 삼아 판을 틀고 연탄불을 갈았다. 오갈 데 없는 나는 비참하고 불쌍했지만 기묘하게 유쾌한 기분이 들기도 했다. 화사한 사람들 속에서 불쌍은 내 고유의 영토였다.

지금 나는 얹혀살기는커녕 화실을 닮은 공간의 주인장 노릇을 하고 있다. 간혹 찾아오는 일행 속에 낯모르는 슈베르트가 곁다리로 묻어온다. 슈베르트는 한눈에 알아볼 수 있다. 쭈뼛거리며 날 선 자의식을 감추는 그에게 속마음으로 이렇게 말한다. '그래, 초라해하고 쪽팔려하려 마. 네 불쌍은 너만의 것이야. 지금 네 눈에는 나의 불쌍이 전혀 보이지 않겠지만 우리는 불쌍족(族)이고 불쌍 동지야. 전국불쌍동지연대쯤 되는 시민단체는 없을까. 나만의 불쌍, 자기 연민을 미워하지 말라고. 그것조차 품지 않는다면 태생이 불쌍한 자의 다음 단계, 누추한 비루와 뻔뻔한 천박이 찾아올 수 있다네, 친구.'

'마음은 언제나 불쌍'이 음악 취향에도 깊은 영향을 미쳤다. 지금은 멘델스존Felix Mendelssohn의 실내악곡, 포레Gabriel-Urbain Fauré의 가곡이나 피아노곡들, 생상스Camille Saint-Saëns의 협주곡이나 교향곡도 즐겨 듣는다. 카라얀의 화사한 사운드, 번스타인의 재기발랄, 안 되는 곡 없이 무한정한 레퍼토리로 질리게 만드는 유진 오먼디의 지휘도 즐겨 받아들인다. 그들을 싫어했었다. 이유는 단 하나, 행복한 생애를 살았다는 사실 때문이었다. 행복감은 공허한 사람의 전유물이라고 경멸하며 살아왔다. 그런데 웬일이니, 이제 내가 불쌍을 주장하면 사람들이 웃는다. 어쩌다 이런 일이 벌어졌을까?

이유는 너무나 단순한 데 있다. 더 이상 가난하지 않다는 것. 나를 불쌍으로 밀어넣은 하 많은 사유는 여일하건만 단 한 가지, 세월이 나를 먹고살 만한 부류로 바꾸어버렸다. 돈벌이에 그리 애달캐달한 기억이 없건만 세월은 내게 출연료와 원고료와 강의료를 챙겨주었다. 그러다 마침내 거창한 줄라이홀을 만들어 정주케 해주었다. 그래도 변함없이 불쌍하다고 이 연사 소리 높여 외치고 싶건만 불쌍이 경제

용어인 것을 미처 몰랐다. 가난하지 않으면 불쌍하지도 못한다니!

몇 주 연속 작업실을 떠나 지방을 다녀야 했다. 전북 김제로 충남 대전으로 전남 장성으로 전북 진안으로……. 서울의 몇몇 구청에서도 요청이 있었다. 도청 군청 시청 구청의 공무원 교육에 나 같은 사람이 연사로 불려간다. 예술 체험의 의미와 가치를 말하란다. 공무원들의 삶에서 바흐나 슈베르트는 어떤 의미를 갖게 될까. 공무원의 삶은 소설에서나 보았다. 주제 사라마구의《이름 없는 자들의 도시》에 나오는 단조로운 반복의 삶. 주인공 주제는 중앙호적등기소의 사무 보조원이다. 한 개인의 탄생에서 죽음까지 모든 일이 기록되는 곳이다. 그는 남몰래 유명인의 신상을 뒤지며 세월을 죽인다. 공무원 주제에게는 자신만의 삶과 영혼이 존재하지 않는 것처럼 보인다.

이 땅의 수많은 주제들, '강사님을 뫼시러' 마중 나오고 배웅하는 공무원들의 삶도 주제와 같을까. 문득 A 도청에서 만난 공무원과 B 군청에서 만난 공무원과 C 시청에서 만난 공무원을 도무지 구별하지 못하는 나를 발견했다. '공무원들'로 묶이는, 구별되지 않는 군상에서 벗어나는 것이 강의의 주제여야 한다고 생각했다. 예술 체험은 그러니까 집단 소속에서 벗어나서 자기 고유의 실존에 닿는 것을 의미한다. 그런데 지방의 강의장까지 장시간 오고 가는 차 안에서 문득 공무원이 따로 없다는 생각이 들었다. 회사원이건 사업가건 학자건 백수건 모두가 한국이라는 촌락의 부족민처럼 소속과 뿌리에 연연하는 태도를 보인다. 근본 없는 자, 소속을 경시하는 자는 불학무식한 무뢰배로 취급된다. 그게 두려워 모두가 대한민국 청사의 '공무원들'이 되고자 서로서로를 묶는다. 한 두름의 군상 속이어야 안도감을 느낀다. 그러한 소속감의 족쇄에서 벗어나기. 내가 생각하는 예술 체험의 목적성이 바로 그것이다.

"왜 벗어나야 합니까?"

어떤 강의장에선가 갑자기 날아온 질문에 말문이 탁 막혔다. 답이 없는 것은 아니다. 하지만 느닷없이 "왜 살인이나 도둑질을 하면 안 되느냐" 같은 질문을 받는다면 우선 말문이 막힐 것이다. 존재의 자유와 창조적인 삶의 추구란 너무나 지당하고 마땅한 가치로만 여겨왔다. 그런 추구가 거추장스럽거나 사치스러운 것으로 여겨질 가능성을 생각해본 적이 없었던 것이다. 일단 예술, 그중에서도 음악 공부를 하자고 빠져나갔다. 왜 그런 공부가 필요하냐고 재차 질문하겠지만 공부하고 나서 답을 생각해보자고 질문자를 달랬다.

'추리하는' 음악사

음악에 대한 공부는 가만히 머릿속으로 추리해보는 것에서 시작된다. 세상에는 왜 음악이라는 요물이 생겨난 것일까. 각종 음악사마다 첫 장에 저자 나름의 주장이 실린다. 하지만 생각해보라. 어차피 증거가 있을 수 없는 추정이다. 별다른 연구 없이 머릿속 생각만으로 음악의 기원을 유추해볼 수 있다. 각자 나름대로 새로운 학설을 창안해도 된다. 일단 유명 책에 등장하는 설은 이렇다.

최초의 음악. 그것을 신화나 전설에 등장하는 이야기에서 따오면 뮤즈설이 된다. 신이 인간에게 매개자를 보내 음악이라는 선물을 내려줬다는 것이다. 이건 하나마나한 얘기 같다. 뜻밖에 진화론의 찰스 다윈이 음악의 기원에 관한 글을 썼다. 자연계의 암수가 이성을 찾고 유혹하는 행위를 모방하는 과정에서 음악이 생겼다는 것이다. 상당히 그럴싸하다. "편편황조여, 자웅상의로다." 유리왕은 〈황조가〉에 가락을 실어 노래처럼 불렀을 것 같다. 마르크시스트 경제사학자 칼 뷔허는 노동기원설을 내세웠다. 생존을 위한 투쟁 과정 속에서 나타나는 노동의 리듬에서 음악이 비롯됐다는 주장이다. 리듬 같은 음악적 요소는 움직이는 신체의 동작을 옮겨놓은 것에 불과하다는 것이다. 장 자크 루소나 허버트 스펜서는 음악을 '강조된 언어'라고 규정한다. 소통을 목적으로 하는 말이 확장되어 음악이 되었다는 이론이다. 바그너가 "내 생각이 바로 그거야!" 하면서 무릎을 쳤다고 한다.

그 밖에도 마을과 마을 간의 규칙적인 의사전달 체계를 기원으로 한다는 주장도 있다. 소리에 의한 커뮤니케이션 수단이라는 것이다. 제의에서 분화되었다는 주장도 많이 한다. 무당의 춤은 무용으로, 내지르는 말은 문학과 연극으로, 그 소리는 음악이 되었다는 것이다.

기원은 어떻든 간에 멜로디가 있고 하모니가 있으며 리듬이 실리고 사운드의 빛깔(음색)이 있으며 일정한 구조를 띠면 완성된 음악이 된다. 이 다섯 가지 음악의 요소가 충족되기까지 아주 오랜 세월이 걸렸다. 우리가 통상 서양 음악사라고 부르는 음악의 내력을 주마간산 격으로라도 훑어보는 것은 꽤 유익한 일이다. 초중고 시절에 익힌 상식을 되새김하는 것인데 고전 음악은 그 시대의 전후 맥락을

감안하고 들어야 감흥이 커진다. 그야말로 겅중겅중 건너뛰며 한번 들여다보자.

음악의 기원은 앞서 언급했듯이 거의 구라 차원에서 논의되는 반면 시조로 삼는 구체적인 인물이 있다. 수학자 피타고라스. 그가 대장간의 망치 소리를 듣고 음악의 규칙적인 배열의 원리를 파악했다고 하는 것은 아주 유명한 얘기다. 아마도 떨어지는 사과가 중력을 가르쳐줬다고 하는 것과 유사한 전설일 것이다.

기원을 넘어 시조를 넘어 진짜 음악의 시작은 서기 1150년 교황 그레고리우스 2세가 정리한 '그레고리안 찬트' 부터 친다. 최초로 악보에 기록된 것 즉 기보를 출발점으로 설정한 것이다. '찬트' 라면 찬송가를 말한다. 그러니까 고전 음악은 교회나 수도원의 예배 음악에서 시작됐다고 본다. 신의 음성을 전하는 곳이니까 잡스러운 기악 반주 따위는 없다. 아카펠라, 무반주 단성 음악이 최초의 음악이었다.

교회 바깥에도 음악은 있었다. 지금은 다른 의미로 사용되는 발라드, 샹송 같은 세속 가곡들. 노래하는 트루바두르가 출현해서 귀부인과의 이루어질 수 없는 사랑을 노래하고 기사도를 찬미한다. 모험과 궁정풍의 연애담이 세속 가곡의 주된 내용을 이루는데 유행가답게 내용들이 좀 웃긴다. 독일 쪽에는 세속 음악가로 민네징거, 마이스터징거들이 속속 등장한다. 이 모든 것을 묶어 중세 음악이라고 부른다. 특기할 인물이 하나 있다. 중세 끝 무렵인 14세기 프랑스에서 활동한 기욤 드 마쇼인데 중세 음악을 들어보겠다고 음반을 찾으면 그레고리안 찬트 외에는 마쇼의 작곡집이 많이 나온다. 그는 미리 나온 바흐라 할 대작곡가였다.

중세를 끝장낸 시대정신은? 초등학교 저학년도 알 만한 이 퀴즈의 답은 물론 르네상스다. 신의 대리인 교황과 세속의 왕초 황제가 권력 다툼을 벌이다가 세속 쪽 힘이 더 세지는 과정을 뜻한다. 음악도 물론 신의 세계에서 세속 사회로 중심이 이전된다. 수도원이 아니라 궁정이 음악의 중심지가 된다는 뜻이다. 궁정에서 연회를 펼칠 때 춤의 반주로 음악이 활용됐다. 왕의 행차 때 나발을 불어대는 행사 음악이 많이 남아 있다. 구텐베르크의 인쇄기 발명이 음악의 보급에 크게 기여했다고 한다.

대략 15~16세기의 음악을 뜻하는 르네상스 음악은 위대한 세 사람의 이름으로 기억하는 것이 좋다. 주로 궁정에서 활동한 조스캥 데프레Josquin Desprez가 첫째다. 음악사적으로 새로운 작업을 많이 했다는 건데 그냥 맥락 모르고 들어도 그의 미사 음악들은 참 아름답다. 다음이 팔레스트리나Giovanni Pierluigi da Palestrina. 대위법을 발전시켜 오늘날에도 통용되는 미사 음악의 전범을 구현했다. 그리고 이탈리아의 영주이자 대공 신분으로 많은 곡을 남긴 제수알도Carlo Gesualdo가 있다. 바람난 아내와 정부를 직접 죽여버린 성깔로도 유명한데, 그런 만큼 작품에서 그만의 개성이 두드러진다. 모든 예술은 새로운 길을 터준 사람을 언제나 윗길로 치는데 그 점에서 제수알도의 역할이 높이 평가된다.

르네상스 다음이 바로크 음악이다. 1600년부터 쳐서 J. S. 바흐가 사망한 해인 1750년까지의 음악이다. 너무나 알려진 상식인데, 보석 세공인들이 깨지고 망가져서 버려야 할 진주를 일컬었다는 '바로코' 라는 말이 어원이 됐다는 걸 기억하자. "요즘 젊은 애들은 영 깊이가 없고 겉만 화려하고 괴상한 짓들만 한다구." 바로 이런 어른들의 비난과 훈계가 음악사의 정식 이름이 됐다. 예나 지금이나……. 참고로 로큰롤도 재즈도 어원은 성행위를 뜻하는 은어에서 비롯됐다고 본다. 새로운 예술은 뒷골목 논다니들이 만든다는 말이 맞는가 보다.

바로크 음악부터 본격적인 감상의 대상으로 삼는 탓에 자세히 들어가면 한도 끝도 없는 지식의 숲이 펼쳐진다. 거기서 헤맬 수는

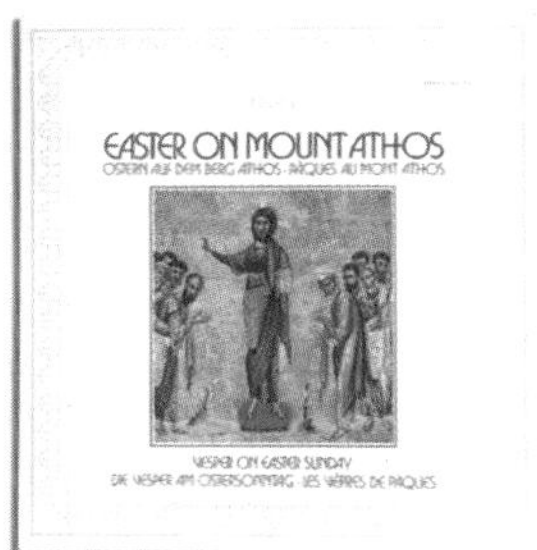
EASTER ON MOUNT ATHOS
OSTERN AUF DEM BERG ATHOS · PÂQUES AU MONT ATHOS
VESPER ON EASTER SUNDAY
DIE VESPER AM OSTERSONNTAG · LES VÊPRES DE PÂQUES

DE DANSKE MADRIGALISTER

GUILLAUME DE MACHAUT CHANSONS 1

argo
Medieval
English
Lyrics

Gregorian Chants
Monks of the Abbey of St Thomas
Herbert Tachezi, organ

Palestrina
Missa Hodie Christus natus est
& Sechs Motetten
King's College Choir, Cambridge
Philip Ledger

CARLO GESUALDO
tenebrae III
deller consort
alfred deller
MUSIQUE D'ABORD

JOSQUIN DES PRÉS
VANGUARD

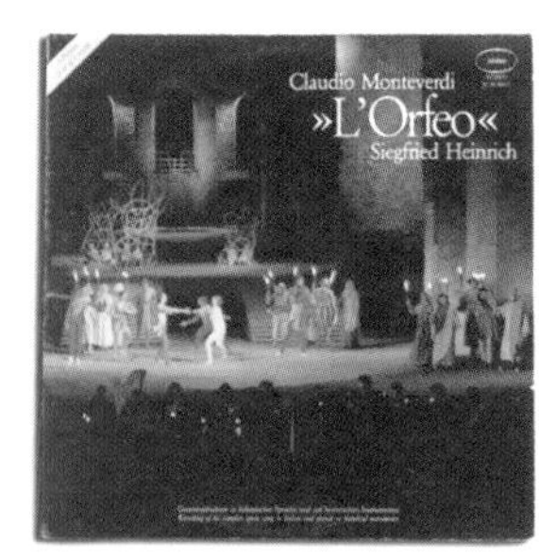

없고 바로크 음악이 발전한 장소의 특징만을 떠올려보자. 중세 음악이 교회였고 이어진 르네상스 음악이 궁정이었다면 그다음 바로크 음악은 극장에서 발전한다. 점점 더 많은 사람에게 음악이 전달된다는 의미다. 바로크 이후에는 귀족들의 장원, 신흥 부르주아지들의 살롱으로 활동의 장소를 넓혀간다. 비록 바닥에 앉았다지만 일반 시민도 들어갈 수 있었던 바로크 시기 극장의 음악은 오페라의 발명으로 특징 지어진다. 피렌체에서 아베마리아로 유명한 작곡가 카치니Giulio Caccini나 페리Jacopo Peri 같은 인물들이 고전극과 음악을 결합시켜보자는 취지로 몇 년 몇 월 며칠, 구체적인 날짜를 정해 태동시킨 발명품이 오페라다. 베네치아를 중심으로 오페라가 시민의 오락거리로 유행하자 거시기를 잘라 여성 역을 했다는 카스트라토의 활약이 이때부터 나온다.

바로크 음악의 특징으로 오페라와 더불어 또 하나 거론해야 할 것이 기악의 탄생이다. 감상을 위한 연주 음악이 바이올린을 중심으로 발전한다. 오늘날 수십억 원을 호가하는 스트라디바리나 아마티 같은 악기가 이 시기의 산물이다. 이탈리아만 바로크 열풍이 불었던 것은 아니다. 프랑스에서는 베르사유 궁정 예배당에서 쿠프랭 가문이 대를 물려 날렸고, 지휘하다가 다리를 다쳐서 죽은 륄리Jean-Baptiste Lully의 명성도 이때 높았다. 영국은 서민 계급이 즐길 수 있는 유료 극장이 발전했고 독일은 대학생들로 구성된 연주단체 콜레기움 무지쿰이 카페에서 활동했다. 특히 칸타타가 성행한 곳이 독일이었다.

오로지 바로크 음악만 듣는다는 사람을 본 적이 있다. 반면에 바로크 음악은 그 곡이 그 곡으로 다 똑같이 느껴진다는 사람도 있다. 의견은 각자의 몫일 테고 세 시기로 나뉘는 바로크 음악의 주요 작곡가 이름 몇몇쯤은 기억해두자. 바로크 초기는 몬테베르디Claudio Monteverdi, 프레스코발디Girolamo Frescobaldi, 하인리히 쉬츠Heinrich Schütz를 중심에 둔다. 중기 또는 번성기 인물로는 륄리, 북스테후데Dietrich Buxtehude, 코렐리Arcangelo Corelli, A. 스카를라티Alessandro Scarlatti, 퍼셀Henry Purcell, 쿠프랭Louis Couperin 등이다. 바로크 후기의 주요 인물은 J. S. 바흐, 헨델, 텔레만Georg Philipp Telemann, 비발디, 라모Jean-Philippe Rameau, D. 스카를라티Domenico Scarlatti 등이다. 이들의 음악 세계는 음반 해설지에 마르고 닳도록 씌어 있다.

그다음이 클래식이다. 고전주의. 그다음에 낭만주의. 우리는 이 '주의' 들을 생물이나 사회 과목처럼 암기해서 시험을 봤다. 음악이 암기 과목인 나라는 일단 후진국이다. 요즘 학교는 달라졌을라나. 어쨌든 참고서를 통해 암기된 기억을 재정리해보자.

1780년부터 1820년까지를 고전주의 시기로 본다. 이른바 제1차 빈 3인조가 고전주의 형식을 완성한다. 하이든, 모차르트, 베토벤이 3인조의 면면이다. 영주의 하인 신분에서 자유 음악가로 변신하는 시기의 인물들이다. 하이든은 충직한 하인의 자세로 일한 맘씨 좋은 음악 교사였다. 모차르트가 파파라고 불렀고 베토벤도 잠시 문하에 들어갔는데 스승이 하도 싫어해서 구박만 받고 나왔다고. 의외로 진지한 감상을 할 때 하이든의 교향곡이나 현악 4중주들은 깊은 감흥을 안겨준다.

황녀의 무릎에도 앉았던 재기 발랄한 모차르트는 극빈자로 죽었다. 최초의 프리랜서이자 상처 입은 자유인이었다. 이 점은 그의 음악을 이해하는 데 매우 중요한 요소다. 오페라를 통해 귀족들을 망가뜨린 게 단순한 객기 탓이 아니었다. 조선 후기 광대패들의 탈춤놀이는 주로 권문세가 댁 마당에서 펼쳐지는데 양반들 갖고 놀며 망가뜨리는 얘기가 주를 이룬다. 맥이 닿는다. 사회 변동과 신분 해체가 음악 속에 반영된 것이다.

악성(樂聖)이라고 배운 베토벤은 아무리 생각해봐도 악성이 맞다. 그는 혁명기 유럽의 시대정신을 온몸으로 구현했고 이상의 추구를 끝없이 펼쳐나갔다. 젊은 날에는 음악적 형식에 충실한 고전주의자로, 장년기부터는 이상을 추구하는 낭만주의가 그 음악의 요체다. 근대란 '자아' 가 창조되는 시기를 뜻한다. 베토벤을 진정한 근대인의

원점으로 삼아도 된다고 본다.

규칙을 파괴하는 것. 머나먼 것에 대한 동경, 현세를 초월하고자 꿈꾸는 것. 개인성을 강조하는 것. 문학(시)과 음악이 리트라는 양식으로 통합을 이루는 것. 마침내 교향곡이 완성되는 것. 이것이 음악에서의 낭만주의다. 중기 이후의 베토벤으로 시작해 베버, 슈베르트, 로시니, 베를리오즈, 멘델스존, 쇼팽, 슈만, 브람스, 리스트, 바그너, 말러…… 별들의 잔치가 낭만주의다. 이때 작곡가의 명성을 뛰어넘는 대연주자가 출현한다. 학교 때 고국 폴란드의 흙을 병에 담아와 파리에서 어쨌다고 배운 쇼팽이지만 실은 조르주 상드와의 연애담이 더 끈끈하게 기억된다. 그가 작곡가 이전에 연주자로 더 성공한 인물이었다. 기획 공연을 창시하여 악마 이미지를 연출했던

파가니니도 바이올린의 대연주자였다. 죽고도 고향에서의 반대 때문에 36년간이나 방부 처리된 채 아들 아킬레가 시신을 떠메고 다녔다. 리스트, 아, 리스트! 내 작업실에 놓인 '유2한' 흉상이 리스트다. 작품이 화려하고 오빠 부대의 효시일 만큼 인기 연주인이었다지만 그게 관심이 아니다. 여자 꼬시기에 여념이 없으면서 동시에 경건한 사제의 삶을 동경했던 이중성. 극단적으로 성과 속을 오간 그 분열에 나는 어떤 안도감을 느낀다. 실제로 인생 말년에 그는 진짜 신부가 됐다.

낭만이 넘쳐 아래로 시대가 내려오면서 몇 가지 중요 사항이 생겨난다. 먼저 오페라의 두 가지 흐름을 주도한 바그너와 베르디. 바그너는 오페라를 종합예술로 만들었다. 오페라가 아니라 악극이라고 불렀고 바그네리안이라고 일컫는 추종 세력까지 만들어냈다. 불협화음이 마구 작렬하는 근대성이 압도적인 음향 속에 펼쳐진다. 베르디는 베리스모 오페라를 개화시켰다. 현실주의 오페라를 뜻하는 말이 베리스모인데 왕이나 신화 속의 인물 따위를 걷어내버리고 추악하고 슬픈 실제의 삶을 그려내기 시작했다.

서유럽 몇 나라만 음악을 했을 리는 없다. 질풍노도의 낭만이 전개되는 과정에서 다른 지역의 민족 음악도 탄력을 받았다. 먼저 슬라브 민족주의를 내세우며 일명 '힘센 무리'로 불린 러시아 5인조를 꼽아야 한다. 보로딘Alexander Borodin은 화학자였고 무소르크스키Modest Mussorgsky는 관료 출신의 방랑자였고 림스키코르사코프Nikolai Rimsky-Korsakov는 해군

사관이었으며 세자르 퀴César Cui는 처음부터 끝까지 아마추어였다. 발라키레프Mily Balakirev만이 유일한 음악 전공자였다. 이 공포의 외인구단 5인조에다 서구파였다고 배척받은 차이코프스키를 넣어 새로운 러시아 음악이 생겨난다.

슬라브 음악의 득세 못지않게 그 옆 동유럽 보헤미아 지역의 음악도 빼놓을 수 없다. 체코의 스메타나Bedřich Smetana와 드보르작Antonín Dvořák이 먼저 나오고 이어 현대로 넘어가는 분열의 정서에 민속적 감성을 버무려 대단히 특이한 음악을 만들어낸 3인방 바르톡Béla Bartók, 코다이Zoltán Kodály, 야나체크Leoš Janáček가 있다. 이들의 곡을 들을 때마다 터져 나오는 경탄을 이루 말로 표현할 수가 없다. 그리고 이어서 본격적인 근대 음악이 출발한다. 한 축은 드뷔시를 정점으로 하는 프랑스의 인상주의를 꼽아야겠고 또 한 축은 제2차 빈 3인조로 불리는 쇤베르크, 베르크, 베베른의 표현주의 흐름을 들 수 있다.

돈 맥클린의 노래 〈아메리칸 파이〉의 마지막 가사가 "음악은 죽었다(the music die)"이다. 실제로는 비행기 사고로 죽은 버디 홀리를 추모한다는 뜻이지만 근대 음악 이후, 그러니까 현대 음악으로 분류되는 음악부터 '더 뮤직 다이'가 느껴진다. 신기함 이상으로 들을 수 없는 것이 현대 음악이니까. 그 대신 현대 음악으로 넘어가는 과정에서 음악적 성격을 불문하고 결코 빼놓을 수 없는 존재들이 있다. 라흐마니노프, 스트라빈스키, 쇼스타코비치, 프로코피에프, 벤저민 브리튼, 메시앙…… 별들이 너무나 많다.

수다스럽게 말을 풀었다. 정보량이 많고 잘 알려져 있는 시기의 이야기는 간단하게 훌쩍 넘어가려 했는데 도무지 지나칠 수 없는 이름들이 너무 많다. 북유럽의 시벨리우스Jean Sibelius나 그리그Edvard Grieg는 거론도 못했고 미국 쪽의 거슈인George Gershwin, 코플란드Aaron Copland, 엘리엇 카터Elliott Carter에게도 자리가 없다. 무겁고 진지하게 음악을 대한다면 힌데미트Paul Hindemith나 막스 레거Max Reger도 제외시킬 수 없고 〈카르미나 부라나Carmina Burana〉의 칼 오르프Carl Orff도, 펜데레츠키Krzysztof Penderecki도 대접을 해야만 한다.

1150년부터 20세기 초입까지 고전 음악은 이렇게 흘러왔다. 다 지나간 일들이고 지나간 이름들일까. 천만에. 음악 애호가들에게 음악사의

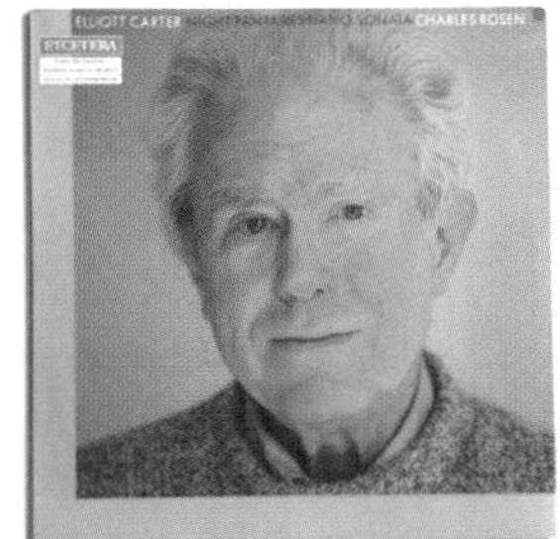

사건이나 작곡가의 존재는 생생하게 살아 있는 현존이다. 세상에서는 테러가 발생하고 대통령이 바뀌고 경제가 흥했다 망했다 하지만 음악 세계에서는 전혀 다른 파도가 몰아쳐오고 몰아쳐간다. 신문 방송에 보도되는 세상과는 아주 다른 또 하나의 세상을 살아가는 것이다.

보아라, 한 불쌍이 여기 있다

"내 이름은 불쌍이야", 뜬금없는 불쌍론을 말했었다. 나는 왜 불쌍한 걸까. 어째서 불쌍해야만 안도감이 드는 걸까. 뒤집어서 불쌍하지 않은 사람은 어떤 사람일까. 그런 사람, 안 불쌍한 사람, 많을 것 같은데 잘 안 보인다. 신체와 영혼이 온전해야 안 불쌍할 텐데 몽땅 온전한 사람을 찾을 수가 없다. 대단한 지위에 있으면 안 불쌍할 것 같은데 어떤 자리의 누가 대단하다는 건지? 내가 볼 때는 안 불쌍한 사람이 없다. 다만 남의 불쌍에 관여하는 것이 주제넘어 보여 내 불쌍에만 전념하기로 한 것이다. 그런데 스스로 불쌍하지 않다고 믿는 사람들이 너무 많다. 불쌍을 면해주는 것이라야 재산이 좀 있다거나 언제 식을지 모를 사랑의 상대가 있다거나 출신 학교나 직업 같은 배경이 그럴싸하다거나 외모가 반반하다거나 뭐 그런 것들이다. 그런 걸로 안 불쌍하다니 참 좋겠다만 아마도 안 불쌍한 사람은 죽치고 앉아 귀 기울여 음악을 듣지 않을 것이다. 지하 작업실도 만들지 않을 것이고 눈 오고 비 오고 안개 낀 날 가슴이 터질 듯이 아프지도 않을 것이다. 세상에 태어난 게 미안하지도 않을 것이고 그 세상으로부터 벗어날 수 없는 것이 분하고 원통하지도 않을 것이다. 그 대신 지금 무슨 맹랑한 수작하고 자빠졌느냐고 빤히 째려볼 것이다.

군상에서 벗어나기 위해, 소속감의 족쇄로부터 풀려나기 위해 예술 체험이 필요하다고 강의하는 나에게 어떤 공무원이 물었었다. "왜 벗어나야 합니까?" 라고. 그런 사람을 두고 젊은 날의 황동규 시인이 이런 시를 썼다. "다들 망거질 때 망거지지 않는 놈은 망거진 놈뿐야."

바흐를 만나고 북스테후데를 만나고 텔레만과 놀고 음악사의 별들을 주저리주저리 섭렵하고 있을 때 불쌍이 잠깐 비켜난다. 어제부터 읽기 시작한《티베트 사자의 서》에 널린 수백 가지 죽음과 해탈의 안내문을 접할 때 불쌍은 무색해진다. 커피 바 옆에 죽죽 뻗은 개운죽이 새순을 틔울 때, 노지마의 피아노 타건에서 손톱 부딪히는 소리가 명료하게 들릴 때, 교체한 진공관의 음색이 촉촉하게 젖어올 때 불쌍은 저만치

물러나 새쭉하게 때를 기다린다. 결국 불쌍으로 되돌아올 테지만 소소하고 사사롭고 비본질적이고 탈중심적이며…… 그러할 때 아주 잠깐씩 생은 불쌍을 밀쳐낸다. 보아라, 한 불쌍이 여기 있다. 불쌍 간다 불쌍 받아라.

오디오, 간절하게 두려움 없이

오디오, 거기에 생의 '저쪽'이 있다

출판사 다니는 친구가 전화를 걸어왔다.

"야, 너 마누라랑 이혼했다며? 스물여섯 살짜리하고 재혼해서 룰루랄라 산다며? 오호호호!"

"엥?"

일단 그 친구는 여자다. "오호호호" 하는 반응으로 보아 그럴 리가 없다는 표시다. 그런데 소설가 김훈한테서 들었단다. 세상에나. 김훈이라면 왠지 분위기가 진득한 게 헛말 따위는 절대 하지 않을 것 같다. 내가 나라고 말할 수 있는 자는 누구일까. 나 자신은 아닌데, 대체 얼마나 많은 인간이 '남한산성'의 말씀에 '오호' 했을라나. 평소 그와 척진 일도 없었으니 어딘가에서 헛소리를 건네 들었을 것이다. 마누라 직장에 곧장 전화를 걸었다.

"헤이, 나 당신하고 이혼했대. 스물여섯 살짜리 꼬셔서 잘 산대. 작업실이 집이래."

아내의 답변은 언제나 간단명료하다.

"축하해. 근데 집에도 좀 오고 그러시지."

결혼한 자가 별 이유도 없이 집 놔두고 작업실에서 거의 산다. 이혼 소리가 돌 법도 한 것 같다. 스물여섯 살짜리는 몰라도 최소한 두 가지 조건, 아내와 웬수 같은 사이에다 속칭 '딴 년'을 숨겨놓고 있으리라는 추측들. 하지만 그건 독신자를 동성애자로 간주하고 보는 것과 마찬가지다. 너무나 기계적인 연상이고 편견이다. 실상 떨어져 지내는 시간이 많은 덕택에 아내와 나는 서로를 그리워하며 산다. 그리움이 사무치면 집에 들어가서 잔다. 그게 한 주일에 두어 번쯤인데, 왜 그래야 하느냐고?

몇 해 전 일본의 어떤 중학생이 학교 앞에서 살인을 저질렀다. 기자들 앞에서 녀석이 했던 말이 세상을 떠들썩하게 만들었다.

"왜 사람을 죽이면 안 되나요?"

《하류지향》을 쓴 우치다 교수 같은 훈고파는 "죽기 직전까지 녀석의 목을 졸라보면 왜 안 되는지 알 것이다"라고 했다. 우치다는 세계의 '이쪽'에 소속된 사람이리라. 그는 '저쪽'의 언어와 사고를 이해할 수가 없다. 사람을 죽일 생각은 추호도 없지만 나도 이런 말은 할 수 있다.

"왜 부부는 언제나 붙어 지내야만 하나요?"

이런 반문이 별 문제 없는 부부의 간헐적 동거, 선택적 별거에 대한 변이 될까? 되거나 말거나, 그러거나 말거나, 아내는 직장에서 돌아온 시간의 전부를 책 읽는 데만 쓴다. 구경시켜주고 싶을 만큼 전투적이다. 물론 살림은 도통 하지 않는다. 가령 밥은 원하는 사람이 해서 먹고 씻어놓아야 하고 단추가 떨어지면 세탁소에 가는 식이다. 불만? 물론 나로서도 왕 같고 영주 같은 세상의 남편들이 부럽다. 작고하기 전 이청준 선생과 여행을 한 적이 있는데, 밥도 안 해주는 마누라 섬기는 자랑을 했더니 사근사근 온화한 노작가께서 주위가 놀랄 만큼 큰소리로 발끈한다.

"기럼 좆 빨라고 장가갔냐?"

역시 이해 불능이다.

아내는 하고 싶은 일은 꼭 해야만 하는 사람이다. 그런 성격 앞에서는 존중을 가장해 항복하는 편이 정신과 육체 건강 모두에 유익하다. 사랑하는 아내에게 일방적으로 헌신하는 갸륵한 미담의 주인공? 천만의 만만의 말씀. 거래는 냉정한 것이다. 배려받지 못하는 만큼의 자유가 내 몫으로 주어진다. 더욱이 나 또한 아내 못지않은 강도로 하고 싶은 것을 꼭 해야만 하는 사람이다(배냇병이로다. 아이도 어쩌면 그리 똑같은지!).

아내의 책이 내게는 음악이다. 그러니까 두 사람의 할 일은 독서와 음악 감상이다. 우아스럽고 교양스럽지 않은가. 그러나 웬걸. 당사자들에게 그 짓은 우아, 교양 따위와는 거리가 멀다. 나에게 음악은 비둘기가 노래하는 가정 음악실의 선율이 아니다. 죽기 살기. 무슨 업보인지 내게 음악 듣기는 날마다 죽기 살기 같은 전투적 집중에 해당된다. 과장하자면 매혹적인 범죄, 불가항력적인 질환의 대체물쯤이 된다. 비포 결혼에서 애프터 결혼까지 한평생 그래왔다.

결혼하고 3년쯤 별도 공간 없이 '가정'에서 음악을 들어봤다. 그건, 피차간에, 그러니까, 고문이었다. 내 방식은 스위트홈에 어울리는 성격의 것이 아니었다. 하고 싶은 것을 꼭 해야만 하는 성정을 똑같이 보유한 부부. 타협책은 집 밖에 결혼 전과 비슷한 공간을 따로 장만하는 거였다. 서로 그리워하는 부부생활은 그렇게 시작됐다. 그렇게 해서 찾아낸 설의법적 명제.

"왜 부부는 언제나 붙어 지내야만 하나요?"

지금 거주하는 마포의 줄라이홀은 결혼 후 네 번째로 마련한 작업실 공간이다. 상용 건물 지하 한 층을 통째로 전세 내 본격적인 음악 감상실로 공사했다. 주변 사람들이 호의적으로 말해준다. 로망이라나. 뭐 그런 면이 없지는 않겠지만 로망, 그 단어는 너무 한갓진 느낌이 든다.

'생의 목적'이라고 표현하면 너무 거창할까? 중년기 정서치고는 유치해 보이겠지? 그런들 어쩌랴. 줄라이홀은, 그 안에서 벌어지는 일은, 한 사내의 생의 목적이다.

무언가가 될 수 있었으면 그렇게 했을 것이다. 어떤 위치로 올라가거나 무엇을 획득할 수 있었다면 그 역시 그리했을지도 모른다. 그러나 음악을 들어야 했다. 음악에 포개어진 삶은 무엇이 되거나 무엇을 획득하거나 무엇에 올라서는 것을 언제나 가로막았다. 팔자려니 해야 했다. 그러다 깨달았다. 하루하루 음악을 듣는 일이 삶이 되면 되는 거잖아! 먹고사는 일이며 모든 관계를 도구나 방편으로 삼으면 되잖아! 그 무엇의 잣대를 '이쪽'이 아니라 '저쪽' 세계의 것으로 바꾸면 되는 것을.

나는 아무것도 못 된 것이 아니었다. 못 획득한 것도 아니었고 못 올라선 것도 아니었다. 나는 음악을 듣는 사람이 된 것이다. 그리고 그에 따른 조건들을 많이 가졌다. 뒤늦은 깨달음이다.

줄라이홀은 음악을 듣는 곳이다. 음악은 오디오를 통해서 듣는다. 자장면, 그거 먹어봐야 맛을 아는 건데 블랙누들이라고 이름밖에 모르는 서양인에게 그 오묘한 맛을 이해시키기란 불가능이다. 오디오가 그렇다. 시스템을 구성하는 여러 부문을 다양하게 조합해가며 소리를 만드는 것이 오디오질인데 그 맛은 해보지 않은 사람에게 이해 불능일 것이다. 감히 말한다. '죽기 전에 꼭 해보아야 할' 운운의 버킷 리스트가 유행이던데 죽기 전에 오디오 한번 해봐야 한다. 거기에 생의 '저쪽'이 있다.

가치의 문제를 말하는 것이다. 이쪽 세계에서 의미 있고 중요하고 훌륭하다고 추켜올리는 것들이 소리의 세계에서는 아무것도 아니다. 그 대신 50헤르츠 이하를 커트하는 게 나은지, 2천 헤르츠 대역에서 편안함이 느껴지는지, 8천 헤르츠 내외가 곱고 해상력이 높은지, 1만 2천 헤르츠 이상을 감지할 수 있는지, 뭐 그런 것이 중요한 관심사가 된다. 잠시 암호문을 낭송하겠다. 이름 복잡한 기기 얘기다.

내가 보유한 시스템들 가운데 첫 번째로 꼽을 것은 하츠필드다. 들여온 지 제법 오래됐다. 70년대 무교동 '르네쌍스' 음악 감상실을 기억하는 분들이면 알 것이다. 바로 그곳에 있던 스피커가 하츠필드인데 어렵게 오리지널을 구했다. 그 옆에 알텍 A5 스피커가 놓여 있다. 지금은 없어진 광화문 국제극장에서 이걸 썼다고 들었다. 그 유명한 1005 타르혼에, 288B 드라이버에, 515 우퍼에, 오리지널 통에…… 또 옆에 시리얼 6천 번대의 AR3가 있다. 시리얼 1만 번대 이하면 웨스턴 콘덴서가 장착된 최상품이다.

각도를 달리해서 보면 세로 벽에 던텍의 소버린 스피커가 서 있다. 작업실에서 유일한 현대 스피커인데 2미터가 훌쩍 넘는 키에 앞뒤 크기가 장난이 아니다. 처음 세팅한 그 위치에서 조금도 이동시킬 수가 없다. 던텍 사이에는 텔레풍켄 '빨간 배꼽' 스피커의 원조 격인 ELA-L6 필드 스피커도 한 조 있다. 정말 귀한 스피커인데 이베이를 헤매고 또 헤맨 끝에 간신히 찾아낸 물건이다. 그리고 또 하나 JBL의 에베레스트가 있건만 더 이상 놓을 자리가 없다. 덩치 큰 에베레스트는 아내가 사는 집 거실로 유배를 보내야 했다.

이 스피커들을 위해 네 대의 프리앰프, 여덟 조의 모노 모노 파워 앰프들이 작동된다. 각기 두 개씩의 톤암을 장착한 세 대의 턴테이블이 가동 중이고 CD 돌리는 트랜스포트, D/A 컨버터, 승압트랜스, 다양한 차폐 전원 장치 따위들, 그리고 1913년산 빅트롤라 축음기까지.

가게다. 이 정도면 내가 생각해도 오디오 가게로 보인다. 가정 음악이 불가능한 까닭이 이것이다. 자장면을 못 먹어본, 아니 오디오를 접하지 못한 분이라면 이들 명단 나열에 자랑하느냐, 하고 아니꼬워할 게 틀림없다. 하지만 그건 아니다. 공들인 세월을 말하고 싶었던 것이다. 돈 들고 어디 가서 덥석덥석 살 수 있는 물건들이 아니란 점을 말하고 싶었다.

이 여섯 조의 스피커에 안주하기만 했어도 내 삶은 여섯 아내를 거느린 헨리 8세 못지않았을 것이다. 하지만 어찌하겠는가. 과잉으로 치닫다가 꼭지가 돌아야만 멈춰지는 중생이 있다. 적정한 선을 벗어나는 데서 오는 고통이 생기를 주는 것은 아닐까. 줄라이홀 공사가 끝나고 1년이 채 지나지 않은 시점에 나는 또 한 번의 대형 사고를 저질렀다. 헨리 8세도 못 누려본 일곱 번째 아내. 그게 기혼 여섯 아내를 합친 만큼의 대역사가 될 줄이야. 도이치 사운드 고군분투기, 그 기억을 떠올려본다.

도이치 사운드 고군분투기

시작은 충동적으로 전남대 황 교수를 찾아간 일이다. 그이의 표정은 나른했다. 다 귀찮고 지겨워한다는 느낌도 들었다. 혹시 도통이 가져다준 무념무상의 경지는 아닐까. 공대 교수라는데 곧 은퇴를 한다든가 이미 했다든가. 무작정 찾아간 내 앞에 사모님이 반듯하게 깎아놓은

사과가 놓였다. 이제 그와 나는 막 '심리학의 전투'를 시작할 참이다. 이 자리는 시인과 공학자의 대면이 아니다. 우리는 모종의 거래를 하려는 중이다. 한겨울, 30평대 아파트 거실의 공기가 좀 탁했다. 화장실 쪽 벽지가 군데군데 부르튼 게 눈에 들어왔다.

도이치 사운드, 아메리칸 사운드, 브리티시 사운드…… 혹시 이런 말을 들어보셨는지. 들어봤다면 당신은 오디오에 대해 어느 정도 아는 사람이다. 한 걸음 더 나아가 본다. 웨스턴 일렉트릭, 탄노이 오토그라프 블랙 또는 실버, 클랑필름 유러딘, 자이스 이콘, 클라르톤…… 이 난삽한 외래어는 모두 1920~40년대 오디오 시스템, 그중에서도 주로 스피커의 이름들이다.

길을 가다가 산을 오르다가 아주 많이 가버리는 수가 있다. 그때 남들이 못 본 것을 본다. 견자(見者)가 되는 것이다. 견자 고상돈은 일찍이 히말라야에 뼈를 묻었고 허영호는 아직 살아 있다. 죄송한 말이지만, 히말라야를 찾는 한 산 자도 산 것이 아니다. 언제 크레바스에 빠져 자일이 끊길지 모르니까. 하지만 죽은 것도 죽은 것이 아니지 않을까. 먼 길의 비경이 그를 영영 살아 있게 한다. 라인홀트 메스너의 무산소 히말라야 등정기 몇 권을 읽고 나서 그런 생각이 들었다.

소리 탐구에도 견자의 도착지, 히말라야가 있다. 한평생 오디오를 하다 보면 뼈 대신 자기 소리를 묻을 최종 기착지를 찾게 된다. 연대기로는 1950년대 이전까지, 등정의 종착점은 앞서 언급한 스피커 같은 것들이다. 다들 심각한 상태의 고철 덩어리들인데 한번 맛을 알면 1950년대 이후, 그러니까 오디오가 일반 가정에서도 사용되기 시작해 상업적 목적으로 생산된 '상품' 쪽으로 건너오기 힘들게 된다.

유러딘

광주에 컨디션 최상급의 유러딘 스피커가 매물로 나왔다는 소식을 인터넷 사이트에서 알았다. 그것도 신비스러운 음향을 자아낸다는 필드형이다. 필드형이란, 지금처럼 자석의 원리로 소리를 만드는 방식이 개발되기 이전에 사용되던 좀 원시적 방식의 스피커다. 자석을 활용하는 대신 코일을 감아 DC 전류를 유닛에 흘려준다. 나 자신 30년 가까운 오디오 구력의 종착역을 찾을 때가 됐다는 생각을 늘 하고 있었다. 전화하고 바로 다음 날 득달같이 먼 길을 달려 찾아간 곳이 바로 무념무상 할아버지 황 교수 댁이었다.

국내에서 흔히 유러딘이라고 부르는, 정확한 독일 발음으로는 '오이로딘(Eurodyn)'이 되는 이 스피커는 독일, 아니 한때는 유럽 전역에서 최고의 극장용 스피커로 각광받았던 대형기다. 하지만 올망졸망 동양 2국, 한식과 일식의 소리 사랑은 애달프다. 대개 그 같은 거함이 서너 평짜리 거실에 죄송하다는 듯이 몸을 잔뜩 웅크리고 있게 마련인 것. 그래도 30평형 아파트 거실은 좀 뜻밖이었다. 게다가 노공학자의 거실에는 억대를 호가하는 노이만 커팅 머신까지 놓여 있었다. 커팅 머신이 뭔고 하니 LP를 찍어내기 위한 주형(속칭 '가다')을 제작하는 공작기계로 매우 괴상하게 생겼다. 세상에는 그런 거창한 공장 장비를 LP 트는 턴테이블로 사용하는 인간들이 있다. 황 교수 역시 중병을 앓으며 살아왔다는 증거물이다.

꾼들이 만나면 통상 사운드에 대한 고담준론으로 운을 떼며 일합을 겨루기 마련. 그런데 초탈한 표정의 노교수는 일체 그런 말이 없다. 아하, 허무와 무상의 염이구나. 평생 걸려 장만한 시스템 대부분을 처분하려는 도인의 '할!'에 맞설 대응책으로 나는 철저한 구매자 처신을 하기로 마음먹었다.

웨스턴 일렉트릭

사운드에 아메리칸이라는 접두사가 붙는다. 연상되는 것이 무얼까. 바로 넓은 땅덩이, 그러니까 넓은 땅덩이의 소리를 내는 게 아메리칸 사운드이다. 거창하고 시원스럽게 소리의 폭포수가 쏟아지는 특성을 지칭한다. 보통 지구상에서 가장 많이 생산된 JBL이나 그 이전 알텍 스피커의 사운드를 말하는데, 선수들의 세계에 뛰어들면 그 원조 격인 웨스턴 일렉트릭사의 제품이라야 진짜 아메리칸 사운드로 쳐준다.

그런데 주위를 둘러보라. 오디오 한다는 인구가 제법 되지만 소위 '웨스턴' 구비하고 있다는 집은 눈을 씻고 찾아도 없다. 그도 그럴 것이, '웨스턴 한다' 하면 제대로 갖추는 데 꽤 여러 개의 억이 동원되는 탓이다. 아울러 그보다 훨씬 높은 단위의 억이 동원되는 넓은 공간이 필수인 탓이다. 내가 전해 들은, 혹은 가볼 뻔한 정통 웨스턴 시스템 완성자가 셋인데 그중 하나는 '몽'자 돌림의 정 씨였고 또 하나가 LG의 구 씨네였다. 젠장, 아싸라비야다.

그래도 보통 사람이 만 원이면 실컷 즐길 수 있는 웨스턴 일렉트릭이 하나 있기는 하다. 파주 헤이리에 둥지를 튼 방송인 황인용 씨의 음악 감상실 '카메라타'를 아시는지. 거기 정면에 매달려 있는 거대한 달팽이 모양의 혼(나발)이 바로 17A라고 부르는 순정 웨스턴 물건이다. 혼에 소리를 보내주는 드라이버도 웨스턴 555A. 저음용 우퍼(형번 4181)에 고음용 트위터(형번 597A)까지 웨스턴이니 제대로 간 것이다.

하지만 입장료가 만 원에 불과한 것을 명심하라. 실상은 절반의 웨스턴인 것. 스피커는 '지대로'라지만 정작 소리를 만들어 보내주는 앰프류는 죄다 도이치 쪽으로 구성되어 있다. 혹시 카메라타에 몇 억 기부할 독지가는 없으신가?

웨스턴 일렉트릭의 역사가 초기 오디오의 역사라 해도 과언이 아니다. 1869년 그레이 앤드 버튼이라는 이름의 전기 제조 상점에서 출발했다는데 원래는 백열전구 따위를 만들던 회사였다. 이후 전화기 회사로 성장하고, 토키 영화용 증폭기 사업에 뛰어드는 과정에서 3극관 진공관을 개발하면서 오디오 쪽의 선구로 자리 잡는다. 꾼들이 목을 매는 앰프들은 대개 웨스턴 일렉트릭사가 토키 영화 산업에서 손을 떼며 본격 개발한 1935년 전후의 물건들이다.

그런데 왜 이런 선사시대 소리에 광분하는 족속들이 생겨나는 걸까. 생각보다 단순한 그 이유는 나중에 한꺼번에 묶어서 말하련다.

브리티시 사운드

요즘 구미에 로하스(LOHAS)족이 뜨고 있단다. 무심코 그 단어를 접했을 때 깜짝 놀랐다. 아니 오디오 하는 인구가 그렇게 많아? 알고 보니 그 로하스는 'Lifestyles Of Health And Sustainability'의 약자였다. 환경 친화적으로 품위 있게 잘 먹고 잘 살자, 쯤이 되는 신조어다. 하지만 오디오 쪽에서 훨씬 먼저 쓰던 다른 로하스가 있다. 영국 스피커의 3대 명문인 로저스, 하베스, 스펜더 세 회사 이름을 합성한 것. 오디오 로하스들도 소박을 미덕으로 여겼는지 거창하고 화려한 대형기를 만들지 않았다. 자금자금하게 크기도 작고 소리는 온화하고 왠지 모를 기품이 느껴진다. 1970년대 이래 클래식 음악 쪽 오디오 입문기로 꽤 많이 애호되어온 것이 로하스의 여러 모델들이다.

로하스가 정통 브리티시 사운드의 하나이긴 하지만 브리티시의 대마왕은 따로 있다. 초창기 탄노이 스피커가 그것. 1926년에 가이 파운틴이 설립한 이 회사는 의사당 같은 곳에 연설용 스피커(PA 시스템) 알맹이를 납품했다. 자석 캡의 색깔에 따라 최초의 유닛을 모니터 블랙이라고 부르고 그 이후 모니터 실버, 레드, 골드 등이 순차적으로 출시된다. 이중 블랙이나 실버 등이 지존의 대우를 받는다.

탄노이가 자랑하는 불후의 명 인클로저(통)로 미로형 백로드 타입인 오토그라프가 있다. 물건 자체가 워낙 귀해서 국내에서는 장인 김박중 씨가 도면대로 카피한 국산통을 대부분 사용한다. 이 오토그라프 통에 1950년대까지 생산된 모니터 실버나 레드 스피커 유닛을 부착하

KLANGFILM
G.M.B.H.

면 브리티시 사운드의 지존이 된다. 블랙이 최상이라지만 거의 박물관 소장품 급으로 희귀하다.

음악 감상용도 아니고 정치인들 연설할 때 확성기로나 쓰이던 스피커 알맹이가 지상 최고의 명기로 대접받고 있으니 괴이한 일 아닌가. 후대에 탄노이사가 개발한 그 많은 모델들은 왜 거들떠보지도 않고 환갑 진갑 다 지난 고물딱지에만 열광하는 걸까. 그 이유 역시 웨스턴 일렉트릭과 마찬가지 사정이니 묶어서 말해야 한다.

도이치 사운드

제2차 세계대전 이전까지는 독일이 음향설비의 최선진국이었다. 국가정책으로 집중 육성했다고 한다. 그 시절 음향장비에 가정용은 없었으니 극장용이나 방송 스튜디오 장비를 뜻한다. 그러니까 도이치 사운드를 추구한다는 것은 가정에서 사용할 수 없는 전문 장비를 편의대로 개조해서 쓰는 것을 말한다. 도이치 사운드를 말할 때 히틀러가 종종 등장한다. "이 자이스 이콘 18인치 말가죽 스피커는 히틀러가 특별히 애용하던 거야요" 운운. 소리에는 파시즘 공포가 없는 모양이다.

아메리칸 사운드에서 웨스턴 일렉트릭을, 브리티시 사운드에서 탄노이 오토그라프를 떠올리듯이 도이치 쪽에서는 클랑필름이라는 회사가 지존 노릇을 한다고 할 수 있다. 사실은 인수, 합병, 분할이 점철된 지멘스, 텔레풍켄 등과 함께 말해야 하지만 그건 너무 복잡하다. 주로 '클랑'이라는 애칭으로 부르는 클랑필름을 정점으로 친다. 유러딘도 클랑필름사가 만든 스피커의 대표 주자다.

아메리칸 사운드가 장쾌, 통쾌를 뜻하고 브리티시 사운드가 온화하고 풍요로운 귀족성을 뜻한다면 도이치 사운드는 뭘까. 한마디로 그것은 소름이 끼칠 듯한 명징함과 치밀함의 세계다. 표면의 막을 한 겹 벗겨낸 소리라고나 할까. 듣다 보면 그 예민함에 지쳐 나자빠진다는 게 도이치 사운드다. 도이치의 예민함이 사람 지치게 하는 면이 있다면 마찬가지 논법으로 다른 사운드를 흠 잡을 수 있다. 아메리칸 사운드의 장쾌함은 거친 느낌으로 다가올 수 있고 브리티시 쪽의 온화는 좀 멍청하고 불투명한 소리로 들릴 수 있다는 점이다. 정답이 없는 취향의 세계. 그래서 각자 기질대로 찾아가 자기 진영의 우월성을 외치며 다른 쪽 애호가들과 쌈박질을 벌이는 것이다.

복제 불가능한 원본의 장엄, 아우라가 빛난다

황 교수와 나, 거실에서의 묵묵부답이 제법 길었다. 무념무상으로 초탈한 도인 앞에서 금액의 잔머리 컴퓨터를 가동시키고 있다는 티를 낼 수가 없었다. 그때 나는 사실 액수가 문제가 아니라 본격 도이치 사운드에 뛰어들어야 하나 마나 하는 철학적 번민의 상태에 빠져 있었다. 유러딘 정도를 구입하면 이 동네 표현으로 독일 병정이 되는 것이다.

긴 침묵이 흐른 끝에 교수가 먼저 말했다. 내던지듯이 불쑥.

"원하는 금액을 말하슈."

아무래도 분위기에 압도된 것 같다. 나는 애초 흥정의 출발점으로 생각했던 액수에서 몇백만 원을 높여 부르고 말았다. 곧바로 답이 왔다.

"그렇게 하슈."

아뿔싸, 거래 끝! 우수리 금액 몇백만 원이라도 낮춰 말할걸, 하는 후회가 치민다면 나는 소인배다. 다 귀찮고 다 싫다는 도인의 표정 앞에서 쫀쫀해지지 않으려다가 제풀에 백기를 들어버린 것이다. 마음속으로 원통이 부글부글했지만 도리가 없었다. 남아 있는 접시의 사과

한쪽을 들어 우적우적 씹었다. 허망하게 거래는 끝나버렸고 황황히 서울로 향하는 발걸음은 허청허청했다. 상당 기간 알거지로 지내야 하는 일이야 내 오디오 역사에서 새로울 것도 없지만 어떤 정점에 진입하는 일이 이토록 간단할 수 있을까 싶었다.

그런데 그건 오해였다. 아주 많이 오해였다. 독일 병정 되는 일이 쉽지 않다는 말이야 수없이 들어봤지만 이 심란한 스피커에서 소리를 터뜨리는 일이 그토록 길고 어려운 과정을 요구할 줄은 정말 몰랐다. 황 교수의 거실은 그로부터 몇 년 동안 벌어진 고군분투 분골쇄신의 출발지였다. 참말 아싸라비아!

이름들이 있다. 박명수, 이기주, 임형빈, 이선규, 현창수, 김태현, 최경열……. 직접 만나볼 기회가 없었던 신 사장, 도 사장, 이희웅……. 엔지니어가 있고 판매상이 있고 애호가가 있다. 이들과 얽혀 들어야 했다. 완전히 어리둥절해지는 미로이자 신세계였던 탓이다. 대망의 스피커는 자리를 차지하고 있지만 소리가 터져 나오려면 동시대에 개발된 독일계 프리앰프, 파워앰프, 필드 전원부, 매칭 트랜스, 슬라이닥스, 케이블, 진공관, 콘덴서 등등 도이치만의 전용 장비가 몽땅 새로 필요했다. 그동안 기기깨나 만지며 살아왔다고 생각했는데 영 먹통이었다. 용어에서 연결 방법, 부품 조달까지 모든 것이 생소하고 희귀했다. 전문꾼들을 통하지 않고서는 아예 아무것도 할 수가 없었다.

원래 효과음향장비였던 마이학 101을 프리앰프로 개조하기 위해 뻔질나게 춘천을 찾아다녀야 했고, 도이치 장비 견문과 수배를 위해 양평을 드나들어야 했고 전주, 정읍, 천안, 문경, 원주에 물건을 확인하거나 입수하러 가야 했다.

시인이자 문화평론가이자 방송인 김모도 제법 바쁜 사람으로 알려져 있다. 그런데 한 가지를 해결하면 두세 가지 예상 못한 문제가 연쇄적으로 튀어나왔다. 전국 일주가 끊임이 없었다. 동일한 시간 안에 존재가 둘로 분리되어 뛰어다녀야 했다. 분리된 한쪽은 허깨비가 분명한데, 도이치 사운드 만드는 동안 내가 했던 방송, 강연, 원고는 암만 해도 허깨비의 일인 성싶다.

어째서 오디오 생활의 정점에 이르면 음향기기의 기본 관점이 만들어지던 70~80년 전 고물딱지에 열광하게 되는 걸까. 골동 취향일까. 그렇지 않다. 세상의 꾼들이 공통적으로 도달하는 결론인 즉 소리가 탁월하다는 것이다. 왜 그럴까. 이유는 명확하다. 비용을 고려하지 않고 개발된 천재들의 작품이지 상품이 아니었기 때문이다. 최고의 인재가 몰려드는 요즘의 IT 분야를 떠올리면 된다. 그 '벨 에포크' 시절엔 음향기기가 최첨단 산업이었다. 당대의 천재급 엔지니어들이 뛰어들어 아낌없는 물량 투자로 만들어낸 걸작들이 바로 고전 명기, 빈티지 시스템인 것이다. ED, RE604, AD1 같은 삼극관의 별들은 그렇게 탄생했고 영원히 다시 만들 수 없다. 복제 불가능한 원본의 장엄, 아우라가 빛나는 것이다.

줄라이홀에는 수없는 땜질로 난도질 된 온갖 부품과 전선 따위가 굴러다닌다. 대부분 태어난 지 일흔, 여든을 넘겼다. 듣자하니 '칼의 노래'를 부르는 '남한산성'께서는 스물여섯 살짜리와 룰루랄라 하는 내가 몹시 부럽다고 하더란다. 자, 한번 와서 보슈. 내가 어떤 나이와 놀고 있는지. 우후후후후.

S
Q

음악이 다가오지 않을 때 오디오 놀음에 빠져보라

내 이름은 건이야. 마를 건(乾), 건 씨라고 나를 불러줘……. 연애의 계절풍이 다시 불어온다면 상대에게 요즘 이런 글발을 날리고 있을 것 같다. '가능이 사망하도다.' 감흥 없는 이 마음을 연애는 이렇게 표현하게 만들 것이다. '연민'은 '련민'이 되고 '해돋이'는 '해도디'로, '평상시'는 '평상소'로, '가소롭다'는 '가로솝다'로 배배 꼬인다. 맞춤법에 승복할 수 없는 팍팍한 기분. 그 어감의 심리학을 판독해주고 답장을 보내줄 사람이 이젠 없다. 연애 상대가 없는 건 생물학적이고 인류학적으로 대범하게 그러려니 한다. 문제는 도대체 '가능'이 없는 것이다. 음악 말이다. 세상에나! 음악이 나를 울리지도 죽이지도 않는다는 말이다. 토요일 오전부터 일요일 밤 깊은 이 시간까지 판을 돌리고 돌리고 또 돌리고 있으나 내 이름은 건이에요. 가능이는 대체 오데로 갔나?

책상 위에 방금까지 듣던 LP 박스 세트를 올려놓아본다. 콰르테토 이탈리아노Quartetto Italiano가 연주한 아홉 장짜리 모차르트 현악 4중주 전집이다. '메이드 인 홀랜드'가 선연하게 박혀 있는 필립스 오리지널이다. 네 명의 멤버 가운데 제2 바이올린 엘리사 페그레피Elisa Pegreffi가 할머니로 쭈글쭈글해지기 전 중년 초입의 넉넉한 표정으로 재킷을 장식한다. 값비싼 최고수급 연주집이란 말이다. 전반적으로 속도가 느릿느릿한 제18번 A장조, 쾨헬(KV) 464번을 오르토폰 주빌리 카트리지로 샅샅이 들었고 그 직전에 섬세하기 이를 데 없는 고에츠 실버그라도로 제17번을 완청했다. 음악 칼럼을 줄창 쓰던 시절이라면 무언가 말을 만들었을 것이다. 모차르트 생애 어느 시기의 작품이고 연주자들은 무엇을 표현하고 싶어 했고 어쩌구저쩌구. 그러나 나 건 씨 아저씨는 지금 모차르트조차 '가로소울' 판이다. 웬일이니?

읽기 싫은데 책을 읽고 듣기 싫은데 음악을 계속 듣는다. 살고 싶지 않을 때가 있건만 계속 살아가는 것과 동일한 이유다. 좋으면 하고 싫으면 그만두는 것이 불가능한 비가역적 영역이 인생에 있다. 가령 이 순간부터 내가 책 읽기와 음악 듣기를 완전히 중단한다면 이전까지의 생을 총체적으로 부정하는 것이 된다. 그럼 그다음엔 무얼 하지? 땅을 파나, 산을 타나, 주식 부동산 같은 재테크 쪽으로 눈을 돌려보나. 좋으나 싫으나 미우나 고우나 가던 길을 계속 가고 하던 일을 계속해야만 하는 영역이 있다. 그것이 비가역이고 불가역이며 다른 말로 팔자고 숙명이다.

이번엔 컴퓨터 옆에 바닥부터 쌓아올린 책들에 눈을 준다. 장하준의《나쁜 사마리아인들》. 필경 국방부 덕일 것이다. 주위 사람 상당수가 이 책을 읽었거나 구입했다. '참 나쁜' 신자유주의 세계화에 대한 비평서다. 사마리아인들보다는 체감 숫자가 적지만 리처드 도킨스의《만들어진 신》도 상당한 독자가 있다. 누군가 망상에 시달리면 정신이상이라고 하지만 다수가 망상에 시달리면 종교라고 부른다는, 진화생물학에 입각한 강렬한 종교 비판서다. 간혹 주경철의《대항해 시대》의 독자도 목격된다. 고교 시절의 수업으로 더 이상의 학습을 끝내고 마는 것이 세계사 분야인데 근대 세계가 어떻게 형성되었는지 새로운 시야를 제시한 멋진 책이다. 아주 드물게 독자를 만날 수 있는데, 너무 알려지지 않아 신비로운 느낌마저 드는 저자 김상태의《도올 김용옥

비판》도 있다. 3쇄째 책이다. 꽤 여러 권 나온 김용옥 비판서의 결정본으로 봐도 될 것 같다.

전우용의 《서울은 깊다》는 이른바 인문적 소양이 넘쳐나면 이런 정도의 글맛과 함량을 보일 수 있다는 사례일 것이다. 나이 좀 들고 생의 무게와 근력이 부풋한 사람이라면 마음먹고 읽을 만하다. 여기에 《홍성욱의 과학에세이》, 서병훈의 《포퓰리즘》, 도정일의 《시장전체주의와 문명의 야만》 등도 추가된다. 출간 재출간을 거듭한 김열규의 《메멘토 모리, 죽음을 기억하라》도 있고 베르나르 앙리 레비의 《그럼에도 나는 좌파다》가 또 있다. 다자이 오사무의 《나의 소소한 일상》은? 에릭 홉스봄의 《폭력의 시대》는?

권장 도서 목록을 만들려는 것이 아니다. 작업실 컴퓨터 옆에 쌓여 있는 근래 읽은 책 목록이다. 정리해보자면 첫째, 방향도 취향도 짐작할 길 없는 '구구리 잡탕'이라는 것. 둘째, 문학책 예술책이 없다는 것(다자이 오사무 책은 신변잡기를 쓴 생활 에세이다). 셋째, 근간의 지적 동향이 반영되어 있다는 것. 내가 듣는 음악이 그렇듯이 정처 없는 독서의 실상을 쌓여 있는 책이 증명한다. 활자에 눈을 박다가 잠시 커피 놀이를 하다가 더 많은 시간은 음반을 돌리며 보낸다. 부러워하시든 세월 좋네 타박하시든 맘대로 하시라.

물론 밥벌이 하러 세 군데 방송사를 부지런히 뛰어 다닌다. 간간이 집에 들러 가족도 만나고 드물게 친구도 만난다. '여인' 쪽은 주둥이만 동동 뜬 채 실체가 없어진 지 오래다. 나이 들어 신체의 기계 작동이 빌빌해지면 여인이란 공포의 대상이 된다. 기회 근처까지 가도 스스로 포기해버린다. 그렇다고 '정신스럽고 겉멋스러운' 플라스틱 아니, 플라토닉 퍼피 러브를 꿈꾸기에는 늙었고 낡았다.

요컨대 무엇에 붙들려서 혹은 무엇을 채우면서 살아 있는 날들을 보내고 있느냐는 것이다. 장하준이나 도킨스인가. 친구거나 먼 그대들인가. 아니면 밥벌이 방송 마이크인가. 혹시 모차르트인가. 빙고! 모차르트다. 정확히 말하자면 모차르트들, 그것으로 채우고 싶다는 말이다.

잠시 주문을 외워본다. 오블리 비아테! 좋은 기억만 남겨두고 나쁜 기억은 사라지게 만드는 주문. 어떤 커피숍 이름이었는데 알고 보니 '해리 포터'에 나오는 거란다. 이하 출전을 모르는 주문들이다. 루프리텔캄! 모든 것을 이루어지게 한다. 세렌디피티! 생각지 못한 귀한 것을 우연히 발견하게 하는 행운의 주문. 하쿠나마타타폴레폴레! 걱정 마 다 잘될 거야, 라는 위로의 주문. 마하켄다프펠도문! 슬픔과 고통을 잊게 해주노라.

웬 주문들인지 짐작이 가시는가. 일생토록 내게는 모차르트들이, 그러니까 온갖 작곡가 연주가의 이름이며 존재가 하쿠나마타타폴레폴레, 다 잘될 거야, 같은 역할이었던 것이다. 마하켄다프펠도문, 슬픔도 괴로움도 견뎌낼 수 있게 만들었던 것이다. 클래식 음악에 전념하기 전에는 때로 밥 딜런이 또 때로 마일스 데이비스나 존 콜트레인이 그러했다. 루프리텔캄, 오블리 비아테! 그러니까 이것은 음악의 미신적 단계다. 사랑하는 여인에게 환상을 품는 것과 흡사하다. 음악에 앞서 음악가들의 생이 더 중요하게 여겨지고 그들이 겪은 삶의 고통과 노고, 그들만이 느끼고 이해한 어떤 비경이 내 것으로 다가온다. 많은 것이 과장된 오해에서 비롯될 수 있지만 개의치 않는다. 고흐나 뭉크의 생애적인 사실이 다른 모든 회화 작품을 압도해버리는 것과 유사한 단계다.

'미신적 음악 감상'과 '지적 음악 감상' 사이

대학 시절, 영어에 까막눈인 록 음악광을 판 가게에서 만나 알고 지낸 적이 있다. 그는 내게 홀(Hall)이라는 글자를 가리키며 "힐?" 하고 물었다. "네, 힐이요"라고 나는 답변해주었다. 그는 모든 음반을 재킷의 그림으로 판별하고 있었다. 날마다 10여 종 이상의 신보가 해적 음반(빽판)으로 나오던 시절이라 없는 판이 없던 그때 그는 모든 음반을 다 듣고 모든 뮤지션을 다 알고 있었다. 그리고 내게 열심히 설명해주었다. 불가사의한 정보량에 믿을 수 없는 소스였지만 그의 설명을 듣고 음악을 들으면 평면이 입체로 다가왔다. 가령 그는 캐나다 3인조 록그룹 러시의 음악을 추종하는 4대 학파가 캐나다 최고 명문 대학마다 포진해 있어 엄청나게 논쟁 중이라고 했다. 각 학파 간의 논쟁이 캐나다 대학계의 최대 관심사라고 했다. 실제로 '국립 캐나다 대학교'가 존재하는지는 모르겠지만 러시의 음악을 토론하는 석학들의 학술회의 장면에 대한 그의 실감나는 묘사는 가슴을 설레게 했다. 나는 실제로 당시 숭배하던 록그룹 수퍼트램프의 〈풀스 오버추어Fool's Overture〉 음반의 예술성과 사회성에 대해 그런 학계에 나가 발표할 내용을 정리해본 적도 있다. 네오레프트를 이끄는 마르쿠제도 등장하고 나치 히틀러의 집단 광기도 거론하는 아주 현학적인 내용이었을 것이다.

일생토록 이 미신적 단계에서 음악을 섬기는 것은 충분히 가능하다. 신빙성 있는 지식이나 음악학적 이해와 음악을 사랑하는 것 사이에 상당한 간극이 놓여 있기 때문이다. 간혹 만나는 연주자들 가운데 음악을 전혀 사랑하지 않는 모습을 발견하고 놀랄 때가 있다. 그들에게 음악은 엄마가 강요한 업보이고 숙제처럼 보인다. 하지만 우리네 미신 음악 애호가들은 밥 안 먹고 잠 안 자고 때로 화장실 갈 시간도 아까워하며 음반을 돌려왔다. 푸르트뱅글러Wilhelm Furtwängler는 신이고 카잘스Pablo Casals는 산신령이고 시게티Joseph Szigeti는 아버지 중의 아버지이고 뭐 그런 식. 간혹 전공자 중에도 미신 음악가가 있는데, 줄리어드씩이나 나온 내 친구 피아니스트 김진호는 역사상 딱 세 명의 피아니스트만 존재했다고 단언한다. 호로비츠Vladimir Horowitz와 루빈스타인Artur Rubinstein과 라흐마니노프Sergei Rachmaninoff. 녀석은 중국 피아니스트 랑랑의 현란한 콘서트를 다녀와 탄복하는 나에게 차라리 원숭이 서커스를 구경하라고 비아냥거렸다.

미신적 음악 감상에서 음악적 요소는 소리와 연상 작용이다. 소리 즉 사운드는 자극이다. 피아노의 자극과 타악기의 자극은 원리적으로 흡사하지만 반응은 엄청나게 다르다. 바이올린과 비올라, 비올라와 첼로, 첼로와 콘트라베이스, 이렇게 순차적으로 규모가 달라지는 현악기 간의 감각적 차이와 그것의 앙상블을 가닥을 추려 쾌락으로 받아들이게 될 때 이른바 '미치는 기분'에 도달한다. 듣는 귀가 뚫린 자의 기쁨이 그것이다. 그리고 감상자는 자유로운 연상을 한다. 센티멘털한 감성이 주된 것이겠지만 그 연상을 대개 '해석'의 과정으로 이해한다. 이

때 작품 본래의 의미와 내용에 얼마나 적실히 닿았는지는 그다지 중요한 것이 아니다. 독일계 예술 가곡을 들을 때 특히 그러한 일이 벌어진다. 나는 슈만의 가곡을 대단히 좋아한다. 샤미소의 시에 붙인 연가곡 〈여인의 사랑과 생애〉 같은 경우는 남자인 내가 내 노래라고 주장하는 정도다. 하지만 슈만이 가져온 시들, 하인리히 하이네나 뫼리케, 뤼케르트, 아이헨도르프의 시편들을 번역으로 접하면 맨숭맨숭하기 이를 데 없다. 슈만 최고의 걸작 가운데 하나인 〈아름다운 오월에〉의 내용을 보자.

이 아름다운 오월에
모든 꽃봉오리들이 열릴 때
내 마음속에
사랑이 꽃 피었네

이 아름다운 오월에
모든 새들이 노래할 때
내 동경과 소원을
그녀에게 고백했네

질풍노도 시대 로맨티시즘 시어의 뉘앙스를 원어로 체득하지 못하는 한 노랫말이 주는 감흥은 참 싱거울 것이다. 그렇다면 이 곡에 대한 전문가의 설명을 들어보자.

짧은 전주곡 속에서 조성은 올림 바단조와 가장조 사이에서 흔들린다. 노래가 시작되면서도 여전히 각 화성 변화가 예기치 못한 느낌을 준다.

피아노 아라베스크가 먼저 독자적으로 형성되고, 뒤에 가창의 보선이 고안된 것으로 보인다. 열린 종지는 불확정성 작곡법을 생각나게 한다. 종지의 풀리지 않은 딸림 7화음은 슈만이 이 곡에서 경계와 종결을 지우면서 사전 작업을 했음을 가리킨다.

알 듯 말 듯한 설명이긴 한데 이것으로 노래의 감흥을 느끼기는 불가능에 가깝다. 가사는 싱겁고 해설은 번거롭기만 하다. 하지만 트렌치코트 차림으로 노란 꽃 앞에 서 있는 젊은 페터 슈라이어Peter Schreier의 음반을 들어보라. 어떻게 설명할 길 없는 페이소스로 숨이 막혀온다. 당연하지. 노래나 연주는 들어봐야 맛을 안다는 것은 강조할 필요도 없이 당연한 말이다. 그럼에도 거론하는 것은 연상 작용의 의미 때문이다. 특정한 연상이 고착될 때 그 곡은 나만의 유일 버전으로 변한다.

먼 옛날의 그녀들 가운데 클래식 음악을 애닯게 사랑하던 그녀가 내게 말해주었다. 영문과에 입학한 그녀가 철학과 강의를 신청했는데, 진짜 5월의 어느 날, 교수는 수업 중에 슈만의 〈아름다운 오월에〉를 원어로 부르더라고. 마르틴 부버의 《나와 너》를 번역한 표재명 교수였다. 그런 봄날을 지금 상상이나 할 수 있겠는가. 오랜 세월이 흘렀지만 지금도 나는 슈만의 가곡, 특히 이 곡을 접할 때마다 떠오른다. 개나리가 '너무하게' 피어나던 봄날, 언덕이 가팔라 '흐윳길'이라 부른다는 고개를 넘어 도착한 여자대학 강의실, 쑥스럽지만 진지한 표정으로 열창하는 철학 교수의 표정, 아직 여고생 티를 벗지 못한 신입생들의 초롱초롱

한 동경의 눈망울들(그녀는 지금도 슈만을 사랑할까?).

미신적 음악 감상에서 탈출하여 좀 더 앞으로 나아가는 수가 있다. 곡의 정확한 내용에 대한 이해의 욕망이 생겨날 때다. 언제까지나 상상과 환상만으로, 그러니까 자의적인 음악 이해에 머물러 있을 것인가. 옛날 음악학자 데이비드 랜돌프는 음악의 "지적 즐거움"이라는 표현을 썼다. 악곡의 내용을 이해하고 듣는 사람이 느끼는 기쁨이 바로 지적 즐거움이다.

지적인 음악 감상의 출발은 곡을 구성하는 여러 부분들의 상호 관계를 인식한다는 뜻이다. 다른 말로 해서 형식을 이해하는 것이고 작곡가가 고안한 악상이 변화되고 전개되는 과정을 따라가며 듣는 것이다. 형식의 이해란 곡에 제시되어 있는 주제와 변주 혹은 미뉴에트, 스케르초, 론도 같은 형식의 의미를 깨닫는 것이다. 주제와 변주는 변주곡을 열심히 들어보면 접근이 가능하다. 가령 J. S. 바흐의 〈골드베르크 변주곡〉을 열심히 들으면 깨닫기 쉽다. 첫 부분 아리아가 30회 다른 형태로 변용되는데 3분 남짓한 짧은 아리아의 선율을 기억하는 상태에서 들으면 꽤 선명하게 다가온다. 주제와 변주는 각종 실내악 곡이나 소나타 양식의 교향곡에서 아주 중요한 개념이다. 슈베르트의 피아노 5중주 〈송어〉의 4악장이나 현악 4중주 〈죽음과 소녀〉의 2악장은 변주의 교과서로 여겨도 될 법하다. 랜돌프가 특히 권하는 대목은 베토벤 9번 교향곡 〈합창〉의 느린 악장과 피날레 부분이다. '환희의 송가' 주제를 연주하는 시점부터 시작해서 마지막 악장 전체가 오케스트라, 독창자, 합창 간의 거대한 주제와 변주로 구성되어 있기 때문이다.

미뉴에트나 스케르초 같은 형식의 이해는 낱말 뜻만으로는 파악되지 않는다. 도저히 춤출 수 없는 미뉴에트, 전혀 장난스럽지 않은 스케르초가 얼마든지 있기 때문이다. 악장 형식에 대한 이해는 정확히 말해서 구조에 대한 이해를 말한다. 가령 미뉴에트는 3부로 이루어진 형식을 뜻한다. 각 섹션은 그 안에 시작의 느낌과 종결의 느낌을 감추어놓고 있다. 그 같은 온갖 약속과 규칙성 그리고 그러한 규칙의 파괴를 파악하며 음악을 즐기는 것이 지적 음악 감상이라고 할 수 있다.

사실 나도 이런 식의 '차원 높은' 음악 감상을 해보겠다고 끙끙거려본 적이 꽤 있는데 즐거움 절반, 피곤 절반이었다. 즐거움은 작곡가에게 더 가까이 다가갔다는 기분이 느껴져서이고 피곤은 광분 상태를 벗어나게 만든다는 점 때문에 온다. 아마도 미신 단계와 지적 단계의 선택은 감상자의 기질이 크게 작용할 것이다. 어떤 방식에 도달하든 공통적으로 필요한 사항이 하나 있다. 반복 청취의 필요성이다. 설사 곡의 구조와 형식에 대한 몰이해 속에서라도 특정한 곡을 외울 정도로 반복해 듣다 보면 생소한 곡들로 하나하나 감상 범위를 넓혀가는 데 크게 도움이 된다. 지적인 음악 감상이란 '음악'을 듣는 것에 초점이 있다. 반면 미신적 감상은 음악보다 그 음악의 전설과 음향을 중심으로 듣는 것이다. '음악사의 뒤안길'식으로 전해 내려오는 유머러스한 일화들이 많은데 그중 하나가 기억난다.

바그너의 가극 〈트리스탄과 이졸데〉의 초연이 있고 나서 바그너 음악의 대표적 비판자인 한슬리크에게 바그너 숭배자가 관람 소감을 물었단다.

"부분적으로는 마음에 들었으나 부분적으로는 전혀 마음에 들지 않았습니다."

한슬리크의 답변이 이랬다. 어느 부분이 마음에 들지 않았느냐고 바그너 숭배자가 다시 묻자 한슬리크의 간명한 답변이 돌아왔다.

"음악입니다."

음악과 음악의 전설이 구별되는 예화다.

턴테이블로 채우는 나날들

전설은 책과 음반 재킷의 글귀로, 소리는 오디오로 접한다. 미신적 감상자들에게는 음악 듣는 도구에도 어떤 일치점이 있는 것 같다. 바로 아날로그의 결을 좀체 떠나지 못한다는 것. 아무리 노력해보고 적응하려 해보아도 사운드의 쾌감은 LP의 끈적한 느낌을 따를 것이 없다. LP냐 CD냐 하는 것은 음원 추출 과정에서 접촉, 비접촉이 빚어내는 원초적 느낌의 차이다. 덧붙여 복잡성이냐 단순성이냐의 문제도 함께한다. 카트리지(바늘)가 소리를 파내는 LP는 접촉이고 복잡이며, 광선이 스쳐 지나가는 CD는 비접촉이고 단순이다. 아무리 편견을 털고 공정하게 느껴보아도 공허한 CD 사운드에서 도취의 열광을 찾기란 힘겹다. 사실 오디오계에서는 이미 판정이 끝난 쟁점이기도 하다.

최근에 턴테이블을 한 대 더 들여놓았다. 이제 총 넉 대의 턴테이블에 여섯 대의 톤암을 걸어놓고 번갈아가며 음반을 튼다. 먼저 턴테이블을 구동시키는 원리를 알아야 한다. 판이 올려지는 면을 플래터라고 부르는데 이 플래터를 어떤 방식으로 돌려주는가에 따라 음질의 성향이 크게 갈린다. 가장 초기 방식이면서 빈티지 오디오 애호가들이 가장 선호하는 것이 아이들러 방식이다. 모터가 고무로 된 링을 돌려

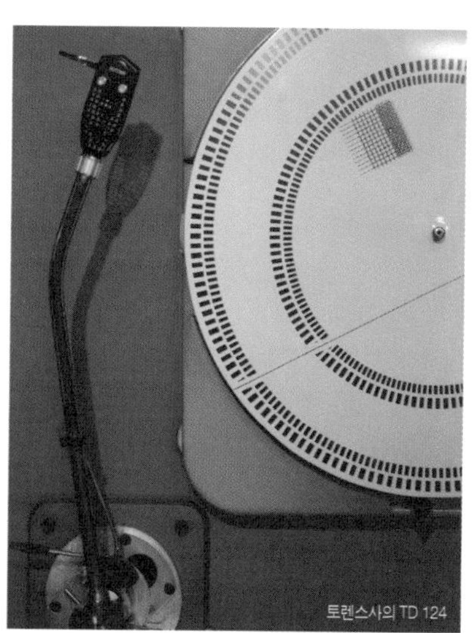
토렌스사의 TD 124

누보 블라띤느

EMT 927

켄우드 L-07D

주고 그 링이 플래터와 맞물려 돌아가도록 고안된 방식이다. 아이들러 턴테이블에서는 아랫도리 저역이 꽉 찬 듯 무겁고 단단하고 깊이 있는 소리가 재현된다. 단점은 우릉우릉 하는 잡음, 소위 럼블이 발생하기 쉽다는 점인데 그 정도 문제는 소리의 깊이감으로 감내할 수 있다. 내가 사용하는 아이들러 턴테이블은 1940년대 독일에서 방송국용으로 딱 8백 대를 만들었다는 EMT 927이다. 당대 최고급 최고가 턴테이블이어서 군소 방송국들은 하위 모델인 EMT 930으로 달랬다는 소위 전설의 명기다. 지금도 전 세계 애호가들은 EMT 927 턴테이블을 필생의 최종 목표로 삼는 경우가 많다. 그야말로 '아기다리 고기다리' 하여 이 물건을 입수하던 때의 감격이 삼삼하다. 여기에 SME 997과 297 두 대의 롱 톤암을 부착하여 스테레오는 EMT TSD 15 카트리지를, 모노는 오르토폰의 1950년대 초반 모노 카트리지를 사용한다. 아마도 EMT 927 같은 항공모함급 턴테이블은 다시 만들어지기 힘들 것이다. 그때의 장인들은 이제 세상에 없으니까.

아이들러 방식에서 더 진화하여 그 후에 개발된 것이 벨트 드라이브 방식이다. 모터와 플래터 사이에 고무 벨트를 감아 돌리는 방식이다. 아이들러 같은 리지드 방식(고정되어 있는)의 빽빽한 느낌에서 해방되고자 플래터를 플로팅(띄워놓은)시킨 것인데 사운드는 낭창낭창 여리고 섬세해진다. 거의 대부분의 턴테이블이 벨트 방식이라고 보면 된다. 나는 미국산 VPI의 HF 4 모델을 사용한다. VPI사에는 T. N. T.라고 부르는 플래그쉽 모델(최상위 모델)이 따로 있다. 내게는 뼈아픈 기억이다. 어떤 실수로 T. N. T. 값을 주고 하위품인 HF 4를 구입했던 것이다. 오디오를 하다 보면 어이없게 옴팡 바가지를 쓰는 경우가 종

좀 있다. 어쨌거나 HF 4에 SME 5 톤암을 부착해 오르토폰 주빌리 카트리지를 사용한다. 뭔 소리인고 싶다면 세상에서 제일 좋다는 쇼트암에 중상급 현대 카트리지를 사용하는 거라고 알면 된다. 아주 개방적이고 울림이 커다란 사운드로서 음흉한 EMT 턴테이블 쪽과 크게 대조를 이룬다.

아이들러와 벨트 방식의 장점만 취하겠다고 개발된 턴테이블이 있다. 모터가 아이들러 고무 링을 돌리고 그 링이 벨트에 감겨 플래터를 돌려주는 복합 방식이다. 지난 몇 년 동안 국내 애호가들 사이에서 회오리바람을 일으켰던 스위스 토렌스사의 TD 124가 그것이다. 한때는 영국제 가라드 301이 아니면 안 되는 것처럼 여기던 시절이 있었는데 그 가라드를 밀쳐낸 놈이 바로 TD 124이다. 턴테이블을 얹는 바디가 중요해서 내 경우는 거대한 자작나무 한 그루를 통째로 적층해 좀 과한 크기의 몸체가 만들어졌다. 롱암으로 SME 3012R, 쇼트암으로 독일 클리어오디오사의 초현대식 티타늄 톤암을 사용한다. 각각 SPU 실버 마이스터, 고에츠 실버그라도 카트리지를 사용한다. 중립적인 사운드라고나 할까. 토렌스를 사용할 때면 이렇다 하게 치우친 느낌이 들지 않는다. 그만큼 안정적이기도 하고 어찌 보면 평범한 음색으로 여겨질 수도 있다. 지금도 이베이에 꾸준히 매물이 나오는데 그리 비싸지 않은 터라 언젠가 아날로그에 도전하겠다는 의지가 있다면 고려해볼 만한 턴테이블이다. 세상에는 꼭 치우친 사람이 있다. 이 TD 124 턴테이블 모터의 윤활유로 순록의 머릿기름이 최고라 하여 그걸 한 드럼이나 구해놓았다는 일본 애호가의 무용담을 읽은 적이 있다. 국내 애호가 한 분이 TD 124 모터 전용 기름을 왕창 수입했다고 광고를 했다. 나도 그걸 덥석 샀는데 그 분량이라니……. 한 백 년쯤 사용하면 절반이나 쓰게 될까.

터테이블 모터 구동 방식으로 최종의 것이면서 실패한 방식이 다이렉트 드라이브이다. 아무런 중간 단계 없이 모터와 플래터가 직접 연결된다. 그만큼 정밀해야 하고 기능적으로 탁월해진다. 그런데 실패했다. 일본의 저가품 공세 때문이었다. 다이렉트 방식이 개발되어 EMT사가 950 모델 같은 최고급 선수를 내던 시기에 일본은 값싼 보급품 턴테이블에 다이렉트 방식을 도입했다. 원가 절감형 보급품에서 좋은 소리가 나올 수 없다. 다이렉트 턴테이블은 곧 싸구려이고, 디스코텍 같은 데서나 사용하는 물건이라는 등식이 성립됐다. 하지만 불굴의 의지의 소유자가 꼭 있게 마련. LP 시대가 종말을 고하던 무렵 일본 켄우드사의 엔지니어들이 상상할 수 있는 최고의 항공모함급 다이렉트 드라이브 턴테이블을 개발해냈다. L-07D 모델이다. 켄우드 측은 사용하기 불편한 것도 극한까지 가보기로 연구한 것 같다. 기존 턴테이블에는 없던 디스크 휨 보정 장치를 개발해 판 한 장 트는 데 모두 네 번의 복잡한 단계를 거쳐야 한다. 이 괴상하고 무겁고 불편한 턴테이블의 장점을 찾아내 열광적으로 추천한 인물이 미국 최고의 오디오 평론가 켄 케슬러이다. 켄 케슬러가 주력기로 사용한다면 굉장한 제품이 아닐 수 없다. 자국에서 버림받고 많이 만들지도 않은 물건이 미국에서 되살아나 현재도 L-07D 동호회와 전문 사이트가 활발히 활동 중인데 나는 그런 꼴을 두고 못 본다. 일본까지 가서 구해온 애호가의 물건을 최근에 덜컥 구입하고 말았다. 화려하다고 할까, 유연하다고 할까, 아직은 연구 중인 턴테이블이다.

오디오파일(애호가)이 아닌데 아직까지 이 글을 읽고 있다면 당신은 대단한 참을성을 가진 사람이다. 자신이 아는 분야를 들어 유추해 보라. 한발 더 들어간 세계는 말로 표현하자면 이루 말할 수 없이 장황해진다. 내가 사용하는 턴테이블 소개를 해봤지만 사실 고급 턴테이블에서 필수적으로 고심하는 과정인 승압트랜스 선택 문제, 케이블 문제, 공명 차를 고려한 지지대 세팅의 문제 등은 거론도 하지 못했다. 어쨌거나 논점은 무엇에 붙들려서 혹은 무엇을 채우면서 살아 있는 날들을 보내고 있느냐는 것이다. 건 씨 아저씨로 팍팍하게 살아가는 요즘 심경을 말했었다. 음악조차 억장을 두들겨 패지 않더라고 한탄도 했다. 더러더러 인생도 쉬는 것을, 그래 들리지 않으면 듣지 않으면 되리라일까. 천만에! 그러다 멀어진다. 그러다 다른 길로 샌다. 음악 몇 년 몰두하다 쉽사리 딴청에 빠져 영영 돌아오지 못하는 사람을 여럿 봤다.

프로스트는 단풍나무 숲 사이로 두 갈래 길이 있었다고 했다. 한 길을 선택해야만 했고, 그래서 가보지 못한 길을 그리워하노라고 너스레를 떨었다. 아서라, 가보지 못한 길이란 없다. 길이란 걸어가야 길인 것이니 길을 걷지 않은, 걸어보지 못한 사람이 많을 따름이다. 이것저것 기웃거린 삶은 길을 걸어간 것이 아니고 뱅뱅 제자리 맴돌이를 한 것뿐이다. 다만 도정의 변주는 있을 수 있다. 음악이 들리지 않을 때, 건하고 곤하고 피폐할 때 변주가 있을 수 있다. 그것이 음악에서는 오디오질이다. 오디오에 몰두하는 동안은 음악을 들을 수 없다. 오직 사운드 체킹만이 존재한다. 음악은 듣다 멈추다 다시 시작하는 과정이 비교적 용이하지만 오디오는 훨씬 복잡하고 많은 시간을 필요로 한다. 일단 물건의 위치를 움직이는 데 체력이 많이 소모되고 혼자 작업할 수 없는 일이 많아 만만한 지인에게 비굴한 전화를 자주 해야 한다. 과거에는 사진작가 윤광준이 내 오디오질의 밥이나 마찬가지였다. 그가 베스트셀러를 내고 사회 저명인사로 인생이 분주해지자 한번 모시기가 별 따기여서 아니꼬운 마음 그지없다. 요즘은 내가 출연하던 케이블 TV 사장과 배짱이 맞아 무려 '사장님'께서 운전기사 노릇 겸 짐꾼 노릇 겸 저쪽에서 선을 붙들고 납땜의 대기조 노릇을 하는 일이 잦다 (그에게 삶의 축복과 평화를!).

당분간 줄라이홀은 오디오룸에 충실해질 공산이 크다. 그것으로 삶의 시간을 채울 것이다. 그렇게 살아왔고 그렇게 살아갈 것이다. 그래도 모차르트는 계속된다.

내 이름은 '톤팔이', 실은 나 불안하다

다시 또 빡세게 오디오를 하고 있는 중이다. 이쪽 쟁이들은 다 알지만, 한번 병통의 시절이 도래하면 '도가도 비상도 명가명 비상명'의 시간이 흘러간다. 번역을 하자면 똥오줌 못 가리게 된다는 말이다. 오디오 쪽으로 걸쳐져 있는 모든 관계가 총동원되고 수집 가능한 모든 자료가 학위논문 수준으로 쌓인다. 그럼에도 먹고사는 일은 계속해야 한다. 잠을 줄이고 동선을 최소한으로 축약해 움직인다. 오디오질 하는 동안은 일상이 잠수 타는 것과 비슷해진다. 존재하나 흡사 사라진 사람처럼 존재하는 것이다.

출발은 턴테이블 쪽에서다. 1970년대 말, 일본의 오디오 메이커인 켄우드사 사장이 EMT 927 턴테이블을 쓰고 있었다. 그가 탄식을 하며 외쳤단다. "와 우리 회사는 요런 환장할 턴테이블을 못 만든다냐!" 그 말에 난리가 나서 켄우드 전 기술진이 몰입 훈련 끝에 만든 것이 L-07D라는 모델이다. EMT 927을 나도 진즉에 사용하고 있는 터라 구동 원리가 전혀 다른 이놈이 도대체 어떤 가능성을 보여줄지 궁금할 수밖에. 그런데 그걸 구하게 됐다. 전 주인이 모터는 미국에 보내 정비하고 톤암 베이스 같은 부속물들은 영국에 주문해 맞춰놓은 극상품이었다. 물론 결과는 예상 이상으로 베리 베리 굿! 물개처럼 유연하게 미끄러져 돌아가는 플래터 위의 LP 소리골이 너무도 정숙하고 차분했다.

대개 이런 일이 서막이다. 좋으면 더 좋아야 한다는 게 오도팔(誤道八, 오디오파일)의 습성이라 뭔 짓이든 더 하고만 싶어진다. 잘난 켄우드에 톤암을 하나 더 추가하기로 결심했다. 일이 이상하게 잘 풀려갔다. 켄우드를 넘긴 전 주인이 내 커피 생활을 부러워한다. 놀러오면 이쪽저쪽 두 대의 머신에서 뽑어져 나오는 에스프레소를 한두 잔도 아니고 연거푸 줄창 주문해 마신다. 커피 쪽 호사를 조금 접기로 했다. 아껴 쓰던 이소막의 헥사곤 에스프레소 머신을 놓고 협상을 했다. 그가 가진 톤암과 맞바꾸자고. 그렇게 해서 구한 것이 다이나벡터 DV 505라는 톤암이었다. 이후 과정을 설명하기가 좀 복잡하다. 켄우드에 추가로 톤암을 부착하기가 여간한 일이 아니었다.

쇠를 깎아 직접 턴테이블을 만드는 구로동 진선공작소에 그 40킬로그램이나 되는 턴테이블을 끙끙대며 들고 찾아간 시각이 밤 열한 시경이었다. 여하튼 아침까지 작업을 했다. 진선의 유진곤 사장이라면 일본의 유명한 장인들이 부럽지 않은 진짜 재주꾼이다. 나사가 부적합하면 아예 새로 나사를 깎아서 사용하는 수준인데 그가 만든 옛날 명톤암의 복각품들이 일본으로 다량 수출된다. 명장과의 밤샘인들 불면의 괴로움이 없을쏘냐. 그런데 이러구러 그런 밤샘의 나날이 몇 달째 이어지고 있는 데야…….

9층 위에 10층 있고 10층 위에 옥상 있다. 잘 알려지고 유명한 턴테이블이라면 누구나 찾는 고정 품목이 있건만 그게 전부가 아닌 것이다. 장인 혼자서 전 과정을 다 하는, 그래서 아주 소량이 생산되지만 성능이 대단한 걸작이 턴테이블 쪽에도 있다. 프랑스 아니 유럽 오디오계에서 J. C. 베르디에 할아버지를 모르면 간첩이란다. 어떤 방송국 피디가 그의 존재를 알아보고 직접 파리의 제작실을 찾아가 만난 이야기가 인터넷에 떠 있다. 그 피디가 어렵사리 모셔온 베르디에의 작품이 '라 쁠라띤느'라는 무게 65킬로그램의 거함 턴테이블이다. 35킬로

그램짜리 플래터가 공중에 떠서 돌아가는 구조다. 군침도 세게 흘리면 단감이 입 속으로 떨어지는 수가 있는 모양이다. 베르디에 옹의 작품을 나도 구하게 됐다. '라 쁠라띤느'의 후속작인데 좀 경량으로 만든 '누보 쁠라띤느' 턴테이블이 떡하니 작업실 한복판에 놓이게 된 것이다. 게다가 따라 붙어온 두 대의 톤암이 오리지널 RF 297과 참 오랫동안 써보고 싶어 했던 명기 FR64K다. 바야흐로 턴테이블 명작의 향연이 펼쳐지는 판이다.

내 이름은 '톤팔이'. 명작의 향연 와중에 친구 윤광준이 내게 붙여준 별명이 '톤팔이'다. 보통은 한 개의 턴테이블을 사용하고 거기에 하나 혹은 두 개의 톤암을 부착한다. 그런데 이 뭔 '쥐랄?' 어쩌다 보니 넉 대의 턴테이블에 여덟 개의 톤암 사용자가 돼버린 것이다. 아홉 결레의 구두가 아니라 톤암 여덟 개의 사나이, 톤팔이란다. 그가 고생 좀 했다. 톤암이 여덟 개라는 건 바늘(카트리지)이 여덟 개가 붙는다는 말이다. 30년 오디오를 했지만 나는 톤암에 바늘 붙이는 일도 할 줄 모른다. 못하기도 하고 안 하기도 한다. 그 내력은 이렇다.

남이 쓰던 턴테이블을 구해와 기가 막히지 않은 적이 없다. 거의 전부 조정이 틀어져 있는 것이다. 턴테이블은 미세 조정의 산물이라 어떻게 다루었느냐에 따라 천양지차의 소리가 나온다. 오버행, 톤암 높이, 레터럴 각, 트래킹 포스, 안티 스케이팅 등등. 정밀한 조정을 하면 LP에서 잡음을 찾기란 힘든 법인데 대개는 얼렁뚱땅 대충 나사를 조여 소리를 낸다. 그러면서 위안으로 하는 말이 "LP란 잡음 듣는 맛이여……" 이런 순 엉터리 전설이 떠도는 것이다.

어째서 이런 일이 벌어지는 걸까. 턴테이블 조정이 여간 어려운 일이 아니기 때문이다. 대개는 오디오숍의 영업부장이 대충 달아놓은 대로 그냥 쓰는데 그들의 작업 시간을 보면 놀랍다. 턴테이블 한 대에 톤암과 바늘을 붙이는 과정이 빨리 해도 한나절인데 영업부장들은 몇 분 안에 뚝딱 해치우는 신기(神技)를 발휘한다. 어떤 치과의사가 사용하다 내 곁에 오게 된 '누보 쁠라띤느' 역시 말이 아니었다. 통상 밀리미터조차 세분해서 톤암의 오버행 각을 조정하는데, 무려 1센티미터 가량이나 각이 틀어져 있었다. 말도 안 된다! 필경 그 치과의사는 턴테이블 성능이 나빠서 소리가 일그러지고 불투명하다고 불평하며 내다 팔았을 것이다(그 덕에 내 품안에 들어온 셈이지만).

문제는 대머리 윤광준이 옛날의 윤광준이 아니라는 점이었다. 프리랜서로 십몇 년 세월이 흐르는 동안 《잘 찍은 사진 한 장》 같은 베스트셀러를 여러 권 낸 데다 강연이다 모임이다 분망하기 이를 데 없는 그다. 그런 저명인사를 모셔와 톤암 여덟 대를 조정해달라고 했으니……. 며칠 동안 고기에 회는 기본이고 환율이 올라 정신없이 비싸진 사이폰 커피기구 한 세트를 사서 상납해야 했다. 그래도 나는 온갖 비굴 모드를 동원해 오로지 윤광준만 찾는다. 단언컨대 턴테이블 조정 솜씨에 그를 따라갈 자가 이 땅에 없다고 나는 확신한다.

오도팔들의 탐욕과 호기심

쉘터 9000, 수펙스 SD 900, SPU 실버마이스터 같은 카트리지들을 새로 구하는 과정은 생략하기로 하자. 새로운 톤암들마다 새로 제작해 부착해나간 반덴헐 포노케이블 입수 스토리도 넘어가기로 하자. 독일 클리어오디오사의 초현대식 카본형 톤암을 내보내고 오르토폰 RS 212라는 고전 톤암으로 교체하는 과정도 건너뛰자. 대부분 비용을 지불해서 해결했던 문제들이다. 어려움은 좋은 포노이퀄라이저 선택에 있었다. 턴테이블의 바늘이 소리를 내기 위해 연결되는 부분이 프리앰프인데 CD나 튜너 등은 그냥 연결하면 되지만 카트리지의 미세한 전류는 포노이퀄라이저라고 부르는 별도의 증폭회로를 거쳐야만 한다. 옛날 영미 쪽의 프리앰프들은 대개 포노부가 내장되어 있다. 내 프리앰프들도 물론 그렇다. 마란츠 7, 오디오리서치 SP 15에는 애초부터 충실한 포노부가 달려 있고 포노가 없는 독일계 마이학 101은 국내 장인이 'RIAA 커브'를 조정해 제작했다. 그런데 나는 '톤팔이'다. 여덟 개의 바늘을 동시에 소화하기 위해서는 별도의 포노앰프를 추가해야 한다. 포노앰프의 회로는 크게 세 종류로 나뉘는데 내 프리앰프들은 전부 CR 타입이라는 일반적인 구성이다. 별스럽고 더 우월한 것을 찾고 싶었다. 뭐가 있을까.

LCR 타입이라고 부르는 포노앰프의 원리가 있다. 무려 트랜스 열두 개를 접속시키는 아주 복잡하고 거창한 방식인데 이걸 만드는 회사가 없다. 상품이 되자니 도저히 채산성을 맞출 수 없는 탓이다. 영국의 파트리지와 더불어 트랜스 제작의 최고봉으로 불리는 일본의 타무라 트랜스사가 세계 최초로 완전 LCR 방식의 포노앰프를 만들었다는 글을 읽은 적이 있다. 물론 그림의 떡이다. 그런데 바로 그와 같은 수준의, 어쩌면 타무라를 능가할지 모르는 LCR 포노앰프 제품이 국내에도 있었다니! 올닉 오디오에서 값비싼 니켈코어를 감아 만든 H3000이라는 모델이 바로 풀 LCR 타입의 포노스테이지로서 LP 사용자에게는 궁극의 목표물이 될 만한 물건이었다. 문제는 가격에 있다. 그럴 수밖에 없다지만 좀 과하게 비싸다. 그런데 지금 올닉의 바로 그 H3000이 '누보 쁠라띤느' 위에서 위풍당당 위용을 뽐내는 중이다. 무슨 재주를 피웠느냐고? 재주가 있기는 했지. 그 얘긴 좀 나중으로 미루고…….

올닉으로 호사한 것으로도 모자라 또 한 대의 포노앰프를 추가했다(그래 미쳤다). 내 프리앰프들과 같은 CR 타입이기는 해도 워낙 유럽 오도팔들의 환성을 받는 일제 물건이어서 탐욕과 궁금증을 참을 수 없었던 것이다. 유럽 동지들의 안목과 제작자의 명성에 기대기로 했다. 내력은 이렇다. 우리나라에 장충, 이광수 같은 앰프 제작의 대표적 명인이 있듯이 일본에는 켄 신도와 우에스기가 가장 유명한 인물이다. 두 사람 다 연구소 간판을 내걸고 자기 이름의 앰프를 만든다. 흥미롭게도 우리의 장충 선생은 켄 신도의 능력을 전혀 인정하지 않는다. 오디오 쪽에서는 장 선생의 고매한 인품을 다 아는데 민족감정과는 전혀 상관없는 일인 듯하다. 심지어 켄 신도의 방한 시에 두 분이 다퉜다는 뒷얘기까지 들었다. 한편 우에스기의 앰프는 우리나라에서 도무지 인기가 없다. 한국인의 소리 취향에 안 맞는다는 세평인데 그게 무슨 의미인지 잘 모르겠다. 그러거나 말거나 해외 사이트, 특히 유럽 쪽을 뒤지면 신도와 우에스기에 대한 열광은 대단하다. 나도 그들의 앰프 몇 종을 써본 경험이 있다. 대체로 결이 곱고 품위 있는 사운드에 포커스를 맞춘 듯했다. 뒤집어 말하면 역동적인 맛이 덜하다는 의미다.

올닉 포노앰프에 주야장창 빠져들어 날밤을 새우던 차에 우에스기가 만든 Y-6 포노앰프에 갑자기 '필'이 꽂혔다. '필' 가는데 앞뒤 가릴 수가 없다. 굳이 이유를 찾자면 올닉의 H3000이 두텁고 무거운 소리를 낸다면 우에스기는 양명하게 하늘거린다. 남자와 여자의 조합인 셈이다. 내 하츠필드 스피커가 극단적으로 남성적인 소리를 내는 반면에 유러딘 스피커는 신경질적인 여성 목소리에 가깝다. 그런 대조가 포노부에도 필요했던 모양이다. 결국 우에스기 포노앰프도 들여놓아야 했다. 프리앰프가 세 대이니 톤암 셋을 걸 수 있고, 올닉에 두 대, 우에스기에 세 대, 도합 여덟 대의 톤암 사용이 가능해졌다. 톤팔이에게 딱 맞는 조합이 됐다!

그사이 1930년대 텔레풍켄의 필드형 풀레인지 스피커 시스템을 완성했다. 타무라 트랜스를 병풍처럼 깔아놓은 선오디오의 300B 모노모노 앰프도 새로 들였고, 황인용 선생이 한동안 쓰던 RCA의 350B 싱글앰프도 들여놓았다. 마이학 프리앰프와 웨스턴일렉트릭 16575 파워앰프의 결선을 바꿔 인풋 아웃풋 트랜스 결합을 했다. 쉬고 있던 암펙스 6973 앰프를 부평의 기주오디오연구소에서 오버홀 했다. 각종 케이블과 단자를 파비안에서 교체했고 오디오랙을 추가로 구입했다. 또 뭐 하고 뭐 하고 뭐 했다……. 뭔가 더 많은 일들이 있었는데 기억조차 나지 않는다. 그렇게 시간은 흘러갔다. 참 잘했다…….

돌아가신 할아버지가 천하의 친일파여서 어디 숨어 있던 땅벼락이라도 떨어졌던가. 그런 일은커녕 평생 부모를 부양해온 처지다. 그럼 로또 당첨이라도 됐던가. 한 번도 복권을 사본 일이 없다. 혹시 눈먼 돈이라도 생겼는가. 일생 딱 두 번 일하지 않고 생긴 돈이 있었는데 한번은 앰프를 샀고 또 한번은 LP를 샀다. 그것도 아주 옛날 일이다. 그럼 대체 뭐냐고?

사방에서 펀드 소리가 메아리쳐 들려왔다. 펀드펀드펀드……. 내게는 '펀드펀드' 하는 소리가 뻐꾹뻐꾹 숲속의 새소리처럼 들려왔다. '주식주식주식' 하는 소리도 만발했는데 내게는 '이 자식 저 자식 자식자식' 하고 욕하는 소리로 들려왔다. 부동산 '땅땅땅' 하는 소리는 머리를 땅하게 아니, 띵하게 만들곤 했다. 어쨌든 새소리 욕소리 띵소리려니 하면서 흘려듣고 살았다. 그저 나는 오디오만 했다. 언제부터인가 경제가 나빠져서 새소리 욕소리의 가치가 반 토막 났다, 휴지조각이 됐다 하는 소리가 마구 들린다. 아하, 톤팔이 인생이 훨 나은 거로구나. 절대 누구 약 올리려는 건 아니지만, 음반 사들이고 오디오만 했더니 반 토막 사태에 시달릴 일이 전혀 없는 게 아닌가. 그 정도가 아니다. 나는 자동차는커녕 운전면허도 따본 적이 없다. 골프장 근처에도 가본 일이 없고 비싼 음식점 호화로운 술집 출입을 해본 일도 없고 비싼 옷을 입어본 일도 없다. 도대체 음악 놀음 말고는 해본 일도 해보려 시도한 일도 없다. 이것이 목하 톤팔이가 될 수 있었던 내력이다. 재주 치고는 비상한 재주 아니겠는가.

무욕이라서가 아니겠지. 과욕이 한군데로 쏠려서 생긴 일이겠지. 털어놓자면 나이가 끔찍하게 많아지면서 겁이 더럭 나기는 한다. 인생에는 나중이라는 것도 있는데 더 늙어서 마누라 등쳐먹고 살 수도 없고, 그걸 봐줄 마나님도 아니고. 늙고 힘 빠졌을 때 가진 돈 없으면 비참해진다고들 한다. 그래서 한동안 저축이랍시고 통장에 잔고를 남겨놓는 노력을 해왔는데 톤팔이가 되는 과정에서 또다시 완전 거덜을 내버린 것이다. 하긴 나 정도는 약과다. 내게 켄우드와 다이나벡터를 넘겨준 동년배 독일 철학박사는 실직 상태인데 빚이 억대란다. 그게 몽땅 오디오 하다가 생긴 빚이란다. 그런데도 그는 화수분처럼 자꾸만 새 앰프와 스피커를 사들인다. 어쩔 거냐고 물으면 어쩌겠느냐는 게 그의 답이다. 아득한 노을이 사람 좋은 그의 눈가에 늘 서려 있다.

실은 나 불안하다. 깊은 한밤중에 빙글빙글 고고하게 돌아가는 넉

WC

대의 턴테이블들을 쳐다보노라면 내 불안도 따라서 빙글빙글 어지럼증을 일으키며 돈다. 이렇게 무대책으로 살아도 되는가. 자책감이 엄습하며 등골이 으스스해진다. 그러나 곰곰 생각해본다. 이 불안은 현재 닥친 상황 때문이기보다 아직 찾아오지 않은 미래에 대한 예견이 안겨주는 불안이다. 일종의 자기 창조적 불안이다. 그게 나만의 일은 아니었다. 독일 괴팅겐 대학에서 '불안 클리닉'을 운영하고 있는 정신과 의사 반델로브의 임상 기록 《불안, 그 두 얼굴의 심리학》을 뒤적거려 보니 지구촌 불안 동지들이 수두룩하다.

> 앙겔라라는 여성은 아주 건강한데도 하루에도 몇 번씩 금방이라도 죽을 것만 같은 불안에 시달린다. 지니라는 여성은 말벌한테 입 안을 쏘여 질식사할까 봐 두려워서 여름휴가 내내 집 밖에도 나가지 않았다. 베른하르트라는 남자는 자신이 비밀경찰한테 쫓기고 있다고 생각하며, 외계인이 자기 머릿속을 투시하여 자신의 생각을 인터넷에 퍼뜨릴까 봐 두려워한다. 위르겐이라는 남자는 전염병에 감염될까 봐 다른 사람을 만지지도 못한다. 엘케 씨는 죽음에 대한 두려움 때문에 약을 먹고 자살하려고 한다. 카를이라는 사람은 치과의사가 너무 무서워서 이를 모두 뽑아버렸다.

내 보기에 앙겔라도 베른하르트도 오디오를 할 것 같지는 않다. 아무 거라도 이유를 창조해서 불안해하는 사람들이다. 불안은 이유도 사람도 가리지 않는다. 유명인 가운데 불안에 시달리며 살다간 인물이 참 많다. 작가 브레히트, 사무엘 베케트, 카프카가 불안 장애에 시달린 대표적인 인물들이다. 비발디는 공황 발작을 일으키곤 했다. 다윈, 프로이트, 뭉크가 심한 불안 장애 환자였다. 바브라 스트라이샌드는 공연 중에 가사를 까먹은 탓에 사회공포증에 걸려서 20년간 공적인 자리에 나타나지 않았다고 한다. 작가 존 스타인벡은 이유 없는 공포에 사로잡혀 2년 동안이나 외딴 산속 오두막에 숨어 살기도 했다. 불안에 시달리는 사람들 사례가 아주 많이 위안을 안겨줬다.

이렇게 대책 없이 오디오를 하지 않았다면 불안하지 않았을까. 어쩌면 그 반대가 아닌가 싶다. 불안하기 때문에 미친 듯이 오디오를 한다고 말이다. 그럼 오디오가 먼저인가 불안이 먼저인가. 그게 그러니까 글쎄, 닭과 달걀 같은 관계더라고. 요컨대 지금 올바르게 살고 있지 못해서 나중에 나빠질 거라고 예견하는 것이 내 불안감의 전말인데 어쩔 거나. 그냥 불안을 살다, 이렇게 살아가면 안 될까. 꼭 올바르게 살아야만 하는 것은 아니지 않은가. 초등학교 시절은 이미 지났는데 올바르게 살아야 한다는 훈화 말씀을 거역할 수도 있는 것 아닌가. 죽도록 오디오 하는 사람은 많이 봤어도 오디오 하다가 죽은 사람은 보지 못했다. 그래, 불안을 살아가자! 번역하자면 뻔뻔스럽게 오디오를 하자!

좋은 소리 만들어보겠다고 오디오 구성에 생난리를 친다. 하지만 쟁이들의 탐심은 소리를 넘어선 영역으로 진화한다. AR 스피커를 사랑하면 그 설계자 에드가 빌처를 사랑하는 것이고 JBL을 애호하면 비극적으로 자살한 제임스 B. 랜싱의 선구적 정신을 추종하는 것이다. 마란츠 앰프는 소울 마란츠 선생님을, 마크 레빈슨이나 첼로 앰프라면 불우하고 드라마틱하게 살아온 마크 레빈슨 아저씨를 흠모하는 것이다. 그것이 자연스러운 과정이다. 걸작 기기들에는 그 제작자의 혼령이 배어 있는 것 같다. 가끔 나는 1927년 LA에 형제들과 함께 공장을 차렸던 제임스 랜싱의 숨소리를 느끼는 기분에 빠질 때가 있다. 어떤 때는 제작자가 곧장 튀어나오지만 또 어떤 경우에는 도무지 정체를 드러내지 않아 안타까움과 신비로움만 더해가기도 한다. 내 유러딘 스피커를 어지간히 사랑하지만 1930~40년대 독일 극장의 풍경이 아직도 잘 구현되지 않는다. 뭐랄까, 내 유러딘은 너무 현대적인 소리가 만들어진다. 그 시절 독일 사회와 문화에 대한 공부가 필요할 것이다. 진짜 공부가 필요한 대목이 이런 경우다.

솔직한 뒷담화 '증언'의 힘

오디오 쪽과는 비교도 할 수 없게 자료가 많은 것이 음악 영역이다. 기기를 통해 제작자를 떠올리는 판국에 음악은 말할 나위도 없다. 음악을 듣다 보면 그 곡의 작곡가와 연주가에 대한 관심은 자동으로 커진다. 그게 감흥을 배가시키는 길이기도 해서 작곡가 평전은 일반 교양물로도 넘쳐난다. 하지만 우리와 살아온 시점이 가까운 연주자들의 기록물은 그 생생함이 깨소금 맛이다. 가령 구스타프 말러의 음악을 사랑한다면 다른 어떤 평전보다도 말러의 제자이자 친구였던 지휘자 브루노 발터가 쓴 《사랑과 죽음의 교향곡》을 읽어야 한다. 거기에는 발터가 감추고 덮어주고 싶어 했던 '리얼 말러 스토리'가 알알이 배어 있다.

그런 종류로 두고두고 아끼는 것이 '리흐테르'라는 제목의 책이다. 이제는 세상에 없는 피아니스트 스비야토슬라브 리히터Sviatoslav Richter의 회고담과 수첩 기록을 엮은 것이다. 생전에 그의 연주장에 못 가본 것이 정말 한이다. 그는 1960~70년대의 음악적 아이콘으로 추켜올려 손색이 없는 초대형 피아니스트다. 수첩의 기록은 1970년 12월 24일, 크리스마스이브에서 시작된다. 아예 첫 줄 첫 문장을 그대로 옮겨보자.

J. S. 바흐의 칸타타 BWV 51 중 두 아리아 〈만국에서 주님을 환호하며

맞이할지라〉, 〈경의를 가지고 찬양할지라…… 알렐루야〉에 대하여.

1. 이 두 아리아는 쌍둥이다. 둘 다 C 장조로 되어 있다.

2. 트럼펫과 소프라노가 명인의 기량을 겨룬다.

3. 천재에게서 나온 가벼움이 느껴지는 음악이다. 그 느낌이 너무나 분명해서 작곡자가 사전에 숙고를 전혀 거치지 않고 작곡한 작품이 아닐까 하는 생각을 갖게 된다(숙고를 했다 할지라도 곡을 쓰는 순간에는 아마 그것을 잊어버렸을 것이다). 이 곡은 우리 귀로 들어왔다가 이내 다시 나간다. 공기나 하늘이나 햇볕 같은 음악이다. 우리가 생각조차 하지 않고 받아들이는 것. 아마도 이것이 완벽함의 극치이리라.

바흐의 칸타타. 언제 들어도 좋은 곡들이고, 하나도 빼놓지 않고 들어야 할 곡들이다. 이 곡들은 충만함과 조화와 내면의 규율로 우리를 이끈다. 그런데 양이 너무 많아서 그것들을 모두 익히기가 사실상 불가능하다. 얼마나 애석한 일인가!

리히터는 얼굴이 꽤나 심술궂게 생겼다. 과연 그의 회고에는 심술과 불평이 덕지덕지 배어 있다. 내가 숭배에 가까운 마음으로 좋아하는 첼리스트 다닐 샤프란Daniil Shafran에 대해 리히터는 온갖 험구를 한다. 샤프란은 청중에게 예쁜 고음을 들려주는 데만 신경 쓰는 자이고 항상 시시콜콜하게 반주자의 잘못만 따지고 드는 강박증 환자라는 것이다. 함께 오래 활동하며 친하게 지냈던 첼리스트 로스트로포비치에 대해서는 비교적 호의적이지만, 이런 말도 한다. "그는 언제나 가장 크고 좋은 몫을 차지하려고 했고, 음악과 전혀 상관없는 야심을 품고 있었다. 그건 내가 참고 받아들일 수 없는 것이었다. 나는 마음에 들지 않는 일은 도무지 할 수가 없다."

리히터의 회고와 수첩 기록에는 가가대소를 참을 수 없는 내용이 많다. 바이올리니스트 다비드 오이스트라흐David Oistrach. 그는 하이페츠Jascha Heifetz와 더불어 양대 산맥을 이룬 바이올린 연주사의 전설이다. 첼리스트 로스트로포비치의 존재감은 새삼 재론할 필요도 없을 것이다. 거기에 피아니스트가 리히터다.

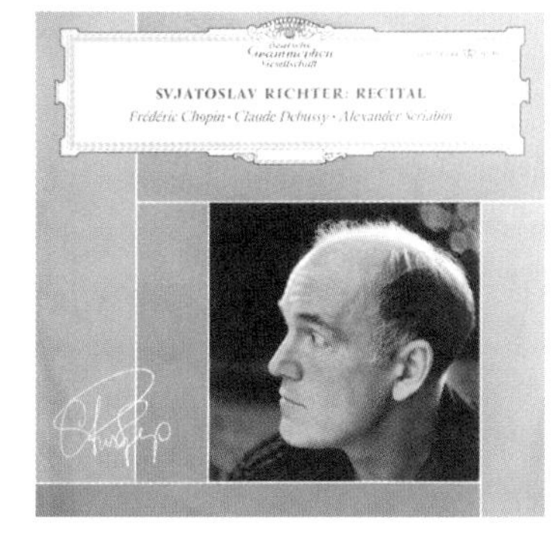

이 세 사람의 소련 거물들이 한자리에 모인다면? 그러나 그들은 한 번도 그렇게 하지 않았었다. 너무 큰 행성들이라 근접하면 지진이 날 것 같아서였던 것 같다. 이들의 용쟁호투를 실현시킨 인물이 지휘자 카라얀이었다. 베토벤의 〈피아노, 바이올린, 첼로를 위한 삼중 협주곡〉의 공연과 레코딩을 카라얀이 성사시켰다. 그런데 이 멋진 조우, 대단한 협연을 리히터는 이렇게 한마디로 표현했다. "그야말로 하나의 악몽일 뿐이었다." 이 연주는 카라얀과 로스트로포비치가 한 편이 되고 오이스트라흐와 자신이 다른 편이 되어 벌인 전쟁과도 같았다고 리히터는 술회한다.

음악 좀 듣는다면 누구라도 갖고 있는 이 희대의 명반, 네 명의 거장이 피아노 주위로 다정하게 포즈를 취하고 있는 이 악몽 레코드의 전말은 이렇다. 리히터가 보기에 카라얀은 베토벤의 의도를 명백하게 잘못 이해하고 있었다. 템포의 자연스러운 흐름을 지휘자가 자꾸 거스르는데 그것은 스스로를 높이기 위해 일부러 거드름을 피우는 것이라고 리히터는 판단했다. 게다가 로스트로포비치는 들러리 역이어야 할

첼로를 교묘하게 전면에 부각시키려고 했다. 아울러 약삭빠르게 카라얀의 입맛에 맞추려고만 들었다. 자포자기한 리히터는 아예 주력 악기인 피아노가 뒤로 물러나 있는 듯이 연주해버렸다. 카라얀은 전혀 사태를 파악하지 못한 채 서둘러 연주를 끝마치려고만 했다. 사진 촬영 시간을 벌어야 한다는 것이다. 다시 한 번 제대로 녹음하자는 리히터의 제안은 받아들이지 않았다. 그렇게 해서 찍게 된 음반의 다정한 표지 사진에 대해 리히터는 이렇게 말한다. "카라얀에게 중요한 것은 사진이었다. 그 사진을 보면 카라얀은 멋지게 포즈를 취하고 있고 우리는 바보들처럼 미소를 짓고 있다. 얼마나 역겨운 사진인가!"

근데 이건 참 누구 편을 들 수도 없고…… 비실비실 웃음만 새나온다. 진실남으로 소문난 리히터가 없는 말을 지어냈을 것 같지는 않다. 하지만 다른 연주자도 자기 입장이 있지 않겠는가. 그저 천재든 대가든 전설이든 영웅이든 동네 놀이터 꼬마들의 병정놀이에서 일평생 별로 벗어나지 못한다는 증거다. 꽤 두꺼운 리히터의 책에는 므라빈스키, 쇼스타코비치, 슈바르츠코프, 에셴바흐Christoph Eschenbach, 미켈란젤리Arturo Benedetti Michelangeli, 피에르 불레즈Pierre Boulez 등등 이루 헤아릴 수 없이 많은 대가들에 대한 거침없는 품평이 수두룩 빽빽하게 흘러나온다. 그래서 그게 어떤 의미가 있느냐고? 순수한 음악 감상에 방해가 되지는 않겠느냐고? 내게는 그렇지 않았다. 음반을 들을 때 연주자가 구체적인 사람으로 다가오는 것이 바로 솔직한 뒷담화 '증언'의 힘이었다.

'레이디 싱즈 더 블루스'라는 제목의 빌리 홀리데이 자서전을 읽었을 때 나는 어렸다. 빌리 홀리데이는 당시의 신인 가수 사라 본이 건방지고 자기중심적이라고 마구 비난했다. 다이나 워싱턴의 철없는 사

치 행각에 넌더리를 내는 말도 토해냈다. 그때는 글을 쓴 홀리데이의 입장에 동화되어 사라 본의 노래가 좀 이상하게 들리기도 했다. 하지만 이제는 말하는 자나 그 말의 화살을 맞는 사람이나 공평하게 다가온다. 화살이나 칼로 치고받는 방식으로 우리는 한동아리를 만들어 한 세상을 함께 살아간다. 자연스러운 것이다. 예술의 추구도 다를 것이 없다. 오히려 화살과 칼의 진상을 은폐하는, 위장된 침묵의 카르텔이 더 큰 문제다. 바로 한국 사회의 모든 동종 분야가 공개된 장에서 저희들끼리 치고 있는 차단막이 수상해 보인다. 방송의 책 프로그램에 주로 출연해왔던 내가 어느 시점부터인가 '비판'을 포기해버렸다. 저자의 항의가 두려워서가 아니다. 바로 시청자의 항의 댓글들 때문이었다. 시청자들은 왜 비판을 하느냐고 비판 자체를 언짢아한다. 그리고 좋은 말만 듣고 싶어 한다. 의견의 솔직함이 허용되지 않는 사회 분위기. 그 근본 원인은 무엇일까.

음악도 좋지만 요즘 같아서는 오디오가 훨씬 더 큰 몫을 한다. 치워도 치워도 기기 잔해가 사방에 굴러다닌다. 줄라이홀은 말하자면 다른 세상이다. 3극관 앰프 시절에서 5극관으로 넘어와 독일 클랑필름 엔지니어들이 심사숙고해서 만들어놓은 KV 502 파워앰프가 우리나라에서만 전혀 인정받지 못한 채 찬밥 취급을 당하고 있다. 나는 그걸 터무니없이 싸게 구입해 하츠필드 스피커의 혼을 울리는 데 제대로 활용하고 있다. 일테면 혼자 느끼는 자부심과 도취의 기분이다. "늬덜 클랑 502의 실력을 알기나 알어?" 불과 3와트밖에 나오지 않는 2A3 싱글 자작앰프를 한 달 총수입에 가까운 금액으로 구입해 알텍 A5 스피커를 순백의 여린 사운드로 만들어버렸다. 그래서 희희낙락이다. 지난날 나는 가난이 뭔지 알 만큼 혹독하게 살았다. 이 정도 화려와 풍요, 사치, 거 용서가 되잖아, 나여.

스피커, 오래된 것들의 오래된 이야기들

"You changed nothing!"

줄라이홀 문을 열고 들어서며 이토가 외친 첫마디였다. 1991년, 우리가 처음 만났을 때 그가 묵었던 광화문의 내 독신 아파트 풍경을 그는 떠올렸다. 1998년이던가 결혼하여 신부와 함께 찾아온 이토가 구경한 그때의 공덕동 작업실 풍경도 그는 역시 기억해냈다. 예나 지금이나 모든 풍경이 똑같다고 한다. 실제로 내용물은 대부분 달라져 있었다. 오디오 기기는 전부 다른 것이고 음반의 양은 상상할 수 없이 늘어났다. 하지만 이토 눈에 '킨상(이토가 나를 부를 때 이런 소리를 낸다)'의 공간은 언제나 똑같아 보이는 모양이다. 수많은 기기들, 음반들, 그리고 정신없이 쌓여 있는 책들, 거기에 우중충한 용도 불명의 소품들까지. 그렇구나. 나는 언제나 똑같다. 하나도 변치 않고 똑같아 보이는 세월을 몇십 년째 흘려보내고 있구나.

이토와는 꽤 여러 해째 소식이 끊겨 있었다. 일본에 들르는 일이 있으면 만나곤 했었는데 내 불찰이 컸다. 영문 편지에 답장하는 일이 여간 고되지 않아서 여러 차례 미루었더니 그예 연락이 두절되고 말았던 것이다. 재작년에 두 차례나 도쿄를 들렀지만 미안한 마음에 연락도 못하고 말았다. 결국 아무것도 변경하지 않는 내 성향이 우리를 다시 연결해주었다. 모처럼 긴 휴가를 얻게 된 그가 혹시나 해서 나의 옛 핸드폰 번호로 국제전화를 걸었다가 곧장 통화가 됐던 것이다.

이토와의 인연을 거슬러 가본다. 내게 처음이자 마지막이자 유일했던 직장 생활이 출판사였다. 산더미처럼 자료 도서를 쌓아놓고 검토를 하는데(정확히 말해 커닝할 거리를 찾는데), 괜찮다 싶어 골라놓은 책 뒷면에는 항상 같은 사람 이름이 후덕한 할아버지 캐리커처와 함께 기획자로 적혀 있었다. 나나오 준(七尾 純). 일본의 유명한 아동 도서는 죄다 나나오 준 선생을 거쳐 나오는 모양이었다. 그의 아이디어를 무단으로 활용하는 것이 죄스러웠을뿐더러 마음 깊이 우러나는 존경심을 참을 수 없어 긴 편지를 보낸 적이 있다. 그 인연이 만남으로까지 이어지게 됐다. 88서울올림픽이 열리던 해 나나오 선생이 서울을 방문한 것이다. 좋은 인연은 거기서 그치지 않았다. 당시 나고야 공대 대학원생이던 나나오 선생의 아들이 배낭여행 삼아 서울로 나를 찾아왔다. 사시나무처럼 가냘파 보이는 청년이었는데, 함께 간 성균관대 앞 카페에서 나의 권유로 노래를 부르다 불같이 노한 주인장에게 쌍욕을 들으며 쫓겨났던 일이 있다. "어디 감히 왜놈 노래를 부르느냐"는 우국지사의 불호령이었다. 그때 엉엉 우는 그를 달래다 우리는 형제처럼 가까워졌다. 대학원생 이토 요분은 세파를 하나도 겪지 않은 것 같아 보였다. 내가 좀 늦은 나이로 장가를 들었을 때도 제일 먼저 새신부를 대동하고 도쿄의 나나오 선생을 찾아뵈었고, 물론 나고야에 사는 이토도 찾아가 며칠을 함께 보냈다. 가녀린 나무나 풀 같아 보이는 이토를 두고 나는 '플랜트'라고 불렀는데 그는 나를 향해 '마이 애니멀 프렌드'라고 놀렸다. 온갖 과잉으로 넘쳐나는 천성을 그도 알아본 것이다.

나나오 준을 통해 알게 된 일본 출판계의 전문인들, 이토를 통해 만났던 대학원생들, 그들은 좋은 일본을 대변하는 것 같았다. 그들은 나를 만나기 전에 열심히 한국을 공부하고 나왔다. 가령 "한국에 고추가 전래된 것이 불과 3백 년 전인데 왜 그렇게 맵게 먹느냐?"고 묻는다. 내가 알 턱이 있나! "중국과 일본은 모두 긴 나무젓가락을 쓰는데 왜 한국만 가느다랗고 짧은 쇠젓가락을 사용하는가? 뜨거운 것 먹을 때 불편하지 않나?" 아휴, 생각이나 해봤나! 김유신 장군에 대해, 세종대왕에 대해, 혹은 인사동의 유래에 대해 미주알고주알 캐묻는데, 에고야, 뭐 아는 게 있어야 말이지. 나고야 공대생들은 아마도 한국 사람은 자기 나라에 대해 별로 관심이 없다고 생각했을 것 같다.

지난주, 이토와의 나흘간은 흡사 안타깝게 헤어진 옛 애인과 재회한 것처럼 빠르게 지나갔다. 그도 벌써 서른여덟 살의 중견 사회인이다. 첫 인사 때 박사 과정이었던 그의 아내는 대학 교수가 되었고 이토도 소니사의 중견 엔지니어로 성장했다. 하지만 녀석의 외양은 전혀 달라지지 않았다. 싱겁게 웃기기를 잘하는 점도 똑같다. 세월도 그도 고대로 정지해 있는데 흡사 그의 사회적 지위만 불쑥 위로 치켜진 것 같은 느낌이 든다.

부여집, 열차집, 영동골뱅이

"아무것도 변하지 않았군요!" 하는 이토의 탄성 때문에 새삼 뒤를 돌아보게 된다. 그러고 보니 그렇다. 나는 평생 처음 개설한 은행계좌 하나만을 몇십 년째 그대로 쓰고 있다. 신용카드 역시 그 계좌로 만든 것 하나뿐이다. 핸드폰 번호도, 유선 전화번호도 처음 받은 그대로이고, 이메일 역시 처음 만든 유니텔의 유료 계정 하나뿐이다(왜 돈을 내고 이메일을 쓰느냐는 지적을 자주 받는데 바꾸기 싫어서 할 수 없이 매달 만 4백 원을 낸다).

하나만 고수하는 대상으로는 단연 입 사치를 빼놓을 수 없다. 맛난 것이 먹고 싶을 때 일 삼아 찾아가는 단골집이 셋 있는데 모두 몇십 년째 같은 집이다. 청계천 6가 천막골목 안쪽, 마른 날도 언제나 질척질척한 철공소들 사이에 돼지곱창 볶음 전문 '부여집'이 있다. 1980년 봄날, 세상을 피해 백양사에 딸린 암자에 한동안 숨어 지낸 일이 있다. 그때 나를 데려갈 상이군인을 소개받은 장소가 부여집이었다. 그때 이래 지금까지 나는 억척스러운 단골이다. 특히 하루 데이트의 최종 기착지는 대부분 부여집이어서 주인장은 내가 사귄 여인들의 얼굴을 모두 알고 있다. 그러니까 부여집 아저씨가 모르는 여인은 내가 사귄 여인이 아니라 그냥 여인이 된다. 물론 '그냥 여인'들과도 자주 간다. 언젠가는 KBS에서 뉴스를 진행하는 아나운서 여인과 함께 갔더니 들어갔다 나올 때까지 철공소 아저씨들의 부릅뜬 시선을 받아야 했다. 내 기억에 언제나 사방에서 왁자하게 들리는 "씨부럴" 등등의 아저씨들 일상 간투사가 그날은 거의 들리지 않았다. 험악한 술집에 어울리지 않는 꽃을 두고 좌중에 무언가 긴장된 분위기가 깔렸던 것 같다. 주인 아저씨는 비싼 오소리감투(돼지 생식기)를 서비스로 섞어줬다. 그날따라 유난히 옷차림이 화려했던 아나운서는 처음 먹어본다는 돼지 창자를 아작아작 잘도 먹어줬다(고맙다).

종로 피맛골 안 '열차집'도 여전히 출근하는데 이곳은 오직 아내하고만 들른다. 오래 일해온 할머니 종업원 두 분이 우리 부부 얼굴을 잘 아는 터라 다른 여인을 대동하기가 난처해서다. 돼지기름으로 부쳐낸 녹두빈대떡과 어리굴젓의 조화! 그 맛을 모르면 맛 모르는 사람이다.

아니 그 사람, 맛없는 사람이다. 그 피맛골이 곧 헐리는 모양인데, 내 집이 헐리는 것처럼 괴롭다(제발 여기저기 부수지 좀 말라!). 또 하나 단골은 충무로 골뱅이 골목에 있다. 그곳도 부여집처럼 오직 '영동 골뱅이' 한 집만 이십여 년째 다녀서 무려 2백 군데나 된다는 인근의 숱한 다른 골뱅이집 맛을 전혀 모른다. 인상 좋던 주인아줌마는 오래전에 은퇴하고 주먹코 아들이 이어받았는데 TV의 맛집 소개에 여러 번 나왔던 모양이다(나는 벽에 빽빽한 TV 화면 캡처 사진이 정말 보기 싫다). 영동 골뱅이에서 나올 때는 전방 5미터에서도 마늘 냄새가 팍팍 풍긴다. 그러나 제아무리 깔끔녀도 한 점 먹으면 곧장 코를 박고 마늘과 파절임 범벅에 탐닉한다. 나는 화사한 옷차림과 고운 화장발에서 과격하게 풍겨져 나오는 여인의 마늘 향기에 익숙하다.

고통의 축제

우연히 선택된 대상 하나를 계속해서 끌고 가는 것. 되도록 변경하지 않으려는 것. 거기에 무슨 깊은 뜻이 있으랴만 굳이 찾자면 '과거연민, 미래불안'이라는 내 숙명적 기질이 오래된 것들과 편안한 조합을 이루기 때문일 것이다. 오래된 것은 특별한 것이다. 음식도 사람도. 시인 정현종의 오래된 첫 시집 《고통의 축제》에 이런 시구가 있다.

> 〔…〕 오오 노시인들이란 늙기까지 시를 쓰는 사람들, 늙기까지 시를 쓰다니! 늙도록 시를 쓰다니! 대한민국 만세(!) 그 분들이, 예술보다 짧은 인생의 오랜 동안을 집을 찾아 헤매다 돌아온 어린애라는 느낌을 나는 참을 수 없다. 반갑구나 얘야, 내가 망령이 아니다 얘야 소를 잡으마. 〔…〕
>
> _정현종, 〈老詩人들, 그리고 뮤즈인 어머니의 말씀〉 부분

"오랜 동안을 집을 찾아 헤매다 돌아온" 노시인이 되지는 못할 것 같다. 그토록 열망했던 시인의 삶이었건만 어느 결엔가 시는 나를 떠나가버렸다. 대신 '오랜 동안 헤매다가 돌아온 어린애'의 삶을 살고 있는 것 같다. 오랜 세월이 흘렀지만 여전히 어린애 방식의 삶을 유지하고 있는 셈이니 말이다. 그런데 시가 떠나고 남은 자리, 남겨진 삶에 대한 연상을 불러일으키는 시가 《고통의 축제》 시집에 적혀 있다.

〔…〕
내 귀에 밝게 와서 닿는
눈에 들어와서 어지럽게 흐르는
저 물질의 꼬불꼬불한 끝없는 미로들.
아무것도 그리워하지 않으려고 애쓰는
능청스런 치열한 철면피한 물질!

_정현종, 〈철면피한 물질〉 부분

정현종이 노래한 "아무것도 그리워하지 않으려고 애쓰는 능청스런 치열한 철면피한 물질"은 무얼까. 시 전문을 제대로 읽는다면 그것이 의미하는 바는 죽음일 것이다. 하지만 내게 철면피한 물질은 진짜 물질이다. 시를 떠나보내게 만든 배경에 온갖 종류의 물질이 개입돼 있다. 돈이거나 돈으로 산 물건들이다. 정말 철면피한 물질들이다. 참 쓸쓸한 일이다. 재산 따위를 쌓으려 애쓰지는 않았다지만, 내가 그러모아놓은 온갖 것들, 오디오며 음반, 책들 모두가 어떤 변명에도 불구하고 물질에 불과하다. 참으로 "능청스런 치열한 철면피한 물질!"

그런데 아, 어떻게 말하면 좋을까? 오래된 것들은 더는 물질로 환원되지 않는다. 분명 쇳조각이나 플라스틱이나 종이로 구성되어 있지만 거기에 세월이 담기면 물성(物性) 너머 어떤 자취가 드리운다. 물질이 추상화하고, 물질의 입자와 체적이 언어로 변용된다. 나를 스치고 지나간 세월은 결코 행복한 것이 아니었다. 때로 수치스럽고 때로 치욕스럽고 너무 많은 순간 비겁하고 치사했다(차마 그 내역들을 말할 수는 없다). 내 오래된 이메일과 핸드폰 번호와 은행계좌 따위가 바로 그 더러운 내역들의 거주지다. 그러나 아, 어떻게 말하면 좋을까? 더러운 사연들이 오래되면 적어도 나에게는 더 이상 더럽지 않다. 심지어 웃기기도 하고 귀엽기도 하고. 다시 또 《고통의 축제》를 읽는다.

〔…〕
여기 우리는 나와 있네
고향에서 멀리
바람도 나와 있고 불빛도
평화가 없는 데를 그리움도 나와 있네
_정현종, 〈외출〉 부분

그리움조차도 나와 있는 시간이 바로 오래된 시간이다. 다른 시간이고 비현실의 시간이고 불변의 시간이기도 하다. 오래된 것들. 참으로 오래된 것들. 어떤 우연의 개입으로 나에게 닿아 오랜 시간을 함께 흘러온 오래된 것들. 오래된 것들은 스스로 추억을 재구성하여 현실의 나를 새롭게 조립한다. 간혹 나 자신이 좋은 사람으로 여겨지게도 만들고, 낡아버린 나를 새로운 사람으로 느끼게도 만든다. 줄라이홀을 보고 이십 년 전의 작업실과 똑같은 모습이라며 이토는 "You changed nothing!"을 외쳤다. 그러니까 줄라이홀은 오래된 작업실이다. 오래된 공간이란 얼마나 다정한가!

……해야만 했다

오디오로 인한 소란이 도무지 멎지 않는다. 대개는 몇 개월 혹은 1년 주기로 바람이 불어와 한동안 머물다 사그라드는데 이번엔 꽤나 오래간다. 턴테이블 바람이 한차례 휩쓸고 지나가고 나자 곧장 스피커 쪽으로 바람이 불었다. 풀레인지와 인클로저가 요즘 관심사다. 설명해 보자면 이렇다. 먼저 일반적으로 통용되는 스피커란 멀티웨이 시스템을 말한다. 고음을 담당하는 트위터와 중음을 뜻하는 스쿼커, 저음을 내주는 우퍼, 이처럼 3웨이가 기본 구성이다. 고음, 저음만으로 구성된 2웨이도 많고 그 이상 4웨이 혹은 5웨이도 가능하다. 이 각각의 유닛에 적절한 전기신호를 보내도록 분배해주는 장치가 네트워크다. 그러니까 스피커란 둘 이상의 유닛과 네트워크 그리고 이것들을 수납하는 인클로저(통)의 조합을 말한다. 소리를 만드는 데 어느 파트가 더 중요하다고 말할 수 없을 만큼 상호 보완적이다. 스피커 유닛은 보통 알니코(천연자석)인지 페라이트(인공자석)인지 따지는데 생선회에서 자연산과 양식의 차이를 따지는 것과 비슷하다고 보면 된다. 당근, 알니코 자석으로 만든 유닛이 비할 바 없이 우월하다. 그밖에 네오디뮴 소재도 있고 아주 오래된 것은 자석이 아니라 코일로 이루어진 필드형도 있다. 네트워크는 재주꾼이 새로 만들지 않는 한 별로 선택의 여지가 없는데 아무래도 오리지널을 더 높게 친다. 문제는 인클로저다. 외부 공기를 차단시키는 밀폐형인지, 덕트(duct)로 진동을 뿜어내는 베이스 리플렉스(bass reflex) 방식인지, 미로처럼 돌아 나오는 백로드 타입인지에 따라 매우 다른 음색이 만들어진다. 인클로저의 재료가 무엇인지도 관건이다. 가장 선호되는 재료로 맑고 투명한 울림으로는 미송을, 깊고 중후한 울림으로는 자작나무를 택한다. 현대 스피커는 호두나무도 많이 사용한다. 어쨌거나 멀티웨이 스피커 시스템은 사운드 디자이

너가 구성한 조합의 예술이다. 어떻게 조합했는지에 따라 같은 재료가 전혀 다른 사운드로 변화된다. 스피커를 선택할 때는 바로 이 구성 방식의 효과를 이해하고 자신이 선호하는 음악 장르를 대입시켜야 한다.

그동안의 내 스피커도 대부분 멀티웨이 방식이었다. 그러다 최근 멀티웨이와 정반대 관점에 서 있는 스피커 맛을 새롭게 알게 됐다. 풀레인지라고 부르는, 네트워크 없이 오로지 한 개의 유닛만으로 고중저 전 대역의 음역을 담당시키는 방식이다. 실제 고역도 저역도 빈약하게 나오지만 유닛 간에 겹침이나 간섭이 없고 네트워크로 인한 착색이 없는 소리, 순수한 음향의 세계가 바로 풀레인지만의 강점이다. 대부분의 풀레인지는 유닛만 따로 돌아다니고 사용자는 임의로 인클로저를 제작해 사용한다. 그런데 내 풀레인지 열광은 우연히 맞닥뜨린 인클로저로부터 출발했다.

나른하게 졸음이 오는 어느 늦은 오후, 인터넷에서 재미있는 사연을 발견했다.

"여긴 청주임다. 수피카 통 두 가지 분양함다. 허벌나게 무겁슴다. 가격은 없음다. 기냥 빨랑 가져가십쇼."

어떤 청주 사나이가 자기가 쓰던 스피커 통 두 종을 그냥 주겠다고 오디오 사이트에 올렸다. 기기 설명글이 예사롭지 않았다. 이름이 낯익은 고수들이 댓글을 달기 시작했다. '허벌나게' 시리즈였다. "거 허벌나게 고마운 사람이구먼", "지도 허벌나게 갖고 싶구먼유" 등등. 나도 장난스러운 마음으로 댓글에 한 자락 끼어들었다. "지가 허벌나게 좋은 책을 선물할 수 있는뎁쇼?"

몇 시간 후 뜻밖에도 나에게 전화가 왔다. 걸걸한 블루칼라 근육질의 음성이었다. 승용차로는 불가하니 엄청 큰 차를 동원해야 하고 시간이 없으니 빨리 가져가라는 전갈. 어떻게 큰 차를 수배했는지, 어떻게 틈을 내 청주까지 달려갔는지는 말하지 않겠다(다반사로 벌어지는 나만의 마법이다). 다만 청주에서 도킹한 걸걸한 블루칼라 음성의 사나이가 BMW 최고급 기종을 몰고 나타났다는 사실, 그가 데려간 곳이 내 작업실보다 훨씬 큰 규모의 개인 음악 감상실로 그는 오디오만이 아니라 거창한 드럼 세트를 갖추고 연주를 즐기는 인물이라는 사실, 그가 유명한 금융회사 지점장으로 허벌나게 교양인이었다는 사실 등등.

어쨌거나 세상에는 별난 사람이 참 많다. 그가 공짜로 선사한 인클로저는 최고급 원목으로 전문 장인이 제작한 미로식 백로드 타입이었다. 제작하려면 그 비용이 웬만한 중급 스피커 값과 맞먹을 것이다. 그토록 허벌나게 무거운 통을 어떻게 사내 둘이 번쩍번쩍 치켜들어 올렸는지 모르겠다. 날아갈 듯이 서울로 돌아왔고 곧장 미친 듯이 알맹이(통만 있으니 유닛을 구해야지!)를 찾아 헤매다 전남 광주에 숨어 있던 영제 굿맨 액숌 10 유닛을 급행으로 구입했다. 손재주 있는 친구 서병성이 호출되어 꼬박 한나절 걸려 밑바닥 바퀴까지 장착 완료!

이런 과정을 거쳐 손에 들어온 풀레인지 스피커 사운드가 나를 허무의 바다에 풍덩 빠트려버리고 말았다. 대체 이럴 수가! 줄라이홀 벽에는 온갖 이름난 스피커들이 빽빽하다. 레슬링 선수 같은 하츠필드의 저역이 용트림을 하고, 고음의 윤기가 찰진 기름 같은 유러딘이 소프라노의 물방울을 영롱하게 튕겨낸다. 그러나 아서라, 알맹이 하나만으로 촉촉하게 뿜어내는 굿맨 풀레인지의 중후하면서도 섬세하면서도 문득문득 에로틱한 사운드! 그 전에 평판에 장착시킨 풀레인지의 세계를 전혀 몰랐던 것은 아니지만 이처럼 신비롭고 새로운 음향의 비경이 펼쳐질 줄은 정말 몰랐다. 대체 몇천만 원씩이나 하는 거창한 스피커 시스템이 무슨 필요가 있는가 말이다.

공짜로 허벌나게 멋진 인클로저가 생겼다. 거기에 장착한 풀레인지에서 기대 이상의 사운드가 펼쳐진다. 이만하면 행복하게 만족의 잠을 취해야 옳겠건만…… 좋은 일은 언제나 내게 새로운 병통의 시작점이었다. 좋으면 막장까지 좋기 위해서, 좋은 일의 끝장을 보기 위해서 눈을 가리고 앞으로 직진하는 것이 '이 남자가 사는 법'이다. 갖가지 타입의 풀레인지를 탐색하기 위해, 각양각색의 인클로저 원리를 이해하기 위해 새로운 여행길이 시작됐다.

먼저 몇 해 전 별 생각 없이 처분했던 알텍 755A를 또다시 구입해야 했다. 원래 소유했던 것은 일본에서 제작된 덕트 타입의 인클로저인데 새로 구한 것은 미국에서 만든 밀폐형 통으로 좀 더 많은 출력을 요구한다. 몇 년째 통을 만나지 못한 채 선반에서 혼자 놀고 있던 텔레풍켄 '빨간 배꼽' ELA 8에게 인클로저를 구해 맞춰줘야 했다. '빨간 배꼽'은 풀레인지의 정석과도 같은 물건으로 세계에서 가장 많이 애용되는 기기일 것이다. '가난한 자의 웨스턴 일렉트릭'이라고 부르는 회사가 있다. 듀케인이라는 회사로, 웨스턴에 OEM 방식의 납품을 많이 했던 곳이다. 듀케인에서 만들어 50년 동안 용케도 잘 보관되어 바삭바삭하게 건조된, 통울림이 낭랑한 인클로저와 8인치 유닛을 구해야만 했다. 더 나아가 결정적으로 클랑필름의 1940년대 걸작품 나비댐퍼 유닛을 입수해(이 놈은 굉장한 물건이다) 온켄 인클로저를 구해 맞춰줘야 했다. 평판에 장착된 12인치 스텐토리안 풀레인지도 구입했고, 풀레인지는 아니지만 구동 방식이 비슷한 탄노이 모니터 골드 10인치도 구해 새로 인클로저를 맞춰줘야 했다. 이베이를 통해 낙찰 받은 영국제 굿맨 8인치는 운송 과정 중에 있고, 그리고 또, 그리고 또…….

이거이 대관절 뭔 일이당가! 나는 갑자기 짧은 기간 동안 대여섯 조의 풀레인지 스피커를 새로 구입해 들여놓고 말았다. 그러고도 몇 종류를 더 알아보고 있는 중이다. 지금 눈앞에 보이는 실내 풍경은 자금자금한 크기의 스피커들로 숨이 막히고 기가 막힌다. 이 모든 구입 행위의 서술어는 '해야만 했다'로 써야 한다. 내 의지와는 무관한 어떤 막을 수 없는 위력에 피동적으로 끌려 들어간 것이기 때문이다. 풀레인지 유닛들과 인클로저를 구입하는 과정은 오디오숍을 통하지 않았다. 전부 인터넷이나 지인 등을 통한 개인 거래였다. 청주의 스피커 자선사업가 못지않은 행복한 만남도 있었지만 복장이 터져 잠 못 들게

Musical

만든 상대도 물론 있었다. 그건 늘 그렇다.

듣지 않고 들으리라

풀레인지 섭렵으로 여념이 없던 와중에 이토가 며칠 다녀간 뒤로 머리가 복잡해졌다. 들판에 외따로 홀로 서 있는 나무 같은 식물성 인간. 그는 언제나 조용하다. 내 삶이 온갖 욕망으로 얼마나 부글부글 시끄럽고 부산스러운지 이토의 잔잔한 음성이 일깨워준다. 그가 돌아가고 며칠째 틈틈이 월터 휘트먼의 일기 모음집 《나 자신의 노래》를 뒤적이고 있다. 노경의 휘트먼은 아마도 이토와 나의 차이를 구분하지 않고 감싸안아줄 것이다. 시끄러움과 고요함 사이에 월터 휘트먼의 시정이 담겨 있다. 그는 이렇게 적었다.

> 나는 이제 아무것도 하지 않고 듣기만 할 것이다. 나는 서로 합쳐지고 융화되거나 뒤따르는 모든 소리를 듣고 있다. 도시 안의 소리, 도시 밖의 소리, 밤과 낮의 소리들을…….

합쳐지고 융화되는 소리 또는 음악은 도취의 열광을 자아내는 한편으로 존재를 피폐하게도 만든다. 너무 많은 소리, 너무 많은 음악에 휩싸일 경우다. 인도의 신비주의자 키르팔 싱은 소리 없는 침묵에 대해 이런 말을 한다.

> 소리의 본질은 움직임과 침묵의 양쪽으로 느껴진다. 그것은 존재에서 비존재로 지나간다. 소리가 없을 때는 아무것도 들리지 않는다고 하지만, 그것은 듣는 능력 그 자체를 잃어버리고 있다는 것은 아니다. 실제로

소리가 없을 때조차 듣는 힘은 매우 예리하다. 한편, 소리가 있을 때에는 듣는 힘은 거의 개발되지 않는다.

아무 소리도 들리지 않을 때의 예민함. 나는 너무나 많은 소리들 속에 파묻혀 듣는 힘을 잃어가고 있는지 모른다. 요즘 생활에, 특히 작업실에 결핍된 것은 정적과 침묵이 아닌가 하는. 그냥 단순한 무음이 아니라 음악 다음에 찾아오는 정적 같은 것. 며칠간 앰프에 불을 지피지 않고 늘어선 소리통들을 다만 형상으로만 쳐다보면 어떨까. 스피커에서 음악을 거둬가 버린다면 무엇이 들릴까. 사람에게서 말을 거둬가 버린다면 어떤 존재로 변할까. 케사라(Che Sara), 무엇이 될까?

음악이 아닌 소리에서 특별한 인상을 이끌어내고자 음향학자 머레이 쉐이퍼는 표식음이라는 것을 정의했다. 일종의 생활 기조음 같은 것이다. 그가 사적으로 인상 깊게 느꼈다는 표식음의 사례를 옮겨본다.

_파리 카페의 타일이 덧대어진 바닥에 무거운 금속 의자가 끌리는 소리.
_파리 지하철에서 오래된 객차 문이 쾅 하고 닫히는 울림과 이어서 걸쇠가 떨어질 때 딸캉거리는 날카로운 소리.
_호주 멜버른 노면 전차의 가죽 손잡이 소리. 가죽 손잡이를 강하게 당기면, 수평으로 걸린 기다란 봉에 미끌려 '키익키익' 하고 큰 소리를 낸다.
_터키 콘야 마을 마차 택시가 고음으로 울리는 벨소리.
_런던 교외 지하철의 몇몇 역에서 녹음 방송으로 "문에서 떨어져 기다려 주십시오"라고 하는 인상적인 목소리.

대개 침묵과 정적은 예찬의 대상인 반면 소리와 소음은 혐오의 대상으로 전락하기 일쑤다. 카페 바닥에서 의자 끌리는 소리나 지하철 문 닫히는 소리에서 소리 환경의 질서를 찾고자 하는 음향학자 쉐이퍼의 의도를 이해할 수 있다. 그것은 소리로 들리지만 정적처럼 익숙하고 무신경하게 다가오는 음향들이다. 그렇게 보면 음악처럼 시끄러운 소음도 없을 것이다. 음악 소리는 정적의 일부로 동화되려 하기보다는 끊임없이 귀를 잡아당겨 들리게 하는 데 온갖 노력을 기울인다. 음악을 사랑한다면서 정적을 예찬하는 것은 난센스가 아닐까.

갑자기 늘어난 줄라이홀의 스피커들은 하나같이 아름다운 음악 소리를 들려준다. 그럼에도 느껴지는 이 피로감은 왜일까. 시간의 문제인 것 같다. 만들어진 지는 몇십 년이 지났지만 내 곁에 찾아온 시간이 너무 짧았다. 오래된 이메일 주소, 오래된 전화번호, 오래 찾아다닌 식당에서 편안한 안도감을 느낀다. 새 식구가 된 풀레인지 스피커들은 그 같은 안도감을 주지 않는다. 아마 평온한 안도감이 찾아올 때까지 견디는 수밖에 없으리라. 그러다 보면 저 오륙십 살이 넘은 유닛과 통들이 저희의 세월을 내게 가르쳐줄지 모른다. 음악을 틀지 않은 채 물끄러미 수풀처럼 우거진 스피커들을 쳐다보노라면 조금씩 소리의 말문이 열리는 듯도 하다. 나는 이제 듣지 않고 들으리라. 오래된 것들의 오래된 이야기들을.

VACLAV NEUMANN TSCHECHISCHE PHILHARMONIE
Dvořák : Die Symphonien Nr. 1-9

나는 멀쩡한 사람들에게 작업실을 권유하고 싶다

"뭔가가 '슥' 하고 빠져나갔다. 그런 감각이 있었다. '빠져나갔다' 라는 말 이외에 그럴듯한 표현이 떠오르지 않는다. 마치 돌 벽을 빠져나가는 것처럼 저쪽으로 몸이 통과해버렸던 것이다" 라고 소설가 무라카미 하루키가 썼다. 이십여 년째 날마다 쉼 없이 달리기를 해온 그다. 빠짐없이 달리기 일지를 기록해왔고, 여러 대회에도 출전했다(소설이 아니라 실제 행적이다). 그러던 중 장장 백 킬로미터를 달리는 울트라 마라톤 대회에 출전해 75킬로를 넘어서던 어느 순간 그 '빠져나가는' 체험이 찾아왔다. 그다음부터 더 이상 몸이 고통스럽지 않았다. 피로에 지칠 만큼 지친 상태였건만 더 이상 피로하지 않았다. 수많은 주자들이 뒤로 처지는 것이 보였다. 일종의 명상 상태와 같은 느낌. 이때부터 주변 풍경이 눈에 들어오기 시작한다.

> 해변의 풍경은 아름답고, 오츠크 해의 바다 냄새가 맡아졌다. 이미 해가 저물기 시작해서(출발한 것은 이른 아침이었으나), 공기는 티끌 한 점 없이 맑은 모습을 하고 있었다. 독특한 초여름의 짙은 풀 냄새도 났다. 몇 마리의 여우들이 들판에 무리 지어 있는 것도 보였다. 나는 나이면서, 내가 아니다. 그런 느낌이 들었다. 그것은 매우 고즈넉한 심정이었다.

한 가지를 오래 한다는 것은 참 특별한 일이다. 강조점은 오래 한다는 데 있다. 뭔가가 '슥' 하고 빠져나가는 체험의 배경에 바로 그 '오래됨'이 있다. 그러면 이십여 년간 날마다 출근을 했더니 어느 지하철역에서 뭔가가 '슥' 하고 빠져나갈까. 사오십 년간 쉼 없이 밥을 먹다 보니 어느 날 아침 밥상머리에서 '슥'? 혹은 몇십 년간 섹스를 했더니 어떤 여인의 허리 위에서 '슥' 하고 뭔가가 빠져나갈까? 더 이상 고통스럽지도 피로하지도 않은 명상적 상태가 반복되는 일상에서 '슥' 하고 찾아와줄까.

그렇지는 않은 것 같다. 하루키가 증언하는 '슥' 하는 체험을 내 일상에서 느껴본 기억이 없다. 그러니까 오래 해야만 찾아오는 그 '슥'은 일상의 것이 아니라 특별하게 의도된 행위를 오래 해야 한다는 의미인 것 같다. 마치 하루키의 마라톤처럼 말이다. 참아야 할 것을 참고 견뎌야 할 것을 견뎌낸 다음의 어떤 경지가 말하자면 '슥'이다. 그런데 이런 식의 말을 따라가다 보면 교장 선생님 훈화 말씀이 된다. "고생 끝에 낙이 온다"느니 "인내는 쓰고 열매는 달다"느니. 누가 그런 훈화 말씀을 새겨듣겠는가. 고생이 낙을 보장해주지 않는다. 인내의 쓴맛은 피하고 열매의 단맛만 원하는 것이 인지상정이기도 하다.

내 작업실 줄라이홀을 찾아온 사람들은 한결같이 말한다. "참 부럽네용!", "오메, 멋지네용!" 왜 그런 말을 하는지 알 것 같다. 사람들은 숨어 있을 공간을 꿈꾼다. 그 안에서 무엇을 할 것인지의 설계가 중요한 것이 아니다. 어린 시절 남몰래 벽장 속에 숨던 것 같은 자궁 회귀 심리를 지하 작업실이 일깨워주는 모양이다. 벽장 안에 숨어서 밀린 숙제를 하는 일은 없지 않은가. 그런데도 간혹 이런 무자비한 질문을 받고는 한다.

"대체 무슨 작업을 하는 작업실인가요?"

여자한테 작업 거는 작업실이라는 농담도 진부해져서 더 이상 하지 않는다. 대단히 이상한 말처럼 들리겠지만, 나는 작업실을 갖는 것에만 관심이 있었지 그 안에서 무슨 작업을 할 것인지는 별로 생각해보지 않았다. 어쩌면 할 만한 작업거리를 타고나지 못했는지도 모른다. 가령 연장을 들고 의자나 책장을 만드는 작업은 어떨까. 그런 건 진정한 작업이라 부를 만하다. 하지만 신용카드를 들고 가서 한달음에 사버리면 될 것을 왜 구태여 서툰 솜씨로 대패질을 한다는 말인가.

혹시 원고를 쓴다거나 뜬금없이 그림을 그린다거나 악기를 배워보는 것도 생각해볼 수 있다. 이른바 문화적이고 예술적이며 창조적인 어떤 것. 실제로 그런 일을 하느라 근사한 스튜디오를 갖추고 있는 사람들이 있다. 하지만 그런 일은 프로페셔널의 영역이다. 그림이나 악기 연주로, 혹은 원고료를 받아서 먹고사는 사람의 작업일 터이다. 내가 받는 보잘 것 없는 액수의 원고료를 위해 이 터무니없이 넓은 공간이 필요하다는 것은 말이 안 된다. 대체 무슨 작업을 하는 작업실이냐는 질문은 왜 당신 같은 사람이 작업실을 만들어야 하느냐로 바뀌어야 한다. 그러면 모기소리만큼 답변할 거리가 나올 듯도 하다.

텅 빈 우물의 메아리

지난 십여 년간 세상에는 행복 담론이 참 많이 떠돌았다. 삶의 질이 향상되어야 한다는 주장과 더불어 인간은 행복하기 위해 태어났다, 삶의 궁극적 목적은 행복의 추구에 있다, 이렇게 주장들은 주장했다. 행복을 떠올려볼 여지가 없던 삶에서 어느 정도 여유가 생겨났다는 의미다. 행복 담론은 자꾸만 가지를 뻗어나가 재미의 추구로, 의미와 가치의 추구로 진화한다. 모두가 더 나은 삶을 지향하며 그것이 행복으로 가는 길이라고 믿는다. 그 같은 생각에 토를 달 수는 없다. 불행감은 사람을 이지러지게 만들고 건강에도 좋지 못하다. 행복을 추구하기 위한 시간과 비용과 에너지는 삶을 활력 있게 만들어준다.

그런데 과연 무엇이 행복인가 하는 대목에서 막연해진다. 재미의 추구, 의미와 가치의 추구가 행복 자체였더라면 좋았을 텐데 그렇지가 않다. 기가 막히게 재미있는 순간도, 뭔가 보람을 느끼는 일에 참여해도 집요하게 '남는 부분'이 있기 때문이다. 행불행과는 조금 다른 성격의 것이지만 그 남는 부분이 미치는 영향력이 너무 크다. 어쩌면 극치의 행복감보다도 더 강력하게 삶을 쥐고 흔드는 요소인 것도 같다.

나는 그 남는 부분을 텅 빈 우물이라고 표현해본다. TV 연속극의 단골소재인 출생의 비밀 같은 것이 나에게도 있다면 그것은 텅 빈 우물을 품고 태어났다는 것인지 모른다(남들은 안 그럴까?). 텅 빈 우물은 떠 마실 물도 없고 얼굴을 비춰볼 수도 없다. 우물에 대고 소리를 질러보면 멍멍한 메아리만 되돌아온다. 텅 빈 우물은 텅 비어서 캄캄한데, 그 캄캄함만큼 분명한 실재감이 느껴진다. 어디를 가고 어떤 곳에 있어도 텅 빈 우물은 사라져주지 않는다. 여기 어떤 사람이 있다. 그는 텅 빈 우물에 가슴을 담가놓은 채 얼굴과 두 팔 두 다리를 바깥세상에 휘저으며 살아간다. 뭐 이런 것이다.

클라라 하스킬Clara Haskil의 피아노 연주 모음집을 틀어놓고 있다. 하스킬의 연주를 들어본 사람이라면 곧장 깊은 산속 옹달샘 물처럼 맑고 청아한 음색이 떠오를 것이다. 대부분 할머니 적 사진으로 모습이 남아 있는 그녀는 몸이 구부러지는 척추 장애를 안고 천상의 순수를 건반 위에 구현했다. 사진은 할머니지만 하스킬은 언제나 소녀풍이다. 조금 전까지 1951년에 녹음된 스카를라티 소나타가 흘러나왔다. 스카를라티의 독주곡들은 호로비츠가 피아노용으로 발굴하다시피 했다. 하프시코드 곡으로 숨어 있던 것을 호로비츠가 피아노 독주회 단골 레퍼토리로 삼으면서 유명해진 것이다. 그런데 이 많은 차이라니. 고역에서 물방울 튕기는 느낌은 같지만 하스킬의 연주는 호로비츠보다 순하디 순하다. 과잉이 절제되어 있다고 말할 수도 있다. 짜릿짜릿하게 다가오는 호로비츠의 초절정인가 하스킬의 여리고 민감한 느낌인가, 그것은 듣는 사람의 기질이 선택한다.

스카를라티에 이어 지금 흘러나오는 연주가 좀 웃긴다. 파울 자허Paul Sacher가 지휘하는 빈 심포니와의 협연으로 모차르트 피아노 협주곡이 흐르는데, 피아노와 오케스트라가 생판 다른 느낌으로 따로 논다. 하스킬은 언제나처럼 겉치레 없이 간결하고 섬세하게 건반을 매만지고 있다. 반면 지휘자가 자아내는 선율은 뭐랄까, 트로트 가요의 꺾기 같은 신파라고나 할까. 감정을 잔뜩 집어넣어 구성지고 애달픈 느낌을 만들려고 애쓰는 듯 다가온다.

소리의 느낌을 말로 표현하기가 참 쉽지 않다. 다른 예를 들어보자. 김훈의 소설 《칼의 노래》의 첫 문장이 이렇다. "버려진 섬마다 꽃이 피었다." 가령 이것이 '꽃은 피었다'로 표현되어 보라. 그것은 신파다. '꽃이'와 '꽃은' 사이에서 비장한 서사와 느끼한 신파가 갈린다. 엄청난 차이이다. 김훈이 설명하고 문학기자 손민호가 주석을 단 이 견해에 나도 전적으로 동의한다. 연주나 노래에서도 바로 이 같은 차이가 생겨나는 경우가 흔하다. 호흡을 끊어야 할 때 끊지 못하고 좀 더 끌다

보면 '꽃은 피었다' 같은 연주가 된다. 문학에서 신파는 철저히 배척받는 반면 클래식 음악에서 신파의 통속한 느낌이 들 때 오히려 좋은 연주로 사랑받는 경우가 제법 있다. 어쨌거나 하스킬과 자허는 다른 기질의 사람들인 것이 분명하다. 연주회가 끝나고 나서 하스킬은 새침한 얼굴로 뒤도 안 돌아보고 총총히 가버렸을 것이다. 냉대를 받은 파울 자허가 화를 냈을까(당연한 말이지만, 내 멋대로 해본 상상이다).

호로비츠는 여든 살 너머 죽기 진전까지 왕성하게 현역으로 활동한 정력가였다. 스위스 지휘자 파울 자허는 아내가 엄청난 부호여서 남편을 위한 별도의 오케스트라를 설립해주기까지 했다. 아, 그러고 보니 호로비츠의 부인도 세기의 마에스트로 토스카니니Arturo Toscanini의 딸이었다. 자허의 부인 못지않았을지 모른다. 하여간 내 멋대로의 상념을 조금 더 이어보자. 호로비츠나 파울 자허 같은 사람은 쓸데없이 걸리적거리는 '텅 빈 우물' 따위는 가슴에 지니고 살지 않았을 것 같다. 호로비츠의 피아노 소리는 바늘구멍만큼도 빈틈이 없고 자허의 선율은 구성지고 슬픈, 그러니까 넘쳐서 부글거리는 기름기 많은 도가니탕이다. 그래서 빈 데가 없다. 그렇다고 그 점을 비난할 수는 없다. 그럴 필요도 없다. 다만 정력가나 도가니탕은 빈 우물 패밀리의 일원에 속하지 않을 뿐이다. 당사자들도 별로 원하지 않았을 것이다.

생김새나 기질은 중립적인 것이다. 잘생기고 못생기고는 가능하지만 올바르게 생겼다거나 옳지 않게 생겼다는 윤리적 판단이 외모에 있을 수 없다. 옳은 기질과 옳지 않은 기질을 분별하는 것 역시 편견의 산물일 뿐이다. 그저 중립적으로 이렇거나 저러할 따름이다. 그런데 나는 나 자신의 생겨먹은 꼴에 자꾸만 윤리적 판단을 내리게 된다. 올바르게 생겨먹지 못했다는 자책감. 가슴에는 망망한 텅 빈 우물이 들어차 있는데, 그래서 허덕이는데, 내 행동, 내 삶의 방식은 호로비츠의 과잉을, 파울 자허의 신파를 닮아 있다. 그거 아시는가. 울고 싶은데 웃음이 터져 나오는 것. 하늘로 치솟는 기분인데 땅으로 꺼져버릴 것 같은 육신, 정의로움을 주장하는데 사악한 충동이 속에서 이글거리는 마음, 작업실은 그러니까 숨어서 자기를 감출 수 있는 쉼터를 말한다.

무라카미 하루키는 이십여 년간 날마다 쉬지 않고 달렸다. 하지만 "자, 모두 함께 매일 달리기를 해서 건강해집시다" 같은 말을 떠벌리고 싶지는 않다고 했다. 그저 나라는 인간에게 있어 계속 달린다는 것이 어떤 의미였을까, 하고 자문자답하느라 계속 달렸다고 말한다. 하루키는 날마다 달리는 와중에 소설을 썼고 번역을 했고 방대한 장르의 음악을 들었고 세계 도처를 여행했다. 여행지에서도 달리기는 멈추지 않았다.

굳이 비견을 하자면 하루키의 달리기 같은 것이 내게는 음악 듣기였을 것이다. 평생 사적인 시간의 대부분을 음악 듣는 일에 바쳐왔다. 연주자의 의도에 공감하며 슬프거나 기쁘거나 격정에 차오르거나 실망에 빠지거나 하는 일은 흔했다. 하지만 75킬로미터쯤 되는 구간에서 뭔가가 '슥' 하고 빠져나가는 경지를 느껴보지는 못한 것 같다. 아직 75킬로미터에 도달하지 못한 것이 아닐까 싶다. 덜 집중한 것일 수도, 시간을 덜 들인 것일 수도 있다. 그러니까 '언젠가는'을 기다리고 있는 셈이다. 설사 견성(見性)의 '슥'이 영영 찾아오지 않을지라도 그 '언젠가는'의 상태로 살아가게 될 것이다.

그런데 그처럼 집요하게 음악을 들어서 행복했냐고 묻는다면 금방 답변할 수 있다. 행복하지 않았다. 나는 음악으로 도무지 행복해지지 않았다. 만일 행복의 반대어가 불행감이라고 한다면 음악 듣기는 내 불행감의 풀무와도 같았다. 행불행의 바깥에서 삶을 쥐고 흔드는 그 어떤 남는 부분, 텅 빈 우물 같은 것, 음악 소리는 텅 빈 우물의 메아리처럼 멍멍한 울림으로 들려온다. 그런데도 계속 끝없이, 어쩌면 영영, 음악 언저리를 맴돌이 하는 것은 왜일까. 대체 무엇이 두려워서 음악 속으로 숨어들어야만 하는 것일까.

중학교 시절 끝머리였으니까 제법 일찍 시에 눈을 뜬 셈이다. 민음사 '오늘의 시인 총서'가 처음으로 나오던 무렵이다. 박목월 시인이 창간한 시전문지 〈심상〉이 화려한 필진을 자랑하던 시기이기도 했다. 그런 시집과 잡지의 작품들을 외우다시피 했고 파리똥 같은 필체로 열심히 노트에 옮겨 적고는 했다. 그중 초록색 커버의 대학노트에 빽빽이 옮겨 적은 시모음집 한 권이 지금도 곁에 있다. 마종하의 〈아득한 방에서〉, 정현종의 〈배우를 위하여〉, 전봉건의 〈북·6〉, 유치환의 〈뜨거운 노래는 땅에 묻는다〉, 박재삼의 〈울음이 타는 가을 강〉……. 어디서 일일이 옮겨 적었는지 하늘의 별처럼 빛나고 충만한 작품들. 그런데 노트 첫 페이지를 펼치면 일간지에서 오려 붙인 인물 사진이 먼저 등장한다. 아무런 설명글이 붙어 있지 않지만 나는 그가 누구인지 안다. 사진 속의 사내는 살인자였다. 잔인한 친족 살인을 저질러 사람들을 경악하게 만든 악한이었다. 그런데 그의 눈매는 강렬하게 짙었고 예민한 감수성이 비웃는 듯한 표정 속에 드리워져 있었다. 이 섬세한 인상의 사람은 살인을 저질렀고 아마도 사형을 당하게 될 것이다. 그의 얼굴을 신문에서 접했을 때 이상하게 눈을 뗄 수가 없었다. 매혹이었다. 중학생의 나는 상상의 나래와 함께 그에게 정신없이 빠져들었다. 당시 가장 소중하게 품고 있던 노트의 첫 페이지에 사진을 오려 붙인 동기는 악한에 대한 매혹 때문이었다. 그게 내 증세였다.

나는 멀쩡한 사람들에게 작업실을 권유하고 싶다

옥스퍼드 영어사전은 '멀쩡함(soundness)'을 이렇게 풀었다. "건강하거나 질병으로부터 자유로운 상태. 탄탄함. 단단함. 약점이나 결함이나 파손된 부분이 없는 상태. 좋은 상태 또는 수리가 잘된 상태. 종교적인 신앙, 정치적 견해 등과 관련된 정통성. 굳건하거나 잘 정립된 원칙 또는 사실과 조화를 이루는 상태 또는 그런 사실. 철저함 완전함."

그러니까 멀쩡함은 좋은 것이다. 그런데 이 멀쩡함에 대해 정신의학자 애덤 필립스는 전혀 다른 견해를 말한다. "멀쩡한 사람은 자신의 광기에 사로잡힌 사람이다." 한 권의 책을 통해 필립스는 광기의 정상성을, 멀쩡함이라는 자기기만을 설명한다. 옥스퍼드 사전식의 멀쩡함으로는 결코 살아갈 수 없게 태어났다고 믿었던 중학생. 자신의 어두운 충동들이 온통 두렵기만 했던 그 중학생이 애덤 필립스를 좀 더 일찍 알았더라면 사태는 조금 나았을까. 살인자의 표정에서 매혹을 느끼던 중학생은 남들은 다 멀쩡한데 자신만 어둡고 잔인하며 흉측한 상상에 사로잡혀 있다는 사실이 두려웠다. 성장기란 광기의 자연스러운 발현기라는 점을 알 수가 없었다. 옥스퍼드 사전에서 광기는 이렇게 설명된다. "터무니없이 어리석은 짓 〔…〕 걷잡을 수 없는 분노 〔…〕 터무니없는 흥분." 터무니없고 걷잡을 수 없는 무엇이 한발 한발 다가오고 있다는 예감이 두려웠다. 게다가 사고로 몸을 다쳐 장기간 병원 입원과 요양 생활을 거듭한 것도 멀쩡하게 살 수 없다고 믿게 만든 원인의 하나였다.

성장을 해도 지체가 되는 영역이 사람마다 있다. 결코 멀쩡한 인간으로 살아갈 수 없을 거라는 두려움에서 좀처럼 헤어나지 못하는 것. 그것이 나의 지체된 영역이었다. 다만 드러내지 않고 안에 꼭꼭 감추는 기술이 늘었다. 이른바 주 인격과 보조 인격의 분열과 투쟁이 그것이다. 심리학자 리타 카터는 보조 인격 혹은 감추어놓은 자아의 징후를 이런 식으로 판별한다.

_평소의 그 사람과는 공통점이 없는 부분, 또는 '경계를 넘어선' 부분이 있다.

_어떤 사건들에 대한 기억이 신통치 않다.

_이따금 '자기답지 않은' 행동을 한다.

_깊게 뿌리박힌 습관을 단기간이나마 쉽게 포기할 수 있다.

_보통의 취향과 전혀 다른 옷가지가 조금 있다.

새삼 심리학자의 진단이 필요 없을 정도다. 위와 같은 징후는 일상에서 너무도 흔하게 나타난다. 어쩌면 인격의 다중성은 요즘 사람들의 보편적인 성향이 되었는지도 모른다. 그러나 설사 그렇다고 하더라도 숨어 있는 어두운 충동으로 인해 언젠가는 모든 것을 산산이 무너뜨리고 저 사진 속의 살인자같이 끔찍한 파탄에 이르고야 말 것이라는 예감은 얼마나 두려운 것인가.

〈카르미나 부라나〉를 작곡한 칼 오르프는 속도광이었다. 한밤중에 미친 듯이 집을 뛰쳐나가 목숨이 경각에 달리는 속도로 고속도로를 질주하다가 새벽에 파김치가 되어 들어오고는 했다. 그의 아내였던 작가 루이제 린저는 〈카르미나 부라나〉의 첫대목 '오 운명의 여신이여(O Fortuna!)'를 외우며 항상 남편의 죽음을 예비해야 했다고 적었다. 한밤중에 느닷없이 벌떡 일어나 작업실 기물을 마구 때려 부수곤 했다는 차이코프스키의 행적도 있다. 말러의 아내 알마 말러는 남편이 죽음을 입에 떠올리지 않은 날이 단 하루도 없었다고 술회했다.

음악 속으로 들어가 보면 말이지, 정신없는 자들의 정신없는 충동들이 말이지, 그야말로 화산의 용암처럼 부글부글 끓어오르고 있다는 말이지. 신경 쇠약과 정신 착란의 아슬아슬한 곡예라는 말이지. 그런데 그게 참 아름답더라는 말이지……. 터무니없고 걷잡을 수 없는 충동의 하모니. 음악을 듣는 나에게 나는 언제나 이런 말을 건넨다.

나는 몇몇 기이한 여자들을 알고 있다. 작업실의 고정 방문객들이다. 여자 손님 A는 수다쟁이다. 그녀가 수다쟁이라는 사실을 아는 사람은 별로 없을 것 같다. 진중하고 과묵한 인상을 주는 데다 커다란 덩치가 꽤 선이 굵게 느껴지기 때문이다. 사회적으로도 성공한 인물이어서 세련된 매너에 익숙한 인물이다. 작업실 안에서만 발동되는 그녀의 수다는 일단 소파 방정환 선생으로 출발한다. 웬 뜬금없는 방정환이란 말인가. 그런데 언제나 방정환이다. 방정환 이야기를 하지 않는 적이 한 번도 없어서 덩달아 나도 그의 행적과 작품들을 외울 정도가 돼버렸다. 홀로 사는 그녀는 방정환을 떠올리면서 성적인 환상을 느끼는 게 아닌가 의심된다. 하여튼 방정환은 그렇다 치고, 어떻게 그런 모든 것을 다 기억하는지 이름 외우기도 까다로운 인문학의 인명과 용어가 속사포처럼 튀어나오기 시작한다. 가령 밤 열두 시쯤에 미셸 푸코로 개시를 하면 마무리에 접어드는 시각은, 놀라지 마시라, 아침 여덟 시경쯤은 돼야 말수가 잦아들기 시작한다. 일종의 지적 고문인데, 미안한 말이지만 무당 내림굿이 따로 없다. 멈출 수도 막을 수도 없는 속사포 앞에서 망연자실의 한밤중은 무거운 바퀴를 굴리며 지나간다. 나는 그녀를 분석하지 않으려고 노력한다. 그래야 내가 분석당하지 않을 테니까. 간혹 찾아오는 그 고문의 밤을 나는 피하려 하지 않는다. 그런 시간은 좋거나 싫거나 하는 판단을 떠나 있는 것이어서 마치 해야 할 일을 하고 있는 듯한 기분으로 맞이한다. 언젠가 영문 모르는 친구가 찾아왔다가 공교롭게 그녀와 합석이 되었다. 예의 인문학의 밤샘이 있었다. 혼비백산, 친구의 표정이 그랬다.

여자 손님 B가 있다. B를 묘사한다는 것은 대단히 어려운 일이다. 프라이버시 문제도 따르지만 표현하는 것 자체가 아주 괴상해지기 때문이다. B도 A처럼 말에 특징이 있다. 수다쟁이는 아니다. 대학원을 나왔고 고소득 직종에 종사하고 인물도 꽤 출중하고 성격도 원만하고…… 뭐랄까, 별로 특이한 면이 보이지 않는 평범한 교양녀라고 할 수 있다. 그런데 그 교양 넘치는 여성에게 간혹, 드물지 않게, 이상한 증세가 나타난다. 물론 말을 말하는 것이다. 어떻게 설명해야 할지, 도대체 내가 왜 그녀 이야기를 하려 드는지 모르겠다. 그러니까 B는 갑자기 느닷없이 어떤 종류의 용어들을 사정없이 구사하기를 좋아한다. 제3자가 있으면 그를 향해, 단 둘이 있게 되면 아무것도 모르는 나의 친구에게 전화를 걸어달래서 시작한다. 그것은 말하자면 음담패설이다. 아니다. 음담패설 종류의 줄거리가 있는 이야기가 아니고 그냥 말이다. 그런데 그 말 속에 우리가 상식의 공간에서 전혀 꺼내놓을 수 없는 단어가 마구 튀어나온다. 토속어로 분류되는 여성기, 남성기, 혹은 그것이 결합되는 행위를 일컫는 강한 단어들. 상대방이 멍해 있는 상태에서 B는 참으로 태연자약하게 말을 이어가고 어느 결에는 그것이 별로 이상해지지 않는 상태에까지 도달한다. 다만 몇 가지 강렬한 단어가 등장할 따름인데……. 말이란 얼마나 신비로운 것인가.

C와 D와 E, F, G로 계속 이어지는지 묻지 말아달라. 알파벳을 다 헤아릴 만큼 다채롭게 사는 것은 아니니까. 그래도 고정 출연자는 아니어도 일회성 출연자는 계속된다. 바로 며칠 전 일이다. 어떤 신문사 여기자가 취재를 왔다. 녹음기를 놓고 마주 앉아 진행하던 인터뷰가 끝나가려는데 그녀가 벌떡 일어서며 말한다.

"제가 3년 넘게 살사댄스를 배웠거든요!"

그녀는 느닷없이 허밍으로 노래 부르며 간드러지게 살사를 췄다. 갑작스러운 상황이었다. 춤을 추어본 적이 없는 나는 상대역에 동원됐다가 금방 쫓겨나서 물끄러미 구경만 해야 했다. 지금 생각해도 그 돌연한 순간이 이상한데 이상해하는 내가 이상한 건가? 살사댄스든 꺼이꺼이 우는 일이든 작업실 사정은 이렇다. 본래 헤아릴 수 없는 것이 사람인데 헤아릴 수 있어야만 하는 평지의 존재가 지하 작업실로 내려오면 다시 헤아릴 수 없음으로 회귀하는 것은 아닌지. 나는 작업실에서만 벌어지는 대책 없고 헤아릴 길 없는 해프닝들을 일종의 할로윈데이인 양 여긴다.

문득 새벽 공기의 비린내가 확 느껴진다. 볶아놓은 커피가 일곱 종쯤 있는데 돌아가면서 한 잔씩은 다 마신 것 같다. 참으로 신기한 위장이어서 커피로 인한 속 쓰림을 모른다. 오늘은 인도네시아산 토라자 칼로시가 각별히 좋았다. 잘 볶고 잘 내린 커피를 마실 때는 맥주나 막걸리 들이켜듯이 '커' 하는 입소리가 절로 난다. 일찍 자고 일어난 새벽과 꼬박 밤을 새워 맞이한 새벽은 공기의 입자가 전혀 다른 느낌이다. 밤샘 후의 새벽 공기가 바로 '커' 한 맛이다. '커' 한 커피와 새벽 공기 속에서 하루키의 울트라 마라톤이, A의 방정환과 인문학 폭탄이, B의 능청스러운 자지 보지가, 또는 낯선 여기자의 살사댄스가 마구 뒤섞인다.

아무것도 잘못되지 않았다. 조금씩 미쳤지만 멀쩡했고, 멀쩡하지만 멀쩡함의 생채기로 약간씩은 미쳤다. 차라리 유쾌하지 않은가. 이렇게 꼬물꼬물 살아서 중학생 시절의 두려움을 다시 두려워하는 마음이. 결국 아무것도 파멸하지 않았으면서 파멸의 예감으로 진저리치던 시간들이. 어디선가 읽었던 한 구절이 떠오른다. "간절하게, 두려움 없이." 그렇다. 여기 이 지하실에서 간절하게, 두려움 없이.

하루키는 남들에게 굳이 마라톤을 권하지 않겠다고 말했다. 그에게 마라톤은 온전하게 자기 자신에게만 귀속되는 행위다. 그렇지만 나는 멀쩡한 사람들에게 작업실을 권유하고 싶다. 미쳐달라고. 텅 빈 우물 속에서 제발 조금씩은 미쳐버려달라고. 다만 간절하게, 두려움 없이.

지구 위의 작업실

첫판 1쇄 펴낸날 2009년 6월 25일
4쇄 펴낸날 2016년 9월 5일

지은이 김갑수
발행인 김혜경
편집인 김수진
편집기획 이은정 김교석 이다희 백도라지 조한나 윤진아
디자인 김은영 정은화 엄세희
경영지원국 안정숙
마케팅 문창운 노현규
회계 임옥희 양여진 김주연

펴낸곳 (주)도서출판 푸른숲
출판등록 2002년 7월 5일 제 406-2003-032호
주소 경기도 파주시 교하읍 문발리 파주출판도시
529-3번지 푸른숲 빌딩, 우편번호 413-756
전화 031)955-1400(마케팅부), 031)955-1410(편집부)
팩스 031)955-1406(마케팅부), 031)955-1424(편집부)
www.prunsoop.co.kr

ISBN 978-89-7184-816-6 (03810)

* 잘못된 책은 구입하신 서점에서 바꾸어 드립니다.
* 본서의 반품 기한은 2021년 9월 30일까지입니다.

이 도서의 국립중앙도서관 출판시도서목록 (CIP)은 e-CIP 홈페이지(http://www.nl.go.kr/ecip)와 국가자료공동목록시스템(http://www.nl.go.kr/kolisnet)에서 이용하실 수 있습니다.(CIP2009001780)